Frank Schulz

Onno Viets

und das Schiff der baumelnden Seelen

Roman

Rowohlt Taschenbuch Verlag

Veröffentlicht im Rowohlt Taschenbuch Verlag,
Reinbek bei Hamburg, August 2016
Copyright © 2015 by
Kiepenheuer & Witsch GmbH & Co. KG, Köln
Lektorat Wolfgang Hörner
Umschlaggestaltung any.way, Hamburg,
nach dem Original von Galiani Berlin
(Gestaltung Lisa Neuhalfen und Manja Hellpap)
Umschlagillustration Stephan Storp
Druck und Bindung CPI books GmbH, Leck, Germany
ISBN 978 3 499 27169 4

ro
ro
ro

Inhalt

Des Meers Gedicht! Jetzt könnt ich mich frei darin ergehen,
Grünhimmel trank ich, Sterne, taucht ein in milchigen Strahl
und konnt die Wasserleichen zur Tiefe gehen sehen:
ein Treibgut, das versonnen und selig war und fahl.

Die Rhythmen und Delirien, das Blau im rauchigen Schleier,
verfärbt sind sie im Nu hier, versengt sind sie, verzehrt:
so brannte noch kein Branntwein, kein Lied und keine Leier,
wie hier das bittre Rostrot der Liebe brennt und gärt!

Arthur Rimbaud, *Das trunkene Schiff*
(übertragen von Paul Celan)

KASPER PUTSCHENELLE: Sünd ji all dor?
VOLK: Jooor!
KASPER PUTSCHENELLE: *beiseite* Davon stinkt dat
hier ok so. *laut*
Denn ropt
mol all hurroooh!
VOLK: Hurroooh!

Üblicher Auftakt im Hamburgischen Handpuppentheater des
18./19. Jahrhunderts

Erster Akt

Parlicke, parlocke!

Hurra! Denn ja: Wir sind ja alle da. Alle, alle sind wir da. Hurra!

Oder etwa nicht? Irgend jemand nicht da?

Tot? Okay, da kann man nichts machen. Arm, krank, schwach, doof? Nun, da gälte es eine differenzierte Untersuchung des Sachverhalts. Wehe aber dem unter uns, der nicht da ist, weil er etwa nicht mag oder nicht will – warum auch immer. Oder auch nur dem, der zu spät kommt. Den bestraft das Leben, und das Leben kann verdammt grausam sein. Nein, nein, es beißt die Maus keinen Faden ab – besser, wenn wir alle da sind. Hurra!

1

Es konnte nicht gutgehen. Es konnte nicht gut ausgehen,
ganz und gar nicht gut ausgehen, und wer wußte es, wußte
es von Anfang an?

Christopher Dannewitz. ›Stoffel‹. Dr. jur. Dannewitz,
Rechtsanwalt und Notar, Sports- und langjähriger Busenfreund des Titelhelden. In einem Wort: ich. O Gott, ja …:
ich.

Ganz abgesehen davon: War es nicht geradezu zwingend,
daß die Schlüsselrolle in der unausbleiblichen Tragödie eine
Schießbudenfigur spielte? Ein Kasper à la Vetter Donald?

O doch. *Ein Schauspiel sah ich spielen, das alt war wie die
Zeit …*

Vetter Donald. Tja.

Ach, wie soll ich sagen? Vetter Donald war ein … war
ein …

Oder umgekehrt: Vielleicht konnte man gar nicht anders
als werden wie Vetter Donald, wenn man nun mal Donald
hieß statt Helmut oder Rüdiger und, zumal in der Provinz,
zu einer Zeit eingeschult worden war, als Donald Duck
Hochkonjunktur hatte. Kinder sind Faschisten. (Und richtig
rund ging's, als sein zweiter Vorname ruchbar wurde.)

Immerhin hatte Donald Maria Jochemsen als ABC-Schütze jener Buxtehuder Grundschule noch niedlich ausgesehen (sofern Fotos aus den 60ern nicht generell täuschen). Oder wenigstens schnieke. Kein Vergleich jedenfalls mit der Schießbudenfigur, die mir am Sonnabend, den 12. Oktober 2013, begegnete – wie alle Jubeljahre wieder im kulturellen und subkulturellen Hamburg; diesmal im Kammertheater Tremolo.

»Vetter Stoffel.«

»Vetter Donald.«

Wir haben uns nie sonderlich geschätzt. Verlangte allerdings auch niemand. In puncto Verwandtschaft war unsere Sippe mit einer Toleranz gesegnet, die sich von Gleichgültigkeit allenfalls durch ein Goldzahnblecken unterschied.

Ich war von der Toilette gekommen, wo es wie üblich etwas länger gedauert hatte – die Drüse, die Drüse –, und das Foyer war bereits so gut wie leer gewesen. Nur noch die Studentin hinter der Glastheke und davor der Prinzipal im Gespräch mit einer Vogelscheuche mit Zylinderhut, die mir das schiefe Kreuz zukehrt. Ich habe die Klinke der Ausgangstür schon gepackt und nicke den andern einen Abschiedsgruß zu, als die Scheuche mich anruft. »Vetter Stoffel.«

Da ist mir aber bereits von selbst aufgegangen, an wen mich die Rückansicht mit den verqueren Schultern erinnert. Allerdings hat er offenbar gehörig abgespeckt. »Vetter Donald.«

»Du hier. Vetter Stoffel. Ich dekompensier gleich.«

»Tja. Vetter Donald. Wie geht's.« Und schon hab ich mich seinem Sprech angepaßt. Unter *seiner* Würde ist es nämlich recht eigentlich, bei Fragen die Satzmelodie am Ende anzuheben.

Was Vetter Donald an Charme fehlte, machte er durch Hüte wett. Und sog. Bandana-Tücher. Und Schirmkappen sowie Basken-, Bommel- und Ballonmützen. An diesem

Abend trägt er einen Chapeau claque, von der Art, wie ihn der einstige Gitarrist von Guns N' Roses zu tragen pflegte.

Nun, letztlich war alle Maskerade glimpflicher als der grau bekränzte Eierkopf. Auf dem, wie ich mich auch diesmal wieder unleidlich erinnere, recht zentral eine Schweinswarze zutage träte, so leuchtend wie der Punkt auf einer Orientierungskarte: *Sie befinden sich hier.*

Allegorisch gesprochen, war genau das Vetter Donalds Kardinalproblem: In welche Sphären auch immer er entfloh – stets befand er sich *hier.* Meine Frage nach jenem seinem Befinden ist entsprechend geheuchelt. Hohn pur.

»Die Dämonen, die Dämonen«, raunt Vetter Donald, denn wenn es nicht mich interessiert, wen sonst? Tante Edith düngt schon lange die Radieschen von unten, und seine Lebensgefährtin hat ihn, wie ich kurz darauf erfahren werde, verlassen. »Die Dämonen«, raunt Vetter Donald zum dritten Mal, und er wird es ein viertes und fünftes Mal raunen. »Sie haben mich nach wie vor im Griff, die Dämonen. Die Dämonen, sage ich.«

An jenem Abend war meine eigene Verfassung instabil. Von heute aus betrachtet absurd, daß ich Vetter Donalds Drängen auf ein gemeinsames Gläschen nachgab – mal ganz abgesehen davon, daß ich sicher sein zu dürfen glaubte, beide zahlen zu müssen. Donald Maria Jochemsen, demnächst 55, stadtbekannter Veteran der analogen Boheme. Stets hart am Rand des Existenzminimums, weil zeit seines Berufslebens in nahezu allen Sparten der schönen Künste »unterwegs« (wie man in unseren heimatlosen Zeiten zu sagen pflegt). Dabei, übrigens, mehrfach wenn nicht Identität, so doch Pseudonym gewechselt.

Durch harten schwarzen Nachtregen stiefeln wir um die Ecke in die Bar Libelle. Noch ist sie lotterleer, doch gegen ein

Uhr wird sie voll sein bis zum Stehkragen. Genau wie wir. »Reine Physik«, wird Vetter Donald sabbern. »Kommunizierende Röhren.« *Raaanfsik. Komsirööön.*

Zu leiern begonnen hat er allerdings bereits nach dem ersten tiefen Schluck von seinem ersten Gin Fizz. Ungute Wechselwirkung mit Tranquilizer und Antidepressivum, die ihm den x-ten Neuanfang erleichtern sollen.

Seinen Totengräberhut übrigens wird er die gesamten dreieinhalb Stunden unseres Aufenthalts nicht abnehmen. Wird eh alle halbe Stunde zum Rauchen raustorkeln.

Den Auftakt aber hat er keineswegs mit dem Dämonen-Thema bestritten, sondern mit gleichwohl düsterer Miene gefragt: »Wie fand'st denn du den Theaterabend.«

Anders als das Haupthaar sind seine Räuberbrauen pechschwarz geblieben, oder er färbte sie. Die Augen im toten Winkel, nur kolossale Tränensäcke hinter dick und schwarz gerahmten rechteckigen Lupen.

2

Gegeben worden war *Kasper Spackennacken*. Uraufgeführt im Internet, hatte sich das animierte Handpuppenspiel ruck, zuck zum Click-Hit entwickelt. Der Untertitel lautete *Arien und Szenarien aus Vulgarien*. Fünf- bis achtminütige plebejische Possen mit surrealem Anstrich. Moderne Fassungen jener Nachspiele, die – meist ohne inhaltlichen Bezug – im Anschluß an Dramen des traditionellen europäischen Theaters bis Ende des 18. Jahrhunderts gezeigt wurden. Die versauten Sprüche, Kalauer und Pointen gaben dem alten anarchischen Affen in mir durchaus Zucker.

Bald war Spackennacken zum Feuilletonthema avanciert, und selbst die bürgerlichen hatten erkannt, daß Autor DJ Sacknaht die bis heute grassierende Inkarnation des onkelhaften Kinderkasperles vom Kopf auf die Beine gestellt hatte. Zurückgestutzt hatte auf die Wurzeln seines obrigkeitsfeindlichen Urahnen Kasper Putschenelle. (Der Beiname verdankt sich der Verballhornung von Pulcinell, dem *Ur*urahn aus der neapolitanischen Commedia dell'Arte.) Der als Spitzbube, Trunkenbold und Totschläger auf den hamburgischen Marktplätzen des 18. und 19. Jahrhunderts sein Unwesen trieb. Vermittels Identifikationsangebot mit Witz und ›Pritsche‹ (dem kaspertypischen Prügelfetisch) für Schadenfreude, Triumphgefühle und Allmachtsphantasien des geknechteten Pöbels sorgte.

Entsprechend beherzt hatte Meister Sacknaht das moralisch-pädagogisch agierende Ensemble des 20. Jahrhunderts gegen den Strich gebürstet. Kasper Proll, Gretel Schlampe, Großmutter nymphoman, Wachtmeister schwul, der Teufel depressiver Berliner, und neben ähnlich (zum Teil allzu wohlfeil) abgefeimten Mutationen von Krokodil, Hexe, Seppel usf. betraten neue Protagonisten die Bude – so etwa Schneekönig, Kasper Muckefuck oder der Lude von Buxtehude, der zwar Bomberjacke mit Fellkragen trägt, am Kinn aber ein Rasierpflästerchen mit Swarovski-Steinchen, um den Hals ein Goldkettchen mit stilisiertem Geier als Anhänger und unterm Arm die *Wirtschaftswoche*.

Als das Tremolo eine theatralisierte Version ankündigte, hatte ich mir vorgenommen, sie zu besuchen. Und sie hatte mich amüsiert. Die Bühne war von einer Kasperbudenfassade gerahmt und die Schauspieler folglich nur oberhalb der Gürtellinie zu sehen gewesen. Sie hatten Köpfe aus Pappmaché getragen und das Ungelenke der Handpuppenvorbilder brillant imitiert.

Zudem hatte der zynische Generalbaß der Stücke meine gedrückte Stimmung gelockert, und in der Bar Libelle also sehe ich mich aufgrund der Leichenbittermiene Vetter Donalds herausgefordert, besonders begeistert zu sein.

Und tappe in die Falle. Denn unter DJ Sacknaht firmiert niemand anders als – Vetter Donald.

»War doch ein Unding, die Inszenierung«, raunt er mit eitlem Funkeln aus blutunterlaufenen Bernsteinaugen, die nun, da er die Nase erhebt, monströs hinter den Lupengläsern aufquellen. »Eine hauptsächliche Dimension meines Werks besteht schließlich in einem großangelegten Versuch über Vulgarität. Vulgarität, sage ich. Wichtige Frage. Im ›Faust‹ …«

»Auha«, blaffe ich unter Schock. (All der artistische Quatsch, den er jahrzehntelang verzapfte – war da vielleicht doch was dran?) »Auch ein Herr Sacknaht kommt ohne ›Faust‹ nicht aus, was?«

»Im ›Faust‹, Vetter Stoffel«, setzt Vetter Donald neu an, lasziv geradezu, »stellt Gretchen Faust bekanntlich die Gretchenfrage. Und um sogleich vulgär zu werden, stelle ich quasi die Gegenfrage: Wie hältst du's mit der Vulgarität. Gegen-Gegenfrage zunächst: Was ist denn überhaupt vulgär, ordinär, obszön und ähnliches. Ich will es dir sagen, Vetter Stoffel.«

Das habe ich befürchtet. Doch beschließe, aus Gründen der ureigenen Nervenpflege allem zuzustimmen, was Vetter Donald mir vorraunt.

»Ich will es dir sagen. Ich will es dir«, raunt Vetter Donald, »*sagen.*«

Und dann startet er seinen ›Versuch über Vulgarität‹.

»Und dieser Kretin von Regisseur«, raunt Vetter Donald satte 30 Minuten später, »hat diese hauptsächliche Dimension in meinem Werk doch überhaupt nicht kapiert. Der hat doch bloß auf Brüllwitz gesetzt. Obwohl man Theatergängern Zoten ganz anders vermitteln muß.«

»Immerhin, wir *haben* gelacht.«

»Aber«, raunt Vetter Donald, »an den falschen Stellen.«

Mehr als Buhrufe hassen Künstler Lacher ›an den falschen Stellen‹.

»Aber es gab vier Vorhänge.«

»Ach Vorhänge«, raunt Vetter Donald. »Vorhänge, Vorhänge.« Sein Raunen strahlt Souveränität aus, die sich jedoch mit seiner körperlichen Unruhe beißt. Ständig scheint er mit den Gesäßmuskeln zu mahlen – aufgrund mannigfacher Zipperlein konnte er in nüchternem Zustand nicht gut lange sitzen –, dehnt die Halswirbelsäule, macht sich gerade und sackt wieder zusammen und tattert und flattert die ganze Zeit.

3

Allein drei Gin Fizze braucht er, um den Spacken-Komplex erschöpfend zu vermitteln (und ich, um ihn zu verdauen). Allerdings hätten wir vier bis fünf gebraucht, hätte ich ihm nicht nach dem Munde geredet. So komme ich noch halbwegs wach und zurechnungsfähig in den Genuß der neuesten Nachrichten aus der Hölle seiner »Dämonen«.

Schon auf dem Buxtehuder Halepaghen-Gymnasium hatte Vetter Donald mit Drogen aller Couleur experimentiert. Ohne Rücksicht auf Verluste. Und in seinen 20ern manche psychiatrische Episode absolviert. Spätestens seit seinen 30ern litt er unter grauen bis schwarzen Depressionen, zumeist induziert durch zügellosen Alkoholabusus. Berüchtigt die mehrtägigen Zechtouren (»auf Trebe« nannte er das) bis weit in seine 40er hinein. Folglich alle paar Jahre Anfall von depressiver Dekompensation. Ferner (neben einem ganzen Pschyrembel an *physischen* Defekten) unter (durch überfeinerten Haß teils hausgemachten) Neurosen, Hypochondrie, Agora- und Klaustrophobie, Misanthropie und vielem anderen mehr – zum Beispiel, und das ist für diese Erzählung ausschlaggebend, sog. Viktimophobie (siehe weiter unten). Nicht von ungefähr war sein Lieblingssong seit Anfang der 70er Black Sabbaths »Paranoid«.

Natürlich beharrt er, wie schon im Tremolo angedeutet, auch in der Libelle noch darauf, jene Dämonen hätten ihn »voll im Griff«. Derzeit aber werden sie anscheinend von einem 30 Jahre jüngeren Satansbraten namens Kristin Luise im Zaum gehalten.

»Kristin Luise.«

»Ja«, raunt Vetter Donald finster. »Ich bin verliebt.«

»Du. Ach. Na. Und was sagt Uta dazu?«

Seine langjährige, langmütige Lebensgefährtin. Kosename: Orang Uta. Bitte, sie rasierte sich nicht gern. Doch schließlich war Rauhbeinigkeit geradezu Grundvoraussetzung, um die artgerechte Haltung eines ranzigen alten Kamelwallachs wie Donald Maria Jochemsen zu bewerkstelligen.

»Hat mich verlassen«, raunt er. »Vor zwei Jahren.« Daher der Verlust von rund 18 Kilo Körpergewicht (»für jedes gemeinsame Jahr eins«). Fast wäre er draufgegangen am Trennungsschmerz. Aber jetzt will Vetter Donald »wieder mehr ins Leben eintauchen«.

Ich starre ihn an. Er starrt sein Glas an. Dabei knetet er unaufhörlich sein Stoppelkinn. Unaufhörlich schneit es Schuppen auf sein dunkles Leibchen.

»Sag mal«, entschließe ich mich zu sagen, »kommt dir das Koks schon aus dem Bart gerieselt?«

Mit der Rückhand klopft er sich ein bißchen ab. »Hefepilz«, raunt er düster.

Jedenfalls ist Kristin Luise Sängerin und Tänzerin. Und Mitglied der Entertainment-Crew an Bord eines Clubschiffs von FLIP Cruises. Seit vier Monaten führen sie eine Mail- und SMS-Beziehung.

»Mail- und SMS-Beziehung. Was ist das denn.«

»Wieso. Telefonieren ist dermaßen Neunziger. Und unpoetisch.«

Vetter Donald kramt ein iPhone hervor, wischt mit seinen zittrigen, nikotinfleckigen Fingern auf dem Display hin und her und findet endlich doch noch das gesuchte Foto. À la seconde steht sie da. Türkisfarbenes Trikot, rosafarbene Strumpfhosen, lilafarbene Stulpen. Brünettes Schätzchen, lächelnd. Nett bis kokett.

»Könnte deine Enkeltochter sein. Wenn sie nicht so hübsch wäre«, sage ich. Dann schäumt kurz Wut auf über so viel Beknacktheit. »Und? Hast du ihr schon ein Spermiogramm geschickt?«

Finster himmelt er das Foto an. Kennengelernt haben sie sich Anfang Juni, auf einer Vernissage in Vetter Donalds Stammcafé Altkanzler Schmidt. »Nächste Woche überrasche ich sie. Ja, ich habe eine Kreuzfahrt gebucht. Auf der Flipper IV. Sieben Tage westliches Mittelmeer. Palma de Mallorca, Alicante, Valencia, dann wieder Palma, dann Cannes und Barcelona und zurück. Kreuzfahrt, sage ich.« Halb stolz, halb versonnen schneit er vor sich hin.

Spackennacken hat seinem Erfinder Tantiemen eingebracht (inkl. Verfilmungsoption für Agora TV), und zwar »im fünfstelligen Bereich, im oberen fünfstelligen Bereich«. Erstmals in seiner langen Gespensterkarriere überhaupt bringt ihm einer von all seinen Gemälde-, Skulptur-, Performance-, Operetten-, Poesie-, Kopfstand- und sonstigen Versuchen auch Finanzen ein – außer wie üblich meist gar nichts, oft Ärger, selten ein paar Zeilen in Katalogen und Käseblättern sowie dünnen Applaus von Besoffenen und Irren.

Wie auch immer, *aber* ...

»Kreuzfahrt? Kriegst du nicht schon Nasenbluten, wenn du zwei Etagen Fahrstuhl fahren mußt?«

Vetter Donald räumt ein, je näher der Termin rücke, desto

mehr Angst vor der eigenen Courage zu entwickeln: das unstete Meer; die An- und Abreise nach Palma; überall Nichtraucherzonen – und vor allem »all die Fratzen, ich sage: all die Fratzen an Bord«. (Und ich sage: ausgerechnet er, die Mutter aller Fratzen, muß das sagen, und dann auch noch zweimal?)

Mit andern Worten: Man fragt sich, wie er denn überhaupt auf den Bolzen gekommen ist. Ach ja: Kristin Luise.

»Und?«

»Lora«, raunt Vetter Donald. »Lorazepam wird's halbwegs regeln.« Doch würde dieses sein bevorzugtes Sedativum auch sein Hauptproblem regeln – das der oben erwähnten »Viktimophobie«?

Zeit seines Lebens litt er unter der Angst, Opfer einer Gewalttat zu werden. Kamen ihm nachts zwei Gestalten entgegen, wechselte er die Straßenseite. Starrte ihn in der Kneipe jemand an, ging er weg. Machte ein Achtjähriger im Park buh, kollabierte sein Zentrales Nervensystem.

Unter Alkoholeinfluß allerdings war ihm wurst, ob er geteert und gefedert in irgendeiner Gosse aufwachte. Auch mit Lora ging's halbwegs.

Doch dann fiel ihm ein älterer *F.A.Z.*-Artikel in die Hände.

Kreuzfahrt-Kriminalität
Der Tod fährt mit
Mit Urlaub auf Kreuzfahrtschiffen verbinden die meisten Romantik und Erholung. Tatsächlich verschwinden immer wieder Gäste spurlos von Luxuslinern. Kriminalität an Bord wird inzwischen zum Problem. Die Reedereien wollen davon nichts wissen.

Und der Lauftext begann wie folgt:

Es hatte als Traumreise begonnen und endete in einem Alptraum …

… und so weiter, und so fort.

Dann *noch* ein Artikel, der ins gleiche Nebelhorn stieß. Und noch einer. Und schließlich http://www.internationalcruisevictims.org/.

An dieser Homepage war alles dran: von US-amerikanischer Adresse über Spendenkonto bis hin zu einem Logo, das von der Windrose inspiriert war. Wirkte fast wie die Reklameplattform einer Sondersparte der organisierten Kriminalität.

Allein die Tatsache, daß es bereits eine International Cruise Victims *Association* gab, machte Vetter Donald tief betroffen. Was ihn aber schlaflose Nächte kostete, war das bewegte Element auf jener Website: ein Laufbanner mit Porträtfotos jener Kreuzfahrtopfer. Eine scheinbar endlos weiterzuckende Galerie.

Ab sofort sah Vetter Donald jede Nacht seine eigene Fratze dort eingereiht … *ein Leichnam um den andern, der rücklings schlafwärts zog* … Eine Perle des Narzißmus.

Und in dem Moment drängte sich mir jene fatale Schnapsidee auf. (Am Ende der Geschichte kam es mir vor, als hätte ich jene Formel vor mich hingewispert, die Vetter Donald zufolge Kasper Putschenelle zu rufen pflegte, um den Teufel zu provozieren: Parlicke, parlocke!)

»Ich hätte einen Leibwächter für dich!« sage ich – ja, gröle ich, weil ein neuerlicher Schwung Winterhuder Feiervolks die Bar Libelle akustisch vermüllt. »Sagt dir der Name Onno Viets noch was?«

»Onno *Viets*«, raunt Vetter Donald. »*Der* Onno *Viets*. Ich dekompensier gleich.«

Seit wir uns im Tremolo begegnet sind, hat er nicht ein einziges Mal gelächelt. Nicht mal gegrinst. Doch als der Name meines guten alten Sports- und Busenfreundes fällt, da hebt Vetter Donald das ausgequetschte Stoppelkinn, und aus dem physiognomischen Fiasko im tiefen Schatten der Zylinderkrempe schält sich der fröhliche Sechsjährige des 60er-Jahre-Fotos heraus.

Eine beeindruckende Präsentation der Macht des Viets'schen Charismas für Arme.

Sünd ji noch all dor? Dann Vorhang auf zum ...

Nachspiel

*Kasper Spackennacken
mobbt den Hätschfonk-Fuzzi*

KASPER   Tri, trorr, trullorrlorr! Tri, trorr –

GRETEL   Mäch den Kopp zu, Späckennäcken! Ich
will in Ruhe mein' Oarsch epiliärn!

KASPER   *beiseite* Oarsch epiliärn? Wie schwul is' däs
denn. *laut* Oarsch epiliärn?! Wie schwul is'
däs denn!?

GRETEL   Selbär schwul, dorr! Päß bloß äouf, dorr!

KASPER   Päß män selbär äouf, dorr!

GRETEL   Äch, geh käcken, Späckennäcken! Odär
meinstweg'n ein' saufm!

KASPER   *beiseite* Däs läß ich mich doch nich'
zweimorr sorrgen. *laut* Päß bloß äouf,
dorr! Sons' geh' ich nemmlich ein' sauf'm!

*Kommt an 'n Sparmarkt vorbei.
Vorm Eingang eine Ansammlung Hand-
puppen.*

KASPER   Wäs dässen! 'n Fläschmob?

Nachspiel (in politisch korrekter Hochsprache)

*Kasper Spackennacken
entlarvt den Hedgefonds-Händler*

KASPER   Tri, tra, trullala! Tri, tra –

GRETEL   Bitte um Ruhe, verehrter Gemahl. Ich
möchte mit Muße mein G…ß enthaaren.

KASPER   *beiseite* G…ß enthaaren? Wie albern ist das
denn. *laut* G…ß enthaaren? Wie albern ist   25
das denn?!

GRETEL   Selber albern! Obacht, du!

KASPER   Obacht, <u>du</u>!

GRETEL   Ach, geh austreten, Gemahl! Oder
meinetwegen in eine Schänke.

KASPER   *beiseite* Das lasse ich mir besser nicht
zweimal sagen. *laut* Obacht, du!
Sonst gehe ich nämlich in eine Schänke!

*Kommt an einem Supermarkt vorbei.
Vorm Eingang eine Ansammlung Hand-
puppen.*

KASPER   Nanu? Ein sog. flashmob?

RÄUBER	*mit Zauberhut* … ond Sä glauben ja gar näch, läbe Konsom-Äntärässäntinnän ond Konsom-Äntärässäntän – äch wäderhole: Sä glauben gar näch, was Sä alles sparen, wenn Sä säch för onsärän Räsen-Sparsack entscheiden!
MOB	Wieso nich'? Morr sehn! Wäs sporrn wiär denn älles?
RÄUBER	Non, das kommt darauf an. Jä mähr Räsen-Sparsäcke Sä kaufen, äch wäderhole: Jä mähr Räsen-Sparsäcke Sä kaufen, desto mähr sparen Sä natörlich! Bäs Sä selber Mälljonär sänd!
MOB	*unter beifälligem Gemurmel* Hört sich gut än.
KASPER	Und wäs is' mit Mob-Räbätt?
RÄUBER	*wankend* Mmm … Mob-Rabatt?
MOB	*unter beifälligem Gemurmel* Jorr! Mob-Räbätt! – Genäou, Mob-Räbätt! *etc.*
KASPER	Jorr, Mob-Räbätt! Der Boni des klein' Männes!
RÄUBER	*nicht beherzt genug* Non ja …
KASPER	*zieht seine Schuhe aus und bewirft damit den Räuber* Wüß ick doch! Hätschfonk-Fuzzi!

RÄUBER	*mit Zauberhut* … und Sie glauben ja gar nicht, liebe Konsum-Interessentinnen und Konsum-Interessenten – ich wiederhole: Sie glauben gar nicht, wie viel Sie sparen, wenn Sie unserem Mega-Vorteilspack den Vorzug geben!
MOB	Warum nicht? Lassen Sie hören! Wie viel sparen wir denn?
RÄUBER	Nun, je nachdem. Je mehr Mega-Vorteilspacks Sie erwerben, desto größer natürlich Ihre Ersparnis! Bis Sie logischerweise selbst zu den Millionären zählen!
MOB	*unter beifälligem Gemurmel* Hört sich gut an.
KASPER	Und wie sieht es mit Mob-Rabatt aus?
RÄUBER	*wankend* Mmm … Mob-Rabatt?
MOB	*unter beifälligem Gemurmel* Ja! Mob-Rabatt! – Genau, Mob-Rabatt! *etc.*
KASPER	Ja, Mob-Rabatt! Der Bonus des kleinen Mannes!
RÄUBER	*nicht beherzt genug* Nun ja …
KASPER	*zieht seine Schuhe aus und bewirft damit den Räuber* Wußte ich's doch! Sie Betrüger!

MOB	Genäou! *skandierend* Hätsch-fonk-Fut-zi, Hätsch-fonk-Fut-zi!
RÄUBER	Autsch! Äch … äch wäderhole … Autsch!
KASPER	Fläträit-Figgär!
MOB	Flät-räit-Figgär! Flät-räit-Figgär!
RÄUBER	*Schuhen und faulen Eiern ausweichend* Aber sähr värähite Konsom-Äntärässantinnän ond -Äntärä… autsch!
KASPER	Bummelt em op! Bummelt em op, den Ries'n-Sporrsäck!
MOB	Rie-s'n-Sporr-säck, Rie-s'n-Sporr-säck!
KASPER	Bummelt em an sien eigenen Mikrofon-Galgen op!
MOB	*ungelenk skandierend* Och nö, däs män nich', orr-bär 'n Bäcks kricht-är! Och nö, däs män nich', orr-bär 'n Bäcks kricht-är!

Kasper verdreht die Augen. Geht ein' saufm.

Stunden später.

KASPER	*lallend* 'ch bin wieä dohorr!

MOB	Genau! *skandierend* Hedge-fonds-händ-ler, Hedge-fonds-händ-ler!
RÄUBER	Autsch! Ich ... ich wiederhole ... Autsch!
KASPER	Flatrate-Bordell-Besucher!
MOB	Flat-rate-Bor-dell-Be-su-cher! Flat-rate-Bor-dell-Be-su-cher!
RÄUBER	*Schuhen und faulen Eiern ausweichend* Aber sehr verehrte Konsum-Interessentinnen und -Intere... autsch!
KASPER	Lyncht es! Lnycht es, das Mega-Vorteils-pack!
MOB	Me-ga-vorteilspack! Me-ga-vorteilspack!
KASPER	Lyncht es an seinem eigenen Mikrofon-Galgen!
MOB	*ungelenk skandierend* Ach-nein,-das-denn-doch-lieber-nicht,-aber-eine-Ohrfeige-bekommt-er! Ach-nein,-das-denn-doch-lieber-nicht,-aber-eine-Ohrfeige-be-kommt-er!
	Kasper verdreht die Augen. Geht in die Schänke.
	Stunden später.
KASPER	*lallend* Ich bin wieder zurück!

GRETEL   Päß bloß äouf, dorr!

KASPER   Und? Häs' dein' Oarsch ebillliärt?

GRETEL   Nee! Der worr jorr ein' saufm.

KASPER   Der is'och uuä'alt, der
            Wwwitz. Kennß den schon?
            Kommt 'n Mann zu'n
            Ääzt …

GRETEL   Jede Weddeh: mit dreggige
            Füßeh.

KASPER   Norr und? Ällde Sporrßbremseh …

            Beleidigt ab.

GRETEL   Obacht, du!

KASPER   Und? Hast du dein G…ß enthaart?

GRETEL   Nein! Das war ja in der Schänke.

KASPER   Die Pointe dürfte doch wohl lediglich im
          restringierten Code funktionieren. Kennst
          du <u>den</u> schon? Kommt ein Mann zum
          Arzt …

GRETEL   Nein. Aber jedenfalls mit schmutzigen
          Füßen.   31

KASPER   Und wenn schon. Humorloses Weib …

          Beleidigt ab.

Zweiter Akt

Ringelpiez der Schlümpfe

4

Der Abend des 14. Oktober 2013 – ein Montag –, an dem
ich Onno dann quasi offiziell zu Vetter Donalds Leibwächter
ernennen sollte, war bereits ein paar Stunden früher zu einem denkwürdigen geworden. Aus ganz anderen Gründen,
objektiv unwichtigen. Für uns aber, für die Alten Herren der
Tischtennisabteilung im BSV Hollerbeck Eppendorf e.V. –
vielleicht für Tischtennisspieler unserer unteren Mittelklasse-
Liga allgemein –, waren es sehr gute Gründe.

Es war das letzte Match des Abends. Die bleichen Kniekeh-
len leicht eingeknickt, steht Onno mit dem Rücken zu mir
und Ulli ›Elefantenpeitsche‹ Vredemann (= EP). Auf durch-
gewetzten, karierten Noppensocken, die er wie gewöhnlich
anstelle von Sportschuhen benutzte. Darunter trägt er – es
hat keinen Sinn, das zu verschweigen – Strümpfe mit Comic-Motiv. (Später, während Onno unter der Dusche steht,
wird Der schöne Raimund sie näher untersuchen. Mit nie-
derschmetterndem Ergebnis.)

Übers Gesäß gezogen hat Onno fadenscheinige Original-
80er-Shorts. Muster: vermasselter Idiotentest mit Klötzchen.
Einst manisch bunt, nur mehr verblichen. Und über den in
den letzten Jahren schwammiger gewordenen Torso ein ba-
byblaues sogenanntes Muscle-Shirt. Das statt muscles aber

einen blutergußfarbenen Fleck in der Trizeps-Gegend präsentiert – den männchenmachenden Pudel, seine Tätowierung, Tribut einer mythischen Wette anno 1969. Da war er knapp 15.

»Wird auch langsam dünner über der Fontanelle«, brummt EP. Er meint Onnos Zotteln, deren Verhältnis von Anthrazit zu Grau sich zudem umgekehrt hat in den letzten Jahren.

Wir sind bereits durch, d. h. EP und meine Wenigkeit. Unser Einzel habe ich glatt in drei Sätzen verloren. Kein Wunder, steckt mir doch immer noch die samstagnächtliche Sause mit Vetter Donald in den Knochen. Schon lang zu alt für derlei Unfug.

Nun hocken wir auf der Bank, EP und ich, sanft nachschwitzend und seelisch besenrein. Mit unparteiischer Spannung verfolgen wir die Begegnung von Onno ›Noppe‹ Viets und Raimund Böttcher.

In ähnlich lauernder Haltung wie Onno, doch tausendmal schöner, starrt Der schöne Raimund von der anderen Seite der netzgeteilten Tischtennisplatte aus stahlgrauen Augen herüber. Sein Schopf nach wie vor dicht und dunkelblond und ungefärbt – allerdings feucht, im Gegensatz zu Onnos. Onno lehnte Schwitzen ab. Anders als Onnos ist Raimunds Dreß denn auch von Schattenbrüsten verunziert. Nichtsdestoweniger zeugt er von ausgesuchter Qualität und Geschmack.

Blanker, rutschfester Boden. Entlang den Wänden Gummimatten und Klettergerüste und Basketballkörbe; taghelles Deckenlicht, himmelhohe Milchglasfenster an der Bankseite. Und doch wirkt die Halle so gar nicht karg auf uns. Fühlen uns wohl in diesem etwas schwülen Gemäuer, wo wir unsere chromosomatisch immer noch schwelende Tollheit jeden Montag für ein paar Stunden kontrolliert anzufachen vermögen, momentweise bis zur Verzückung.

Gut, wir sind inzwischen 47 und 55, 57 und 58. Lack blättert hier und da, da und dort hakt das Hauptrelais, suppen Flanschen oder geht die ein oder andere Muffe. Selten halten wir die vollen zweieinhalb Stunden durch wie früher. Doch wer uns nur in die Halle schlurfen sieht – geschweige wieder hinaus –, hielte nicht für möglich, zu welcher Schnellig- und Wendig- und blitzartigen Irrwitzigkeit wir Turbozombies, einmal warmgelaufen, in der Hitze des Spiels noch fähig sind.

Raimund führt 2:1 nach Sätzen und 10:7 nach Punkten. Mit andern Worten, er hat drei Matchpoints.

Und Onno noch einen Aufschlag. Um die nötige Ruhe dafür zu finden, balanciert er das Celluloidbällchen auf dem Belag seines Schlägers. Mit links. Onno war Linkshänder. Wie Raimund zu sagen pflegte: »Aus Überzeugung.«

Schließlich macht er eine seiner effetlosen, sehr kurzen Angaben. So daß er Raimund ans Netz zu hechten zwingt. Woraufhin Onno zwar riskant hoch, aber weit zurückschupft. Noch halb überm Tisch schwebend, muß Raimund sich für den Rückweg zur Grundlinie beeilen. Schafft es sogar halbwegs – und doch vergeblich: Der Ball touchiert exakt Punkt D, wo Länge und Breite der Platte zusammentreffen. Unberechen- und -erreichbar schilfert er von der Spitze ab, und Raimunds automatischer Schlag geht ins Leere.

Gesenkten Kopfes hebt Onno die Hand.

10:8. Noch *zwei* Matchbälle. Möglichst emotionslos hakt Raimund den Kantenball ab.

Seit längerem wieder einmal geht es hier – und das ist uns allen klar – um nichts Geringeres als einen historischen Sieg. Mit Ausnahme einer kritischen Phase galt Onno in unserem Verein als unschlagbar.

Brachte er im wirklichen Leben auch wenig zuwege, verfügte er doch über gewisse »Superkräfte« (wie ich es in meiner Rede zu Onnos 50. zum allgemeinen, auch Onnos Amüsement zu nennen beliebte), rund drei an der Zahl übrigens; wenngleich leider brotlose.

Zum einen das bereits erwähnte Charisma für Arme. Eine Eigenschaft, über die Onno im Vergleich zu seinen Mitmenschen in außergewöhnlichem, ja übernatürlichem Maße verfügte. Sie bewirkte, daß sich jede/r rund Einskommasiebte gern zu ihm gesellte und mehr oder weniger rasch zu erzählen anfing. Nicht nur die Mühselige und der Beladene, sondern rein arithmetisch mehr als die Hälfte aller, die ihm länger als fünf Minuten begegneten. Onnos Haselnußaugen (Muttererbschaft) strahlten Muße ab, unendliche Muße, und im Verbund mit seinem gütigen Grienen signalisierten sie die Urpotenz, des Nächsten Seele zu bezeugen.

Gut, *diese* Superkraft nützte ihm an unserem Trainingsabend wenig. Die zweite aber sehr wohl: rasiermesserscharfe Reflexe. Mit Hilfe jener – ungeachtet seines genetischen Phlegmas offenbar ebenso angeborenen – Fähigkeit zur millisekundenschnellen Reaktion bog er jedes Spiel um.

Auf seinen Noppensocken rochierte er, der jeglicher Vorhand entbehrte, fortwährend eng an der Platte (und also kraftsparend); schupfte, flippte, blockte stur weg, was ihm in die Quere kam, ja schmetterte mitunter gar – meist aus der Not heraus, was unter den grauenhaften Elementen seines unorthodoxen Spielstils am allergrauenhaftesten aussah. Zerstörer, der er war, griff er nie selbst an, sondern nahm das Tempo raus, wartete die Fehler des alsbald zermürbten Gegners ab und scherte sich einen Dreck um Ästhetik und Leidenschaft, sondern erntete stumpfsinnig jeden Punkt, der auch nur im entferntesten möglich war.

Aufschlag Raimund.

Raimunds Angaben-Repertoire war überaus vielfältig. Von aus der Vorhand ungeschnittenen kurzen Geraden bis zu per

Rückhand extrem über- oder unterschnittenen langen Diagonalen verfügte er über ein gutes Dutzend Variationen.

Der einzige von uns, der gegen jede einzelne immun war, war allerdings Onno. Diesen Rückschlag bekommt er nichtsdestotrotz nur mit Müh und Not hin. Auch dieser Ball geht hoch zurück. Und weit. So weit, daß er schon so gut wie aus ist – hätte er sich, aufgrund von Raimunds eigenem Drall, nicht in der letzten Tausendstelsekunde entschieden, doch noch knapp sicht-, aber hörbar die Kante zu streifen.

Raimund geht in die Knie.

Gesenkten Kopfes hebt Onno die Hand. Diesmal dreimal so lang.

10:9. Noch *ein* Matchball. Raimund versucht zu lachen. Greint dann aber kurz auf. Beginnt eine kleine Wanderung. Malt mit den Sohlen einen gordischen Knoten auf den Hallenboden.

Gegen so was wie Onno zu verlieren – der reinste Alptraum. Zumal …

Wir übrigen drei hatten ihn eigentlich einst, vor elf Jahren war das, als Lückenbüßer rekrutiert. Für Doppelpartien brauchte man nun mal vier Spieler. Also hatten wir nach einem stabilen Opfer gesucht. Eins, das uns nicht langweilte und dem jeweiligen Sportsfreund ein passabler Doppelpartner zu sein vermochte, in den Einzelkämpfen jedoch gefälligst in acht von zehn Fällen verlor, zwecks Gruppenhygiene.

Wer andern eine Grube gräbt.

Aufschlag Raimund.

Genau der gleiche wie zuvor: Rückhand extrem überrissen, extreme Diagonale, extrem lang auf des Gegners nicht vorhandene Vorhand. Onnos Antwort sieht aus wie ein Anfall von Epilepsie. Dennoch prallt der Rückschlagball regelkonform vom Schläger ab, vollführt einen Zuckerhutbogen und streift mal so gerade eben auf Raimunds Seite des Tischs die – Kante.

Entschiedenes Murren von uns, von der Bank. So unzweideutig parteiisch, daß Raimund sich erlauben kann, einfach nur mit hängenden Armen dazustehen.

Gesenkten Kopfes hebt Onno die Hand. Erst die eine, dann die andere. »'schuldigung«, murmelt er. »Echt, *nech?* Tut mir leid, echt. Zorry.« Friedfertig rollt sein R – ein R wie geschaffen für eine Bitte um Verzeihung. Vervielfältigte man dieses R zu einer Endlosschleife, klänge es wie das Schnurren eines Katers.

Raimund beginnt eine etwas ausgedehntere Wanderung. Irgendein Fluchgebet, das er in den Boden schreibt. Diesmal nimmt er auch die Stimme zu Hilfe. Verstehen kann man ihn nicht, aber es klingt, als rollten Panzer durch die unweite Heino-Jaeger-Straße.

10:10. Null Matchpunkte für niemand. Oder zwei für beide.

Aufschlag Onno. Ein lahmer, ungelenker, sog. leerer, d. h. ungeschnittener Aufschlag. Pseudoanfängeraufschlag. Nichtsdestoweniger nicht einfach zu beantworten – erstens technisch, weil Umschalten auf kunstlos mitnichten einfach ist; zweitens psychologisch, weil so etwas bei einem solchen Stand eine Provokation ist, die es zu ignorieren gilt.

Raimund schafft es. Schafft es sogar, den Ball relativ scharf zu flippen. Onno allerdings seinerseits. Doch mit so heftiger Netzberührung, daß die 2,7 Gramm leichte weiße Kugel über Raimunds Säbelhieb hinweghüpft. Höhnisch geradezu.

Wieder hebt Onno beide Hände. Diesmal kichert er zerknirscht. »Nee, okeh, 'ch, 'ch, 'ch ... Mann, Mann ...« Während wir von der Bank aus buhen, wandert Raimund die

Ilias. Heftig atmend zwar, doch nur mehr stumm und in sich gekehrt. »Mann, Mann, Mann«, sagt Onno. »Nee oh nee … tut mir leid. Tut mir leid, nech? Echt. Zorry, echt.«

10:11. Satzball Onno.

Aufschlag Raimund.

Zum dritten Mal gelingt der knallharte, kometenschnelle, extrem lange diagonale Topspin-Aufschlag auf Onnos rührend hilflosen linken Ellenbogen. Onno wirbelt einmal um seine eigene Achse. Wieder kommt es irgendwie dazu (wie genau, weiß der Teufel), daß der Ball von seinem Schläger abprallt und mit hundertzwanzig Rotationen pro Sekunde bis fast an die Hallendecke aufsteigt – man hätte das Anfangsmotiv von Beethovens Fünfter pfeifen können, so lang ist er unterwegs –, von wo er mit immer noch hundert Umdrehungen pro Sekunde wieder herabsegelt, um auf dem Netzgrat zu landen, eine Spanne weit darauf entlangzuschnurren wie ein Weberschiffchen, nach Onnos Seite herüberzulugen, dann aber doch vom Schwung des extremen Dralls auf Raimunds hinübergezwirbelt zu werden, wo er am Netz entlangquirlend über die Platte rutscht und schließlich zu Boden tropft.

»MAAAAAAAAANN …! FAAAAAAAA…! Das … WAAAAAAA…!«

Draußen auf dem Pausenhof fällt eine Taube taub vom Baum. Und weil er seinem ältesten Freund den Schläger sonst an den Schädel gepfeffert hätte, holt Raimund aus wie ein Speerwerfer und schleudert die 180 Euro teure Kelle in die Luft, längs durch die Halle, vom Nord- zum Südpol, wo sie – unglaublich – durchs Netz des Basketball-Korbs fällt.

5

Ein denkwürdiger Abend, wie gesagt.

§ 22, Absatz 1 unserer Vereinssatzung verlangte in Wutmomenten Pietät. Respekt vor dem Schmerz, der Enttäuschung und Verzweiflung des Sportsfreunds – wie wir ihn ja auch durchaus gezollt haben. Ja, in schweren Fällen durfte der Geschädigte gemäß Absatz 3 gar Mitleid erwarten, und Trost.

Insofern kommt es einem Affront gleich, daß EP und ich in dieses hellichte Gelächter ausbrechen. Doch einer derart unwahrscheinlichen Ballung von Slapsticks beiwohnen – drei Kanten- und zwei Netzbälle in Folge, und wie als Satyrspiel noch *das!* –, Zeuge bei der Geburt einer auf ewig köstlichen Anekdote sein zu dürfen? Da kann selbst Raimund selbst am Ende nicht umhin, kopfschüttelnd mitzulachen, während er durch die Halle tapert, um seinen Schläger wieder einzusammeln.

Herzergreifend, der Anblick dieses je älter, desto schöner werdenden, selbst in durchgeschwitztem Zustand stilvollen Mannes, wenn er einer solchen Perfidie der Physik erhobenen Hauptes begegnet.

Und es steht ja auch erst zwei zu zwei nach Sätzen. Er kann das Spiel immer noch für sich entscheiden.

Onno indessen … Normalerweise nahm er nach einem beendeten Satz im Stehen einen Schluck Wasser an der Bank und umgehend wieder Aufstellung. Diesmal setzt er sich neben mich. Kauert geradezu.

Zunächst bekomme ich gar nicht mit, was mit ihm los ist, und denke, er ruhe sich von der Aufholjagd aus. Er lache innerlich oder übe sich in Zerknirschung ob der unverdienten Gunst des Schicksals. Gekrümmt vom Amüsement über die unverhofften Szenen, halte ich meinen Kopf in den Händen und spüre mehr Onnos Präsenz, als daß ich ihn wirklich sehe. Spüre schließlich die Elektrizität, die sein Schlottern erzeugt.

Ich schaue ihn an. Seine Zotteln und Kinnstoppeln. Schaue in seine Guruaugen, die jedoch nur mehr aus Pupillen bestehen. »Onno?«

Wir kannten uns seit 1978. Raimund und er aber kannten sich, seit sie drei, vier Jahre alt waren. Ende der 50er, in einem Wilhelmsburger Sandkasten, hatten sie ihr Schäufelchen abwechselnd einander aufs Köpfchen gehauen – wie Dick und Doof, nur, der Legende nach, vollkommen stoisch, ohne Eskalation. Tränenloses Duell. Nach jedem mütterlichen Eingriff ging's wieder von vorne los. Zünftige Besiegelung einer künftig unverbrüchlichen Freundschaft.

Blutsbrüder. Bis 1971 hatten sie gemeinsam Grund- und Realschule besucht, dann trennten sich ihre Entwicklungswege. Der (übrigens damals schon sehr schöne) Raimund lernte das Kaufmannsgeschäft von der Pike auf und machte schließlich in Zeitungsverlagen Karriere – bis zur heutigen Leitung der Anzeigenakquisition der Hamburger Abendpost.

Onno brach eine Lehre zum Klempner und Installateur ab, eine zum Radio- und Fernsehtechniker und eine zum Bürokaufmann; wurde Z4 bei der Bundeswehr; eröffnete mit dem Entlassungsgeld die legendäre Eimsbütteler Bierschwemme Plemplem; machte nach dem Konkurs einen auf Versicherungsvertreter (parallel immerhin, Achtung: Abitur auf dem zweiten Bildungsweg! Die einzige Unternehmung, die er je zu Ende brachte); schrieb sich als Student der Sozialpädagogik ein und anschließend der Soziologie (beides abgebrochen); fing diverse Jobs per Zeitarbeit an, sowohl kaufmännisch als auch gewerblich, und brach sie wieder ab oder wurde gefeuert; begann parallel diverse »Projekte« (kaufmännisch, gewerblich, ja künstlerisch) und ließ eins nach dem anderen versickern; pachtete einen Kiosk für Tabakwaren mit Lotto-/Toto-Annahme und ging diesmal erst nach acht Jahren Konkurs. Anschließend war er arbeitslos gemeldet, bis er freier Journalist wurde. Und wieder arbeitslos.

Und schließlich – übrigens aufgrund einer Eingebung aus dem Frühstücksfernsehen – Privatdetektiv.

Sein Verhängnis.

»Onno? Unterzuckert, oder was?«

Onnos Laufbahn war so voller Stolpersteine, Schlaglöcher und Erdrutsche übrigens nicht wegen Faulheit. Nicht, daß er *nicht* faul wäre. Onno *war* faul. Doch kämpfte er stets gegen seine Trägheit an. Ausdauernd war er. Er konnte nur nichts. Nichts so richtig.

Na und? Stand im Grundgesetz »Das Talent des Menschen ist unabdingbar«? Es hieß lediglich, »im Rahmen einer herkömmlichen allgemeinen Dienstleistungspflicht« möge der Bürger doch bitte schön arbeiten – und das versuchte Onno redlich. In einer glücklicheren Gesellschaft – einer, die wenigstens nicht darauf bestand, jedes einzelne Glied zum Koeffizienten der jeweiligen Konjunktur zuzurichten – wäre so was wie Onno durchaus kein Versager, sondern mit seinem gütigen Grienen, seinem Dackelblick und überhaupt umfassend sanften Wesen Anwärter zum Frühstücksdirektor der Weisheit.

Wohlgemerkt: Onno akzeptierte den niedrigen Grad seiner Eignung zum Broterwerb klaglos. Nichts lag ihm ferner, als die Verantwortung dafür anderswo zu suchen als bei sich selbst. Zwar stand ihm genügend politisches Bewußtsein zur Verfügung, um die Stütze des Staates ohne schlechtes Gewissen annehmen zu mögen. Doch niemals bisher hatte er den Anspruch auf selbsterwirtschafteten Lebensunterhalt aufgegeben.

Raimund litt unter Onnos lebenslanger beruflicher Dauerkrise mehr als Onno selbst. Wider besseres Wissen, wider sein seit den 70ern erworbenes besseres Wissen vermochte Raimund die allzu wohlfeile Illusion, Onno müsse sich bloß mal zusammenreißen, nicht endgültig zu begraben. Als wohlstrukturiertem, zielgeleitetem Leitenden Angestellten blieb es Raimund ein quälendes Rätsel, wie ein einziger Mensch mit halbwegs funktionablen körperlichen und geistigen Werkzeugen so viel Ungenügen, Ungeschick und Unvermögen auf sich zu vereinen vermochte wie Onno.

Kurzum, es ist äußerst unwahrscheinlich, daß Onno angesichts von Raimunds billionstem Wutanfall in ihrer blutsbrüderlichen Biographie auf einmal physisch Angst vor ihm bekommt.

»Onno!« Ich rüttele an seiner unkontrolliert zuckenden Schulter. Sie ist schweißnaß – gewiß nicht vom Spiel. Freiwillig, wie gesagt, schwitzte Onno nicht. »Was ist denn los?«
Dumme Frage. Ich ahne es ja längst.

6

Ein Rückfall seiner posttraumatischen Belastungsstörung (= PTBS), natürlich. Ausgelöst von Raimunds Wutanfall.
Es hat Mühe gekostet, Onno von der therapeutischen Wichtigkeit zu überzeugen, das traditionelle Après-Pingpong gerade heute abend nicht zu verabsäumen. Letztlich hat er sich uns aber vermutlich nur angeschlossen, weil er den halbstündigen Fußmarsch nach Haus in seinem Zustand plus Sporttasche noch mehr scheut, als anderthalb Stunden in einem Lokal zu sitzen. (Apropos Sitzen: Onnos Superkraft No. 3. Wenn es überhaupt irgend etwas gab, das ein Onno Viets konnte – das ein Onno Viets gar besser konnte als viele andere –, dann war es: sitzen. Energischer Nießbrauch der

Erdanziehungskraft. Aktive Passivität. Zen.) Mit öffentlichen Verkehrsmitteln war es eher umständlich – und dem Bedürfnis nach Isolation ebensowenig zuträglich –, und gewöhnlich setzte ich ihn auf meinem Heimweg per Pkw vor seiner Haustür ab.

Es schmerzt immer noch ein wenig, die Treppen ins Souterrain hinabzusteigen. Auch, weil unsere Knie knirschen, zugegeben. Vor allem aber, weil dieses unser Stammlokal im vergangenen Jahr brutal restauriert wurde.

Der neue Besitzer, irgendein branchenüblicher Vollidiot, hatte den schönen alten Tresen herausreißen und durch eine Unverschämtheit ersetzen lassen. Glücklicherweise hatte die Galionsfigur des Tre tigli das nicht mehr miterleben müssen. An jener antiken, von Anekdoten wimmelnden Theke hatte Steamy Little Buffalo – in Hamburg gestrandeter einstiger Seemann vom Stamme der Ogellalah – unter beredten Rauchzeichen und Feuerwasser gurgelnd seinen Lebensabend verbracht. Von zwei Krebsen zerfressen, war er rechtzeitig in die ewigen Seegründe eingegangen.

Natürlich hieß das Lokal auch nicht mehr Tre tigli. Wir nannten es nur weiterhin so, weil wir uns den neuen Namen nicht merken wollten (La Pipi oder Il Pupo oder irgendwas ähnlich Unappetitliches). Das Essen war zwar besser als früher und Rauchen neuerdings in allen Räumen verboten (zu ausschließlich Onnos Leidwesen). Doch unsere einstige Tresenfee Carina zapfte längst nur mehr die ureigene Muttermilch. Hatte geheiratet. Einen sehnigen Fahrradkurier. Am Hals trage er, so Raimund, der dem Paar zufällig einmal in der Innenstadt begegnet war, ein Spinnweb-Tattoo.

EP, gramgebeugt und in seiner Eigenschaft als Speditionskaufmann mit einem Hauch professioneller Verachtung: »Zum Zeichen der Entschleunigung, oder wat?«

Die neue Bedienung war so, nun, sagen wir: unauffällig,

daß man aufpassen mußte, sie nicht über den Haufen zu laufen. Wir setzen uns in unsere Stammecke. Auch das Mobiliar verschlimmbessert. Verschüttete man Rotwein auf der Tischfläche, verschwand der Fleck praktisch von selbst. Irgendein digitaler Trick.

»Wie geht's jetzt?« fragt Raimund Onno, nachdem wir bestellt haben.

»Njorp …« Onnos Grienen wirkt, als habe es ein Elektroschock ausgelöst. Seine Iris kaum erkennbar, so geschwollen sind die Pupillen nach wie vor, und sein Blick schweift in beherrschter Panik durch den Raum. Obwohl er gerade erst eine Zigarette vor der Tür ausgedrückt hat, setzt er sich auf seine Hände. Unter normalen Umständen konnte er seine Nikotinsucht recht gut beherrschen.

EP und ich klopfen ihm auf je eine Schulter.

»Das kommt aber nicht nur von der PTBS«, raunzt Raimund, um sein schlechtes Gewissen als Auslöser spaßig zu negieren. »Das kommt auch von den Strümpfen.« Früher hat er seinen modekritischen Killerinstinkt gern gegen Onnos Unterwäsche gerichtet. Jahrelang ging das so.

EP fragt: »Von den Strümpfen?« Er hat neben Onno unter der Dusche gestanden und ebensowenig wie der mitbekommen, was Raimund im Umkleideraum zu schaffen gehabt hat.

In seiner Eigenschaft als schöner Mann trug Raimund stets ein Reisenecessaire bei sich. Er hat ihm eine Pinzette entnommen und unter notarieller Aufsicht, meiner nämlich, einen von Onnos Strümpfen angehoben. Gespannt wie ein Zoologe hat er ihn begutachtet.

»Schlümpfe«, ist es ihm schließlich entfahren – verdattert, aber auch erbittert. »Bitte um Bestätigung.«

Habe ich ihm schwerlich verweigern können. Das Comic-Motiv auf Onnos Strümpfen zweifelsfrei Schlümpfe, die im

Ringelpiez um die Fesseln hüpfen. Raimund, im Gegensatz zu uns anderen Familienvater, hat Fauli, Schlaubi, Papa Schlumpf sowie Schlumpfine identifiziert.

»Hartz IV hin oder her«, doziert er nun, »zu Schlümpfen sollte ein Achtundfünfzigjähriger Distanz halten.«

»Tjorp …« Wieder versucht Onno ein Grinsen. Es tut an den Schädelnerven weh, das sieht man, aber er versucht es. »Die andern sind alle in der Wäsche, nech?«

Das Bier wird gebracht, und Onno verhehlt seine Gier nur dürftig. Alkohol nach wie vor das probateste Mittel gegen die Nachwehen einer PTBS-Attacke.

7

Laut Auskunft der Fachmediziner war es keineswegs ungewöhnlich, daß der erstmalige schwere Anfall von posttraumatischer Belastungsstörung sage und schreibe acht Monate nach dem Ereignis auftrat. Nach jener fürchterlichen Konfrontation mit Tibor Tetropov, dem »Irren vom Kiez« (*Hamburger Expreßzeitung [HEZ]*).

An jenem überaus blutigen 13. August 2007 (für Abergläubige: ein Freitag!; für Zyniker: Weltlinkshändertag!) hatte jener psychisch kranke Zuhälter und mehrfach einschlägig vorbestrafte Totschläger den Alsterdampfer Saselbek gekapert, um 35 Menschen in Geiselhaft zu nehmen, darunter einen gewissen Onno Viets. Unser aller Onno, der den Hünen im Zuge seiner unseligen Ermittlertätigkeit Monate zuvor, während ein paar denkwürdigen Tagen auf Mallorca, näher kennengelernt hatte.

Schon im April 2008, in den Tagen vor dem Ausbruch des ersten PTBS-Anfalls, hatte es Onno scheinen wollen, als versetzte ihn der fortschreitende Frühling – Blütendüfte, das ein oder andere laue Lüftchen, Amselgesang – zurück in den Frühling des Jahres zuvor, als er sich peu à peu in *den* Schlamassel seines Lebens hineingeritten hatte. Die Folge war ein aufreizender Empfindungswirrwarr aus paradoxer Nostalgie (O Zeit vor Stunde Null!), Befremdung, Verschüchterung, ja Depression, begleitet von sperrangelweit offenen Augen und Ohren, Nasenlöchern und Poren, durch die alle Erscheinungen der Umwelt gleichzeitig einzudringen schienen, ungefiltert, unsortiert – grell, schrill, scharf und dornig. Das Nuttige der Litfaßsäulen und Reklamewände. Der dröhnende Autoverkehr. Säuglingsgeschrei durch offene Fenster, Zwergengebrüll auf der Kita-Trasse unterm Balkon. Auf dem Balkon die verfluchten Tauben (gegen die Onno eh hochallergisch war), das Kratzen ihrer Krallen, milbenverseuchte Federflusen, kalkiger, toxischer Kot. Dieses Gutturale! Ständiger Brechreiz.

Selbst die tröstlichsten Wahrnehmungen nur mehr unsagbar traurig.

Die niedliche Dreijährige auf einem Dreirad vor der Haustür.

Die herzhafte Begrüßung durch den Griechen gegenüber.

Das morgendliche Küßchen Eddas.

Und schließlich jener Kavaliersstart irgendeines Testosteronjunkies an der Kreuzung Hoheluftbrücke: kreischende Reifen – ein Geräusch, das die Nerven mit dem Skalpell schälte; der schwache Geruch erhitzten Gummiabriebs vielleicht auch bloß eingebildet.

»Ich bin regelrecht, nech?, in die Knie gegangen ...«

Unweit einer Kolonie Krokusse – stechendes Gelb, das Lila von Hämatomen – sackte er ins Gras. Unerträglich die Ramme in seiner Brust, holpriges Stampfen; kalter Schweiß verklebte Stirn und Nacken. Derart zitterten die Finger, daß noch eine halbe Stunde später nicht daran zu denken war, sich eine Zigarette zu drehen.

In derselben Nacht dann wieder mal der Alptraum. Tetropov ante portas. Zwo Meter zwo, 128 Kilo Knochen und fettfreie Muskelmasse, Tubus im Nasenloch, so gut wie zahnlos, doch implantierte Stummelhörner aus Teflon, splitternackt, ganzkörpertätowiert; mitsamt Kabeln und Schläuchen und Tropf steht er vor der Wohnungstür, die Linke umklammert den Infusionsgerätständer, mit rechts drückt er auf die Klingel.

»Und ich schwör's«, sagte Onno, »es hat geklingelt. Edda sagt, nee, aber es hat, ich schwör's, nech?«

Damit begann jene kurze Phase, in der Onno kein vollwertiger Tischtennisgegner zu sein mehr fähig war. Einst unschlagbar, konnte man ihn nun schlagen, nicht nach Belieben, aber mit hoher Wahrscheinlichkeit. Allerdings machte es keinen Spaß. Ein Sieg gegen einen halben Onno war nichts wert.

Eine böse Phase. Zusätzlich zu den Angstattacken, den Alpträumen und den mittelgradigen Depressionen fing er zum einen an, wieder mehr Alkoholika zu trinken, so viel wie seit Studienzeiten nicht mehr. Zum anderen aber – und das war das mit Abstand Furchtbarste – machte sich eine furchtbare Vorstellung in seinem doch seit jeher so ungemein robusten Gemüte breit. Eine unwägbare Vorstellung, zwanghaft, selbstzerstörerisch und zerstörerisch.

Sie betraf Edda.

Seine erste desaströse Tischtennisniederlage hatte Onno nach der ersten Panikattacke kassiert (April 2008). Zwei Wochen später hatte er die PTBS-Diagnose. Da er es in der Millionenstadt nicht mehr aushielt, beschloß er in Absprache mit dem Arzt, Asyl zu beantragen – bei seinen Schwiegereltern auf dem Lande, in einem 300-Einwohner-Kaff namens Finkloch, umgeben von Wald und Weiden, Äckern und Heide; dort, wo er bereits im Jahr zuvor Zuflucht gesucht hatte, damals noch vor dem tobenden Tetropov.

Beim anschließenden Après-Pingpong – dem letzten für beinah ein Jahr – hatte ich ihm einen 20er geliehen, und er hatte doppelt so viel Bier getrunken wie EP, Raimund und ich zusammen und auch Carinas Gratis-Grappa nicht ausgeschlagen. Im Gegenteil: Er kippte zusätzlich meinen und Raimunds, die wir verzichteten, weil fahren mußten.

Als ich ihn vor seiner Haustür absetzte, hatte er folglich einen sitzen. Außer bei Feiern war er in den vorangegangenen beiden Jahrzehnten nur mehr äußerst selten angetrunken gewesen, und als ich mit laufendem Motor in der zweiten Reihe im Eppendorfer Weg hielt, stieg er nicht wie üblich sofort aus.

»Was ist«, fragte ich, und da er nicht antwortete, drehte ich den Zündschlüssel herum. Immerhin war ich sein zweitältester Freund.

»Ich glaub«, sagte er schließlich – nach einem untypischen, atemlosen Seufzer –, »Edda geht fremd.«

»Quatsch«, sagte ich wie aus der Pistole geschossen. Oh Gott, dachte ich. Bitte nicht auch das noch.

Konnten die Wege zweier Sandkastenkumpels in puncto Berufsleben kaum unterschiedlicher sein als die von Onno und Raimund, so traf das auch in puncto Liebesleben zu – nur proportional umgekehrt. Raimund hatte sich, seit er 14 war, kraft Schönheit nebst maskuliner Anmut der hanseatischen Damenwelt en gros gewidmet. Er war 41, als ihn die zehn Jahre jüngere Liese becircte, kurz darauf heiratete und zum glücklichen zweifachen Vater machte.

Onno und Edda hingegen waren schon als Kinder ein Liebespaar geworden, damals in Wilhelmsburg. Edda und Onno, das war der Anfangsvers aus einem Märchen oder so. Jeder kannte den Jungen mit den sanften, witzigen braunen Augen und das fröhliche, frauliche Mädchen mit den bronzenen Locken. Daß die beiden für einander geschaffen waren, schnallte der letzte Hirni auf den ersten Blick. Für ihre Altersgenossinnen und -genossen aus ihrer Clique galten sie als erfüllte Utopie, ja selbst von anderen Cliquen aus Schule, Siedlung und Kirchengemeinde wurden sie geschätzt und beneidet. Von ihrer ersten Begegnung an waren sie unzertrennlich – seit zu dem Zeitpunkt 38 Jahren. Philemon und Baucis.

Onno schwieg. Druckste.

Ich hakte nach. »Wie *kommst* du denn da drauf?«

»Ich weiß nicht, nech?«, sagte er, und seine Augen schienen zu schimmern. Ich schaute lieber nicht so genau hin. »Sie ist so anders als sonst.«

»Anders? Wie denn?«

»Weiß auch nicht, *nech?* Irgendwie … so …«

Sein Ringen um Ausdruck blieb vergeblich. Er gestand lediglich, daß er sogar die Untreue-Checkliste aus dem Internet durchgegangen war, anhand derer er im Jahr zuvor seinen ersten Auftraggeber beeindruckt hatte …

Hat sie neuerdings ihr Handy immer unter Verschluß? Oder sich ein zweites zugelegt? Sind ihre Anruflisten ständig gelöscht?

Gibt's irgendwelche ›Auszeiten‹, die sie nicht vernünftig erklären kann?

Blaue Flecken oder Kratzer am Hals? Oder anderswo?

Riecht sie nach Rauch? Oder Rasierwasser?

Provoziert sie Streit, um türenknallend verschwinden zu können? Oder geht ›kurz einkaufen‹ und kommt erst fünf Stunden später zurück?

Will sie plötzlich deutlich mehr Sex? Oder deutlich weniger? Oder neue Praktiken ausprobieren?

»Und?«

13mal Fehlanzeige.

»Ich glaub, *du* bist anders«, sagte ich schließlich. »Du bist anders. Dir geht's nicht gut, und das beeinflußt deine Wahrnehmung; das kann auch eine Funktion der PTBS sein.«

»Njorp …«

»Hast du wirklich in ihrem Handy rumspioniert, sag mal?«

Er druckste noch ein bißchen, und schließlich schnappte er sich seine Sporttasche vom Rücksitz und stieg aus – nicht, ohne zu heucheln, getröstet zu sein. »Schüs denn, nech? Bis bald.«

Das war, wie gesagt, im April 2008 gewesen. Mehr oder weniger durchgehend blieb er für die darauffolgenden elf Monate in Finkloch – anstelle einer eigentlich viel eher gebotenen soliden Traumatherapie.

Edda ging Broterwerb und Berufung als Kindergärtnerin bei Liliput in Eimsbüttel nach, und so fuhr sie an den Wochenenden raus nach Finkloch, zu Onno und ihrer Familie, anfangs jedes, später nur mehr jedes zweite – Benzin war teuer.

Daß wir Sportsfreunde gegen einen Ersatzmann spielen mußten, war vergleichsweise erträglich. (*Un*erträglich allerdings, daß Onno dort, in Finkloch, gleich in die nächste finstere, ja obskure Geschichte schlitterte – und mich, übrigens, in der Folge zum Mitwisser eines fürchterlichen Geheimnisses machte. Doch das ist eine andere Geschichte.)

Im Frühjahr 2009 kehrte er nach Hoheluft-West zurück, zurück in seine eheliche Wohnung. Und zum montäglichen Tischtennistraining in Eppendorf. Zwar nahm die Frequenz der PTBS-Schübe wegen der alltäglichen großstädtischen Turbulenzen anfangs wieder zu (sowie analog unsere Versuche, ihn zu einer seriösen Traumatherapie zu bewegen; vergeblich), doch ab etwa 2010 – bei zwar jeweils stabil bleibender Vehemenzstärke – auch wieder ab. Als seine Eltern im März und November 2011 starben, schien es ihn sogar zu stabilisieren. Die Trauer um sie – ein wirkungsvolles, archaisches Gefühl – ließ ihn den Boden unter den Füßen allzeit wieder besser spüren.

Sein Tischtennisspiel erreichte das alte Niveau. Depressionen und Alkoholmißbrauch besserten sich zusehends.

Seine Ehe allerdings nicht. (Wenngleich er das bestritt.)

Wie ich war von Anfang an auch Raimund der Ansicht, bei Onnos Zwangsvorstellungen von Eddas Untreue handele es sich um ein Symptom der posttraumatischen Belastungsstörung. »Onnos Arzt darf ja nix sagen«, sagte Raimund, »aber ich hab meinen mal gefragt. Demnach können wir froh sein, daß er nicht unter Aggressionen leidet oder sich selbst verletzt, geschweige versucht, sich umzubringen oder so. Bindungsstörungen und sexuelle Probleme und so was sind bei so 'ner Diagnose ganz normal.«

Und in der Tat schien die fixe Idee insbesondere dann aufzutreten, wenn seine PTBS-Attacken auftraten.

Zumindest äußerte er sie nur dann. Unglücklich, aber gefaßt, faselte er vor sich hin, wenn Raimund mit ihm redete, wenn ich mit ihm redete. Zu dritt redeten wir darüber nicht, aber ich redete mit Raimund darüber. Und sowohl Raimund als auch ich redeten mit Edda darüber.

Er selbst redete mit Edda nicht darüber.

»Mach das doch«, sagte Raimund. »Stell sie zur Rede.«

»Quatsch.« Wurde geradezu rot, unser alter Onno. War aber noch kein Eingeständnis. Was er ausstrahlte, war: *Wenn* sie fremdging, war es nicht seine Sache, sie umzustimmen.

Als Edda ihn darauf ansprach, druckste er nur vor sich hin.

Was Raimund und ich aus Onnos Gestammel heraushörten, schien nichts als eine zunehmende Sensitivität für Eddas

Verhalten zu offenbaren. Seismographisch registrierte er winzige Unterlassungen, ein ausbleibendes mitfühlendes Summen, einen Zentimeter zuviel Distanz in der ein oder anderen Situation, eine Zustimmung, die um einen Halbton daneben lag …

Konkrete Anhaltspunkte, Verdachtsmomente, Indizien? Fehlanzeige.

Edda war eine typische Schönheit-auf-den-zweiten-Blick. Keine, die einem Mann den Kopf verdrehte, wenn sie ihm nur auf der Straße begegnete. Aber eine, der ein Mann 20 Minuten gegenübersaß, und plötzlich dachte er: Was ist denn mit mir *los*, verdammt noch mal!

1,70, ein paar Zentimeter kleiner als Onno, und indes sie ihr Gewicht fast verdoppelt hatte – seit er sie zum ersten Mal geküßt –, war sie keineswegs unansehnlicher geworden; schlimmstenfalls drolliger.

Seit dem Drama mit Tibor Tetropov aber hatte sie gut zehn Kilo abgenommen; und auch das stand ihr natürlich. Ihr mähnenstarkes Haar hatte einen satten Bronzeton, einst von Natur aus; nachdem sie 52 geworden war, half sie nach. Die Locken umschnörkelten ein Lächeln, das fast wund schien vor vielgestalter Sinnlichkeit und nach wie vor hübsche Zähnchen rahmte, Zähne so weiß wie ihre Haut.

Für ihr Alter hatte sie straffe, zarte Haut.

Hauchblau wie ein Wasserzeichen das Aderndelta im Dekolleté. Blauer aber ihre Augen, die aus den sommersprossigen, vor Lachfältchen strahlenden Grotten wie Unterwasserlichter herausleuchteten: einzigmögliche Ablenkung von all den anderen Attraktionen ihres Leibes.

Nicht nur Onno, auch Raimund kannte sie von Kindesbeinen an, und ich kannte sie fast so lang, wie ich Onno kannte.

Ach ja, mein Eimsbüttel in den Jahren 1978 ff. …! Tagsüber Jura studieren, nachts das Plemplem …

Damals gab es noch Kneipen von echtem Schrot und Korn. (**Kneilpe**, *w*; -, -n: Facebook analog.) Eine davon Onnos. Rauchen war Pflicht. (Der Gestank der Klamotten morgens! Wie die Kluft eines Feuerwehrhauptmanns!) Und wenn jemand etwa Wasser bestellte (geschweige ohne Kohlensäure), fragte Onno: »Wo brennt's denn?«

Übrigens: Nicht etwa ich ihn, sondern Vetter Donald hatte mich ins Plemplem eingeführt (heute in den Räumen: schicke Sushi-Bar). Von seiner Bude in Hamburg-Hamm aus pflegte er an den Wochenenden systematisch andere Stadtteile zu erkunden – Viertel, in denen mehr los war: Eppendorf, Eimsbüttel, St. Pauli, den Großneumarkt. De facto handelte es sich natürlich um Sauftouren. Kaum eine freibierrelevante Neueröffnung entging ihm.

Und der frischgebackene Eimsbütteler Gastwirt Onno Viets in all seiner leichtsinnigen Großzügigkeit gestattete dem frischgebackenen und frisch entlassenen Exportkaufmann und nunmehr frischgebackenen Künstler Donald Maria Jochemsen nicht nur, im Hinterzimmer ›Bilder‹ auszustellen (in Wahrheit ein Dutzend billiger, leerer Wechselrahmen mit Titeln wie ›Bassa Teremtetem‹, ›Hirnphimose‹ oder – sic! – ›Tavor und Psyche‹). Vielmehr gewährte er dem Künstler in spe mit dem ekligen Pseudonym Pimpf auch noch ein Deputat Pils dafür.

Und nicht nur ihm. Hätten sämtliche Verdammten und Verfemten Zentralhamburgs ihre Deckel bei Onno beglichen, ein jeder pünktlich zu Anfang eines jeden jener legendären 63 Monate – während das Pimpfsche Œuvre nach und nach ein Firnis aus Tabaksgiften, Bieratem, Schweiß und Schimpf und Schande überzog –, dann hätte er vielleicht noch ein paar Jahre länger durchgehalten.

Die Konkursfeier im Herbst 1983 war ein Gelage im Wikinger-Stil. Der letzte Öffnungstag traf sich mit Vetter Donalds Geburtstag. Unter dem Pseudonym Sabine Tannine feierte er ihn mit einer Performance. Sie bestand darin, grell geschminkt auf der kleinen Bühne zu hocken und 25 Gläser Lambrusco zu schlucken. Donald Maria Jochemsen, Avantgardist des Komasaufens.

Edda und er konnten sich nicht leiden. Aber wie oft hatte *ich* im guten alten Plemplem mit ihr geflirtet – o ja: Ich war nicht unverschossen in ihre Schwellformen und Sommersprossen, und nicht erst nach dem dritten Halben! –, während Onno daneben stand und gütig grienend Gläser wienerte.

Schon immer seither telefonierten wir gern miteinander. Gemeinsames Lieblingsthema: Onno. Gemeinsames Hobby: Onno-Deutung.

Früher z.B. wie folgt: »Was mag wohl in seinem Schädel vor sich gehen, wenn er so vor sich hinstarrt und auf konkrete Fragen nur ›Njorp…‹ gurgelt?«

»Ein Brummen«, sagte Edda dann. »Oder Summen. Nee, ein Brummen. Leiser als ein Kühlschrank, aber lauter als eine Mücke.«

Im Herbst 2013 – im 43. Jahr ihrer Liebe zu Onno – dann allerdings wie folgt: »Anscheinend hab ich ein Datum auf unserem Kalender eingekringelt«, sagte sie, »wie man nun mal so rumkritzelt beim Telefonieren. Und das nimmt er nun als Beweis.«

»Was für ein Datum«, fragte ich.

»Egal. Fünfundzwanzigster Oktober«, sagte sie.

Ich schwieg. Und lauschte Eddas Atem. »Und jetzt ist er froh«, sagte ich dann, »endlich mal was in der Hand zu haben.«

»Ja.« Sie seufzte.

Und wenn Edda seufzte, dann seufzte der Kosmos.

8

Soweit Onnos private Lage im Herbst 2013. Und die berufliche …

Nun, gelegentlichen Äußerungen zufolge sah Onno sich nach wie vor als Privatdetektiv. Ja, trotz des fürchterlichen Desasters mit Tibor Tetropov mehr als sechs Jahre zuvor verstand er sich offenbar nach wie vor als privater Ermittler, und weder Edda noch Raimund, noch ich vermochten zu sagen, ob er das ernst meinte – hatte doch höchstens der eine seiner äußerst sporadischen Jobs der letzten Jahre (als eine Art Ladendetektiv) in diese Kategorie eingeordnet werden können. Die anderen bestanden in Handlangerdiensten u. ä. (Als fanatischer Selbstoptimierer war Onno nicht gerade bekannt. Und doch … Wie sich später herausstellte, hatte er sich verstohlen weitergebildet. Umgang mit GPS, Ortung von Handys u. ä. Hätte ich mir denken können, als der atechnologische Dinosaurier Onno Viets die Umprogrammierungs- und Personalisierungsarbeiten übernahm, um mein ausgedientes iPhone auf Edda zu überschreiben. Es dauerte Wochen, und ungefähr sechs verschiedene, jeweils recht umfangreiche Aktionen waren dazu nötig – zum iShop rennen, Codes eingeben, Hotline-Telefonate ohne Ende … Auch mich galt es mehrfach einzubeziehen. Bei alldem hatte er die Feder geführt.)

Ansonsten lebten die beiden von Eddas Gehalt als Kindergärtnerin und Hartz IV – sowie Leihgaben von Eddas Eltern, von Raimund und von mir. Die übliche Baisse der OVIAG (= Onno Viets Ich-AG). Und nun war aufgrund des vorangegangenen langen Winters nicht nur eine gepfefferte Heizkostennachzahlung fällig, sondern würde darüber hinaus ab 1. Januar 2014 die Miete drastisch erhöht werden. Der verschroben soziale bisherige Vermieter hatte den Zins stets niedrig gehalten, »um dem Staat nichts zu schenken«. Schon immer steinalt, war er im vorigen Jahr doch wider alle Hoffnung gestorben – und der Erbe noch blutjung.

PTBS-Rückfall hin oder her: Ich war überzeugt, daß Onno der »Leibwächter«-Job guttäte. Finanziell allemal. Zudem schätzte ich die Tätigkeit als vollkommen ungefährlich ein. Der schlimmste Fall wäre vermutlich, daß sich einer vor dem andern erschreckte. (Ein Dämpfer für Onnos Motivation konnte allenfalls die Tatsache sein, daß die Flipper IV ausgerechnet vom Hafen jener Insel auslief, in der die rauhe Kumpelromanze Onno Viets / Tibor Tetropov begonnen hatte …)

Wie auch immer, Vetter Donalds Flugzeug nach Palma de Mallorca würde bereits am kommenden Sonnabend starten. Bis dahin, so mein Plan, sollten sich meine beiden Pappenheimer wiederbegegnet sein und neu beschnuppert haben, sich immer noch mögen, ihre gegenseitigen Bedingungen akzeptieren, Koffer packen etc.

Es galt, keine Zeit zu verlieren.

Und so frage ich ihn, nachdem das Geplänkel um Schlümpfestrümpfe, die abgebrochene Tischtennispartie und die PTBS-Attacke anhand eines Tellers Nudeln und zwei, drei weiterer Biere hat zu einem harmonischen Abschluß geführt werden können: »Hast du Sonnabend schon was vor?«

Onno wischt sich den Schaum vom Mund.

»Hoffentlich«, sagt EP und deutet grinsend drauf, »nur Bierschaum?«

»Njorp, 'ch, 'ch, 'ch«, macht Onno in seine Richtung. Anscheinend fällt ihm Lächeln schon ein bißchen leichter. »Nee«, sagt er in meine Richtung. »Wieso?«

»Wie wär's mit 'ner Kreuzfahrt? Eine Woche. Gratis. Plus tausend Euro Honorar. Schwarz.«

Noch vor einer Reaktion von seiten Onnos klappt Raimund zusammen. Wortlos. Zu geschwächt, um auch nur den Kopf zu schütteln. Gleich darauf aber rafft er sich doch noch zu einem wütenden kleinen Ausfall auf. »Was ist denn *das* jetzt schon wieder für ein Quatsch, Stoffel!«

Natürlich machte auch er sich Sorgen um seinen ältesten Freund, und insofern ich es gewesen war, der Onno in seiner damaligen Detektividee unterstützt hatte, beurteilte Raimund Förderinitiativen aus meiner Richtung eher skeptisch.

Verständlich, bei dem katastrophalen Ausgang.

Andererseits besteht zu dem Zeitpunkt ein nicht zu unterschätzender Aspekt von Raimunds komplexer Gemütsverfassung im glosenden Groll darüber, durch eine groteske Reihe von Unwahrscheinlichkeiten um den Sieg gebracht worden zu sein. 10:7 führen, und dann mit drei Kanten- und zwei Netzbällen vorgeführt werden!

Scherz beiseite …

Er war noch nicht auf demselben Kenntnisstand wie ich, und nachdem ich ihn – später am Abend, telefonisch von zu Haus aus – aufgeklärt hatte, erteilte auch er mir seinen Segen.

9

Sechs Wochen zuvor nämlich – am Montag, den 2. September 2013 – hatte ich die erste von insgesamt vier Nachrichten erhalten, die mich wenn nicht alarmierten, so doch zu erhöhter Wachsamkeit zwangen. Sie betrafen einen gewissen Milan, Milan Zarnacher. Den einstigen Laufburschen Tibor Tetropovs.

Seit seiner aufsehenerregenden Geiselnahme auf dem Alsterdampfer Saselbek am 13. August 2007 lag Tetropov im

Hamburger Hafenkrankenhaus. Koma. Aufgrund der komplexen Rechtslage, wobei sein Status als Staatenloser eine Rolle spielte, gab es keinerlei Option auf Unterlassung von lebenserhaltenden Maßnahmen, seien sie ethisch überhaupt wünschenswert oder nicht. Die Staatsanwaltschaft hatte ihn verschiedener Verbrechen angeklagt, von Sachbeschädigung über Diebstahl und Tierquälerei bis hin zu schwerer Körperverletzung, Freiheitsberaubung und Mordversuch in zig Fällen. Der Strafprozeß würde natürlich erst erfolgen können, wenn der Täter verhandlungsfähig wäre. Was in den Sternen stand.

Eine der zahlreichen Personen (abgesehen von Onno), die auch sechs Jahre danach noch mit unterschiedlicher Intensität an das fürchterliche Geschehnis gebunden waren – sei's psychologisch oder psychopathologisch, sei's bloß juristisch oder sonstwie mittelbar –, war ich. Ich hatte je ein Mandat für drei der Geiseln Tetropovs übernommen, die Nebenklage eingereicht hatten. (Nicht so Onno. Er hatte aus bestimmten Gründen darauf verzichtet.)

Glück in all dem Unglück war gewesen, daß Onnos Identität trotz seiner Schlüsselrolle aus der Wahrnehmung der Öffentlichkeit hatte weitgehend herausgehalten werden können. Damit das so bliebe, hatte ich all die Jahre entsprechenden Kontakt zu verschiedenen Milieuquellen aufrechterhalten. Gegenaufklärung tat not, weil meine Kanzlei der Schwachpunkt war, an dem Tetropovs Detektiv angesetzt hatte, um an Onno heranzukommen.

Um so schlimmer, als ich eines Tages durch Mark Kornelsen, Streetworker auf St. Pauli, von Milan Zarnacher hörte.

Milan war elf, zwölf gewesen, während er Tibor Tetropov als Laufbursche gedient hatte. Nicht zuletzt dessen Schicksal trieb den Jungen die schiefe Bahn immer weiter hinab – schwere Körperverletzung, schwerer Raub, Nötigung, Diebstahl, Drogenhandel ... Als er wegen Totschlags in Jugendhaft kam, schien es, als wiederholte er die Karriere seines Idols. Im Spätsommer 2013 aus der Jugendstrafanstalt Hahnöfersand entlassen, verkündete er zu mehreren Gelegenheiten großmäulig Pläne, den legendären Kiezheroen Tibor Tetropov zu rächen.

Das war's, was Mark Kornelsen mir am 2. September 2013 gesteckt hatte. Ob Milan über Informationen verfügte, die seine Prahlerei rechtfertigten, vermochte Kornelsen nicht zu sagen. Über die nötigen finanziellen Mittel verfügte er höchstwahrscheinlich nicht, ebensowenig über die Intelligenz.

Die zweite jener vier Nachrichten, die mich aufhorchen ließen, folgte am Freitag, den 20. September 2013. Von Tetropovs ehemaliger Lieblingsmitarbeiterin – einer Minskerin namens Minka – hatte Kornelsen vernommen, Milan habe sie besucht und hinsichtlich jener Vorgänge rund sechs Jahre zuvor inquisitorisch befragt.

Die dritte erhielt ich am Freitag, den 11. Oktober, dem Tag vor meinem Besuch des Tremolo. Über einen Mittelsmann in meiner Kfz-Werkstatt hörte ich, daß ein kräftiger junger Mann sich mit aggressivem Nachdruck nach einer ehemaligen Geliebten Tetropovs erkundigt hatte. Sie war dort aber schon seit Jahren nicht mehr beschäftigt.

Kurzum: Neben den Honorarerwägungen hielt ich es für nicht die schlechteste Idee, Onno aus der Hamburger Schußlinie zu nehmen und für eine Woche ins Mittelmeer zu verfrachten.

(Die vierte Nachricht sollte ich erst am Mittwoch, den 23. Oktober 2013, erhalten. Da war Onno aber schon auf dem »falschen Dampfer« [Vetter Donald].)

Zurück zum Après-Pingpong. Raimund also, noch uninformiert, ist entnervt. Um Onnos Augenpartie aber – ihrer unverkennbaren Anspannung zum Trotz – ringeln sich ebenso unverkennbar neugierige Fragezeichen, und so mache ich den Sack zu: »Sagt dir der Name Donald Maria Jochemsen noch was?«

Und kraft der Illusion, allein der Klang jenes Namens pulverisiere die Wolke über Onnos Stirne, setze ich mich ins Recht – selbstherrlich bis zur Apotheose.

Sünd ji noch all dor? Dann Vorhang auf zum …

Nachspiel

Kasper Spackennacken
und der Lude von Buxtehude

KASPER   Tri, trorr, trullorrlorr! Tri, trorr –

GRETEL   Mäch den Kopp zu,
                  Späckennäcken!
                  Ich will in Ruhe
                  Uldimed Feiding
                  kuck'n!

KASPER   *beiseite* Die immär mit ihr'n … *laut*
                  Uldimed Feiding!?!

GRETEL   Däs' immär so spänn'd! Krieg'n
                  se sich, odär krieg'n se sich nich',
                  un' so.

KASPER   *beiseite* Vär'orrschen känn ich mich
                  alleineh. *laut* Schüß, Schätz! Ich
                  geh' jetz' los!

GRETEL   *mißtrauische Pause* ›Schätz‹? Bis' du
                  bescheuärt? ›Los‹? Wohin?

KASPER   Näch'n Yogorr!

                  Geht ein' saufm.

TEUFEL   *am Tresen* Nee, ick hab keene Lust mehr!

Nachspiel (in politisch korrekter Hochsprache)

Kasper Spackennacken
und der Zuhälter aus Buxtehude

KASPER

Tri, tra, trullala! Tri, tra –

GRETEL

Schweig stille, Kasper! Ich möchte in Ruhe jenen brutalen Käfigkampfsport schauen, bei dem in der Gründungsphase sogar Kopfstöße, Tiefschläge und Haareziehen erlaubt gewesen sind!

KASPER

beiseite Sie immer mit ihrem … *laut* Brutalen Vollkontakt-Käfigkampfsport!?!

GRETEL

Das ist immer so spannend! Bekommen sie sich, oder bekommen sie sich nicht, und so.

KASPER

beiseite Veralbern kann ich mich allein. *laut* Auf Wiedersehen, mein Schatz! Ich mache mich auf!

GRETEL

mißtrauische Pause ›Schatz‹? Was hat das zu bedeuten? ›Auf‹? Wohin?

KASPER

Zum Yoga!

Geht in eine Schänke.

TEUFEL

am Tresen Nein, ich mag nicht mehr!

KASPER   Äch komm! <u>Du</u> häs' <u>immär</u> 'n gu'n Job
              gemächt.

TEUFEL   Ja jut, aba siehste ja, wat mir det je-
              bracht hat. Nee, ick hab keene Lust
              mehr, wa. Det hat doch allet keen
              tieferen Sinn mehr. Allet nur noch
              Jrau in Jrau …

WACHTMEISTER   *tuckig* Gib ma' 'n Kännchen
mit T-Shirt-Aufdruck: Pels!
Diesen Körper formte Bier

KROKODIL   Kännchen nur draußen!
mit T-Shirt-Aufdruck:
Stopp dem Rhabarber-
schorle-Boarding!

LUDE VON BUXTEHUDE   … blabla, blablabla,
              blabla, blablabla blabla, bla, blabla,
              blablabla, blabla, bla …

TEUFEL   *beiseite* Da. Da. Der jibt nich' uff!

KASPER   Na jorr. Gibt immär so'ne un' soiche.

LUDE VON BUXTEHUDE   … blabla, blablabla
              blabla, blablabla blabla, blablablablarrr,
              blablarrr, blabla, blablabla …

TEUFEL   Nee, ick kann nich' mehr. Ick will ooch
              nich' mehr. Mein janzet Leemswerk …

KASPER   Aber bitte! <u>Du</u> hast <u>immer</u> sehr gut
                gearbeitet.

TEUFEL   Mag sein, aber man sieht ja, was es mir
                letztendlich eingetragen hat. Nein, ich
                mag nicht mehr, nicht wahr. Das hat doch
                alles keinen tieferen Sinn mehr. Alles nur
                noch Grau in Grau …

WACHTMEISTER   *feminin* Ich bitte um ein Kännchen
mit T-Shirt-Aufdruck: Pils!
Diesen Körper formte Bier

KROKODIL   Kännchen nur draußen!
mit T-Shirt-Aufdruck:
Stopp dem Rhabarber-
schorle-Boarding!

LUDE VON BUXTEHUDE   … und wir müssen
                uns ein Stück Normalität zurückerobern,
                sonst …

TEUFEL   *beiseite* Da. Da. Der gibt nicht auf!

KASPER   Nun ja. Es gibt immer solche und solche.

LUDE VON BUXTEHUDE   … das wollen die Men-
                schen nicht. Wir müssen die Menschen
                abholen, wo sie …

TEUFEL   Nein, ich kann nicht mehr. Ich mag auch
                nicht mehr. Mein ganzes Lebenswerk …

KASPER   Na, <u>du</u> häs' orrbär dein Möchlichstes
                 getorrn. <u>Du</u> brauchs' dir orrbär nu <u>ächt</u>
                 keineh Vorwürfeh …

WACHTMEISTER   Müßte es nicht ›Stopp <u>das</u>
                 Rhabarberschorle-Boarding‹ heißen?

KROKODIL   Müßtes' <u>du</u> nich' längs' midde rosorr
                 Schlorfbrilleh und 'n Gummiknübbel in'n
                 Pobo auf'e Heizdeggeh lieg'n?

WACHTMEISTER   Ja und? Hallo? <u>Ohne</u> Gummi geht
                 ja wohl gaaa nich' …

LUDE VON BUXTEHUDE   … blablabla, blabla,
                 bla blablabla, blabla, bla blablabla,
                 blabla, bla blablabla, blabla, bla blablabla,
                 blabla, bla …

TEUFEL   Nee. Nee, nee. Det hätt' ick nie jedacht,
                 det ick mir eenes Tares ma selba autsorßen
                 würde, vastehste? Nee, ick hab keene Lust
                 mehr, wa.

KASPER   Wadde ma. *wendet sich an den andern*
                 Hör morr, du Schlaumeiär. Und wäs
                 is' mit miär? Ich bin so ääm, ich
                 könnde mir nich morr mehr Kino
                 leist'n.

LUDE VON BUXTEHUDE   blablabla, blabla, bla
                 blablabla, blabla, bla blablabla, blabla,
                 bla blablabla, blabla, bla blablabla, blabla,
                 bla blablabla, blabla, bla blablabla, blabla,

KASPER   Na, <u>du</u> hast aber doch dein Möglichstes
               getan. <u>Du</u> brauchst dir nun <u>wirklich</u> keine
               Vorwürfe …

WACHTMEISTER   Müßte es nicht ›Stopp <u>das</u>
               Rhabarberschorle-Boarding‹ heißen?

KROKODIL   Müßtest <u>du</u> nicht längst, angetan mit einer
               rosafarbenen Schlafbrille und einem G…l
               im A…r, auf der Heizdecke liegen?

WACHTMEISTER   Ja und? Wie? <u>Ohne</u> Gummi geht
               ja wohl gar nicht …

LUDE VON BUXTEHUDE   … und wir können
               die under achiever, low performer und zero
               potentials auf dem Arbeitsmarkt nicht
               ständig mit Gratis-Gratifikationen …

TEUFEL   Nein. Nein, nein. Das hätte ich nie
               gedacht, daß ich mich eines Tages selbst
               outsourcen würde, verstehst du? Nein, ich
               habe keine Lust mehr.

KASPER   Sekunde. *wendet sich an den andern* Hör
               mal, du Neunmalkluger. Und was ist mit
               mir? Ich bin so arm, ich könnte mir noch
               nicht einmal den Eintritt in ein Kino
               leisten.

LUDE VON BUXTEHUDE   Lassen Sie mich bitte
               erst einmal ausreden. In einer Demokratie
               ist das ja wohl das vornehmste Gebot.
               Und ansonsten kann ich nur sagen, daß

bla blablabla, blabla, bla blablabla, blabla,
bla blablabla, blabla, bla blablabla, blabla,
bla blablabla, blabla, bla blablabla, blabla,
bla blablabla, blabla, bla blablabla, blabla,
blarrrrst!

KASPER   *zum Teufel* Jetz' versteh ich, wäs du
              meins'.

TEUFEL   Ick kann nich' mehr, vastehste? Ick will
              ooch nich' mehr.

70   *Stunden später.*

KASPER   *im Ehebett, lallend* Der Wächtmeißär hät
              gesorrcht, wir soll'n 'n Tängokursus
              mäch'n, denn kläppt däs auch wiedä
              midde Erodik.

GRETEL   Na, <u>däs</u> dorr is' jedenfalls der horizontorrle
              Ausdruck eines wertikorrln Wunsches.

KASPER   Wä?

GRETEL   Mäch den Kopp zu, Späckennäcken. Sons'
              stopf' ich dorr Zeidungspapiär rein.

wir im 21. Jahrhundert über die ewigen Neiddebatten längst hinweg sein sollten. Außerdem gibt es heutzutage auch sehr unterhaltsame Daumen-kinos.

KASPER   *zum Teufel* Jetzt verstehe ich, was du meinst.

TEUFEL   Ich kann nicht mehr, verstehst du? Ich will auch nicht mehr.

Stunden später.

KASPER   *im Ehebett, lallend* Der Wachtmeister hat gesagt, wir sollen einen Tangokurs machen, dann funktioniere auch die Erotik wieder.

GRETEL   Na, <u>das</u> da ist allenfalls der horizontale Ausdruck eines vertikalen Wunsches.

KASPER   Wie bitte?

GRETEL   Schweig stille, Kasper. Sonst stopfe ich deinen Kopf mit Zeitungspapier aus.

Dritter Akt

Baumelnde Seelen

*Hurra! Denn sind wir denn nicht alle da? Immer noch? Doch!
Oder etwa nicht?*

*Gezwungen werden soll natürlich niemand. Soll nicht, kann
ja gar nicht und wird ja auch nicht. Wissen muß es jeder selber.
Aber ist es denn nicht schön, wenn wir alle da sind? Haben wir's
uns denn nicht verdient? Dürfen wir's denn nicht mal feiern?
Sind wir denn nicht auch mal dran?*

*Doch! Das Leben kann so schön sein, kann verdammt noch
mal auch schön sein. Wir wollen alle prima leben und sparen.
Hurra!*

10

Und ein paar Tage später hockten sie tatsächlich auf der Flipper IV, die beiden hervorstechendsten aller meiner Pappenheimer, und gingen auf diese sonderbare Reise, diese ihre einsame, hoffnungsvolle, irreführende Reise mit dem gräßlichen Ende.

Nein, ich war nicht dabei. Indizien hin, Zeugenaussagen her – strenggenommen ist die nachfolgende Erzählung ein Ergebnis meiner Einbildungskraft. Doch *poetischer* Gerechtigkeit und Wahrheitsfindung dient immer noch am besten Phantasie. Zumal ich beide Akteure sehr, sehr lange kenne bzw. kannte (unbenommen, wie sich herausstellen wird, auch die langjährige Kenntnis einer Person nicht vor üblen Überraschungen schützt).

Um mich in das Bordleben so weit als möglich hineinzudenken, Onnos und Donalds Erfahrungen so tief als möglich nachempfinden zu können, machte ich ziemlich genau ein Jahr später die gleiche Kreuzfahrt. Und erstand übrigens, zwecks Gedächtnisstütze, eine DVD mit dem Titel *Unvergeßliche Momente. Ihr Urlaub auf der Flipper IV.*

Gedächtnisstütze? Schon.

Vor allem aber auch ein Lehrbeispiel für maximal wirkungsvolles Marketing.

Mal einlullende, mal aufputsch-, ja -peitschende Musik (unter anderem die Flipper-Hymne: was für ein hübsches, herzergreifendes Stück Kuschelrock!), verschwimmende Blende, Zeitlupen, Totalen von Küstenpanoramen, Close-ups der glückseligen Gesichter von Passagieren, die leutselig winken usw. – unter virtuosem Einsatz der probatesten Kunstgriffe des Kitschfilms wird uns Szene für Szene bewiesen, wie schön unser Urlaub auf der Flipper IV in Wirklichkeit war.

Ein geradezu lobotomisches PR-Instrument. Und so preiswert. Schließlich zahlt es der Kunde selbst. Und zwar gern. Sage und schreibe 60 Euro nämlich. Und anschließend bucht er die Anschlußreise.

Wahrlich höchst professionell – wie alles aus dem Hause FLIP Cruises, versteht sich.

Denn die Konkurrenz schläft nicht, und die Gesellschaft für Konsumforschung hatte zum Zeitpunkt von Onnos und Donalds Reise aufgrund einer Studie prognostiziert, daß die Zahl der Kabinenplätze in jenem Marktsegment in den darauffolgenden drei Jahren um 42 Prozent steigen würde.

Wie hatte sich Vetter Donald ein Jahr später ausgedrückt? Bucklig hockte er da, eine Badekappe auf dem Kopf, und raunte räsonierend vor sich hin. »Spitzenwachstumsrate, sage ich. Wachstumsrate, wie sie sonst nur Drogen-, Frauen- und Derivathändler verzeichnen dürften. In den nächsten Jahren werden zeitweise ganze Landstriche entvölkert sein. Und die Bewohner hinkünftig über die Ozeane schippern. *Der* Ausweg, wenn die Meeresspiegel steigen. Waterworld, sage ich. Arche Flipper, sage ich.«

Und so sehe ich ihn vor meinem inneren Auge, wie er sich ein Jahr zuvor in einem der massivhölzernen, bordeauxrot-gepolsterten Halbliegestühle räkelt, die, in Viererformation um ein Tischchen mit Aschenbecher gruppiert, entlang der geschwungenen Heckreling aufgereiht sind – gegenüber von einer hockerbestückten Bar aus blauer Verblendung, dunkler Holzrahmung und funkelnden Regalen dahinter voller schöner Flaschen voller feuchter Drogen.

»Seele baumeln lassen«, raunt Vetter Donald finster, raunt es unter diesem Ding von Brille, diesem Gerät von Brille hervor. Und einem wahren Dornbusch von Nasenhaaren. »Seele, sage ich.«

Ein bißchen scheint er sich erholt zu haben von den Strapazen des Anreisetages, doch seine stoppelige Oberlippe transpiriert nach wie vor. Zwischen den ockergerauchten Fingern seiner Rechten zittert ein bedruckter, quer entfalteter DIN-A4-Bogen.

Trotz gedämpfter Beleuchtung erkennt Onno auf der Rückseite das Foto von einem Schiff. Es scheint bestrebt, übers rechte Ohr des Betrachters hinwegzurauschen. Der weiße Rumpf ist bugwärts dergestalt bemalt, daß er in einen lächelnden blauen Delphin mündet, der die türkisfarbene See pflügt. Über dem keß bewimperten Auge steht der Schiffsname Flipper IV.

Der Titel der einblättrigen, geknifften Zeitung lautet *FLIP chart heute*. Das Bordprogramm. Überschrift:

HERZLICH WILLKOMMEN!

Und unter dem Zwischentitel *Entspannt ankommen* heißt es:

Zur perfekten Einstimmung in Ihren Urlaub erhalten Sie heute auf Massagen, Beauty-Behandlungen & Co. bei Body & Soul Spa einen Nachlass von zehn Prozent. Lassen Sie die Seele baumeln!

»Wenn ich schon dieses bescheuerte ›& Co‹ immer lese. Massagen, Beauty-Behandlungen & Co. Furunkeln, Arschkrebs & Co. Und dann noch die Seele baumeln lassen«, raunt Vetter Donald. »Hier. Ich dekompensier gleich.«

Schneit aber erst mal 'ne Runde – und raucht eine.

Erster Tag an Bord: Samstag, den 19. Oktober 2013. Palma de Mallorca (Spanien), Hafen, Liegeplatz Dique del Oeste, Maritime Station No. 6. Deck 7 achtern, Ocean Bar, gegen 21:50 Uhr. Immer noch ungefähr 20 Grad Celsius, doch frische Brise.

Von jenseits, vom Ufer, zur Backbordflanke herüber leuchten, tiefgestaffelt, Wohn- und Geschäftsgebäude und die rauschende, sechsspurige Küstenstraße, leuchten Tausende Lichter der nachtverschatteten, hügeligen Mittelmeerinselstadt. Von der schnurgeraden Landkante scheinen reihenweise Wassersäulen auf die Oberfläche der Bucht gestürzt, die flirrend ihre Farbquellen spiegeln, überwiegend orange, vereinzelt rot und blau und weiß.

»Was?« Gütig grienend erweitert Onno sein Ohr mit der Linken. Das Dauerbrummen aus dem Innern der neonverstrahlten Fähre am Nachbarkai ist nicht ohne. Dennoch außerdem vernehmlich, irgendwo von der kahlen Betonweite des pollergespickten Piers, eine – Grille.

»Seele, sage ich«, raunt Vetter Donald und haut mit dem Handrücken auf die Zeitung, »baumeln lassen. Steht da. Wir sollen die Seele baumeln lassen, Spacken wir. Hier. *Hier* die Seele baumeln lassen. Und überhaupt, wenn sich innerhalb des Fratzenmobs auf diesem falschen Dampfer hier überhaupt auch nur eine einzige wahrhaftige Seele befindet, freß ich 'n Besen.«

Doch, er hat sich ein bißchen erholt. Zumindest Atem geschöpft.

»Echt?« sagt Onno, unterbricht das Kramen in seinem Tabaksbeutel und tätschelt gesellig ächzend seinen Wanst.

»Bei mir paßt nicht mal mehr 'ne Weintraube rein, nech?«

Die Völlerei vorhin, zwei Etagen höher, im Büfett-Restaurant Calypso.

Die Planken duften nach Salzwasser. Die Ocean Bar ist der einzige öffentliche Ort an Bord bisher, der in Vetter Donalds Augen Gnade gefunden hat, und nach nervenaufreibendem Rundgang, ebensolchem Abendessen sowie einem Alptraum von Seenotrettungsübung schätzt er sich überglücklich, hier einen Platz ergattert zu haben.

Der Künstler in großer Toilette: zu Breitkordhosen eine Art Gehrock samt obsidianfarbenem Kopftuch. Wirkt obenrum wie ausgediente Haremsdame. Herbe ausgediente Haremsdame. Sehr herbe, seit Jahrzehnten ausgediente Haremsdame. Stöhnend – die Nachwehen all der Anstrengungen – stochert er mit dem Strohhalm im Eis seines alkoholfreien ›Splash!‹ herum, während aus den Lautsprechern die Durchsagen des Käpt'ns zum bevorstehenden Drama des Ablegens erschallen, »spektakuläre Laserlightshow« etc. pp.

Onno – Jeans, ausgewaschenes rotes T-Shirt mit *The Sopranos*-Aufdruck, Rautensocken, Jesuslatschen – reckt den Daumen. »Wollen wir nicht nach oben? Wa?« Er meint das Pooldeck 10 nebst Empore auf Deck 11.

»Ich bin doch nicht verrückt.« Ist er wohl. Aber der Brötchengeber. »Meinetwegen, sage ich.« Liberaler Brötchengeber.

Nichtsdestoweniger nach wie vor erheblich angefressen. Was für ein Seelenverkäufer, das hier; Seelenverkäufer, sagt er. Na warte, Kristin Luise.

11

War mir von vornherein klar gewesen.

Schon bei der Schnupperbegegnung der beiden hätte ich meinen Doktortitel verwettet: Onno würde die Flipper IV von Anfang an mögen, Vetter Donald sie aber hassen. Liebe macht blind, und da in Reisen unerfahren, hatte Donald zudem offenbar nicht ausreichend imaginiert, worauf er sich bei der Kreuzfahrt mit einem Clubschiff einließ. Insbesondere die Mitreisenden machten ihm zu schaffen. »Fratzen« schimpfte er sie, »weiche Ziele«, »Klatsch-« und »Stimmvieh«. »Subjekte«. »Zivilisten«. »Verbraucher«. Er fluchte über ihre »Dutzendgesichter mit Standardfrisuren« und beklagte ihre »Klamotten aus den Kettenläden in den Fußgängerzonen« und so weiter, und so fort – während Onno beim besten Willen kaum jemanden zu hassen vermochte, solang er ihn noch gar nicht kannte.

Daß meine Versuche, Onno Jobs zuzuschustern, beide Male in Katastrophen endeten, ist nicht zu leugnen. Doch komisch, die Anbahnung verlief jeweils vielversprechend. Auch der Abend des Dienstags, dem 15. Oktober – der Abend nach dem Tischtennistraining –, war letztlich eine nahezu rauschende Wiedersehensfeier.

Als Treffpunkt hatte Vetter Donald das Ottensener Café Altkanzler Schmidt vorgeschlagen. Erstens, weil man, wie der Name schon sagt, dort rauchen durfte; zweitens, weil es der gebenedeite Ort war, an dem er Monate zuvor Kristin Luise kennengelernt hatte, und drittens, weil er nur über die Straße zu gehen brauchte. Privileg des Auftraggebers.

Das Erstklässlerlächeln erleuchtete die Dunkelmannvisage unterm Borsalino, als Onno und ich uns seinem Tisch in der hintersten Ecke näherten: »Vetter Donald«, sagte ich, »alter Mädchenschwarm.«

»Onno Viets«, raunte er, mich elegant wegkürzend, »alter Runzel-Rocker. Siehst du scheiße aus. Scheiße aus, sage ich.«

Der Schock, der Schock. Für diesmal verständlich.

Man kennt das: Figuren aus alten Erinnerungen altern nicht, und wenn die Hexe Zeit ihr Zerstörungswerk aktuell präsentiert, ist man schockiert. Und glaubt insgeheim, sie sei mit der eigenen Hülle barmherziger umgegangen. Dabei hat sie die Selbstwahrnehmung bloß mit dem gnädigen Bann der Gewöhnung belegt.

»Da muß ich erst mal«, griente Onno aus Dalai-Lama-Augen, »'ne zweite Meinung einholen, nech?«

»Ich bitte dich«, raunte Vetter Donald. »Was ist denn das für ein Wanst.«

Der Angeber. Vor Utas Trennung von ihm hatte er selbst noch ausgesehen wie der Gurkenkönig persönlich.

»Das ist aber kein Fett«, versetzte Onno und klopfte auf sein Hemd. »Da ist die Plastiktüte mit deinen unbezahlten Deckeln drunter, nech?«

Während der unweigerlichen Schwelgerei in Plemplem-Erinnerungen verwandelte sich Vetter Donalds depressive Aura schrittweise in eine Art sanften, ja vergnügten Ingrimms – und das, obwohl er Bionade trank.

»Weißt du noch«, fragte Onno, »wie du an dem einen Abend heimlich aus der Ouzoflasche gesüffelt und sie, um das zu vertuschen, mit Wasser aufgefüllt hast? 'ch, 'ch, 'ch …«

»Und *du*, daß du dachtest, Al-Anon wär' 'ne palästinensische Terrorgruppe.«

»Echt? 'ch, 'ch, 'ch … njorp … Und kannst du dich noch an diesen … diese halbe Portion da erinnern, diesen Altbiersäufer, den alle nur Rudi der Arsch nannten?«

»Rudi der Arsch«, raunte Donald. »Ja. Ja. Und *du* –«

»Wer«, sagte ich, »ich?«

»– ja du. Du hast alle halbe Jahr 'ne neue Schnepfe angeschleppt.«

»'ch, 'ch, 'ch«, kicherte Onno. »Stoffels ornithologische Phase.«

Nach all den Geschichten, nach Bassa teremtetem und Hirnphimose und den 25 Gläsern Lambrusco der Sabine Tannine, nach all der Schwärmerei über alte Eimsbütteler Zeiten sagte Onno: »Daß *du* derjenige bist, der Spackennacken erfunden hat ... nech?, unglaublich, nech?«

»Du kennst das«, raunte Vetter Donald überrascht, erstaunlich authentisch überrascht.

»Aber hallo«, kicherte Onno, und das war keineswegs bloße Schmeichelei.

Ich war es, der ihn damit infiziert hatte. (Meine nachdrückliche Einladung ins Tremolo hatte er allerdings abgelehnt – mit dem Hinweis auf seinen roten Saldo bei mir.) Ansatzlos begann Onno, aus der ein oder anderen Spackennacken-Szene zu zitieren. »Der Orgasmus des kleinen Mannes, 'ch, 'ch, 'ch ...«, zitierte Onno, und: »Sex, Sex, Sex, immer nur Sex – es muß doch auch noch was anderes geben auf der Welt!« zitierte er, und düsterglühend ergänzte der Dramatiker per gerauntem Selbstzitat: »Migräne zum Beispiel.«

Noch später am Abend blödelten sie nur mehr herum – beinah, als stünde nichts zwischen ihnen als der 30 Jahre alte Tresen des Plemplem.

Vetter Donald konnte durch Zupfen an den Augenlidern Geräusche erzeugen. Onno behauptete, sie klängen »wie Fürze von Schlümpfen, 'ch, 'ch, 'ch«. (Er mußte es ja wissen.)

Als Onno hustete, raunte Vetter Donald: »Staupe?«

»'ch, 'ch, 'ch ...«

Als Vetter Donald mich »Knecht Ruprecht« nannte und

Onno fragte, warum, raunte Vetter Donald: »Ist doch Anwalt. Schiebt immer alles andern in die Schuhe.«

»'ch, 'ch, 'ch …« Onno Viets, der alte Irrenflüsterer … Charisma für Arme + Sitzfleisch + Kalfaktor-Faktor = Leibwächter.

Sie verstanden sich. Blind oder immerhin blendend, und nach einem Abriß von Onnos Biographie (wobei wir das Tetropov-Desaster aussparten) raunte sein neuer Boß: »Und jetzt – Anschlußverwendung: spätrömische Dekadenz. Hat doch was. Hat was, sage ich.«

Das war gegen null Uhr, und bestimmte Antworten fehlten immer noch, ja die Fragen waren noch nicht einmal ausgesprochen. »Ich kann nicht mehr atmen hier«, stöhnte ich, der Passiv-Kettenraucher. Mir tränten die Augen, und meine Schläfen dröhnten.

»Was sollen wir denn sagen«, raunte Vetter Donald. »Wir müssen das gottverdammte Insektizid *direkt* inhalieren.«

»'ch, 'ch, 'ch …«

Ich verabschiedete mich. Die beiden blieben noch.

Und am nächsten Tag schien es, als seien meine objektiv begründeten Befürchtungen gegenstandslos.

Weder ich noch Onno, noch Vetter Donald selbst hatten sich je mit dem Phänomen Kreuzfahren auseinandergesetzt. Keiner von uns hatte eine konkrete Vorstellung davon, was sie auf jenem Schiff erwartete. Lauter alte Leute? Oder im Gegenteil Party rund um die Uhr? Ob Crewmitglied Kristin Luise aus arbeitsvertraglichen Gründen überhaupt Privatkontakt zu Gästen würde unterhalten dürfen; wo an Bord und ob überhaupt man rauchen durfte, und ähnliche Fragen – gut, die Antworten *darauf* konnten mir gleichgültig bleiben. Gebucht hatte Vetter Donald längst, und ihm unkend die Vorfreude zu nehmen hätte gegen die Genfer Konventionen verstoßen.

Was mich aber umtrieb, war die Frage, weshalb er mir ohne jede Nachfrage abgekauft hatte, daß solch ein moppeliger, bereits recht angejahrter und zerzauster Hänfling wie Onno Viets überhaupt zum Leibwächter taugte? (Wenn der wüßte, daß Onno nicht mal *schwimmen* konnte!) Und folglich, weshalb er, Vetter Donald, dafür seinem eigenen in der Bar Libelle gemachten Vorschlag zufolge tatsächlich 1000 Euro zahlen wollen sollte – »oberer fünfstelliger Bereich« hin und her?

Andererseits fiel mir ein, daß er ohnedies noch nie einen Schimmer gehabt hatte, wieviel genau auch nur *zehn* Euro eigentlich waren. 18 Jahre lang hatte Uta die Wirtschaft ihres Hutgenies geregelt.

Wollte er seine Balkonkabine etwa mit Onno teilen, wie zwei Mädchen auf dem Ponyhof? Und das in seiner Eigenschaft als Klaustrophobiker? Andererseits: eine zweite springen lassen, dafür hätte er ordentlich extra hinblättern müssen. (Daß Onno militanter Schnarcher war, hatte ich in meinem ginbefeuerten Synergiewahn in der Bar Libelle zu erwähnen vergessen.)

Und selbst, wenn Vetter Donald sich eines todesähnlichen Schlafes erfreute: Würden sich all die Macken, Hüte und Schlümpfe miteinander vertragen? Hier im Café Altkanzler Schmidt verdrängte das sinistre, von Neurosen nur so wimmelnde Ego Vetter Donalds alle anderen an die Peripherie. (Schon als Neil Armstrong anno '69 den Mond betrat, dachte er: Okay, that's the Chinese wall. But what the fuck is *that*? Tjä, that actually was cousin Donald's Ego.) Müßte Onno in einer Schiffskabine nicht zerquetscht werden?

Gab Vetter Donald wirklich soviel Geld aus, nur um in den Genuß eines Reisegenossen zu kommen?

Irgendwann gab ich es einfach auf, seine Entscheidung und Motivation tiefer zu ergründen. Bisher war er in seine Schlamassel *immer* einfach so hineingeschlittert (einen auf vier Wochen angesetzten Künstleraustausch in der Türkei beispielsweise hatte er nach acht Tagen abbrechen müssen) – warum sollte dieses eine Ausnahme machen?

Viel später erst sollte ich auf die Lösung kommen.

12

In unserem Telefonat am Tag danach – Mittwoch, den 16. Oktober – erwähnte Onno, wie angedeutet, nicht die geringsten etwaigen Bedenken seines Auftraggebers. Und drei Tage später – am Samstag, den 19. Oktober – ging die Reise los.

Edda hatte Onno nach Fuhlsbüttel chauffiert und ihm noch ein Weilchen Gesellschaft geleistet, während er unweit des Check-in-Schalters auf Vetter Donald wartete.

Gepolstert mit dunklem Lederimitat, gewährten die in Sessel gegliederten Bänke passablen Komfort. Durch die gläsernen Streifen im gewölbten Dach der hohen Halle zeichnete die schreiende Oktobersonne lange helle Bögen auf den Boden aus kleingemusterten, großflächigen Kacheln. Auch der Hall der Hunderte von Stimmen aus den Blasen gemäßigter Bewegung wirkte seltsam gedämpft – selbst das gelegentliche Kreischen von einem Säugling auf einem Arm einer Frau, die irgendwo in der reglosen Mensch-Koffer-Mensch-Koffer-Schlange vorm Check-in-Schalter 3 stand. War das Labyrinth der Absperrbänder vor Schalter 2 rot wie Air Berlin und vor Schalter 1 gelb wie TUI, so dieses grau wie GermAir. Auf dem gestelzten Monitor der Hinweis: *GA 3399 Palma de Mallorca 12:20 T1 Check-in 3 Gate A39.*

Ein Gefühl von Verloren- und Verlassenheit beschlich Edda, als sie da neben ihrem Mann saß. »Quatsch, ›beschlich‹«, korrigierte sie sich selbst in unserem anschließenden Telefonat. »Fast umgehauen hat es mich. Vor allem … ach, er tat mir so *leid*«, sagte sie. »Er tat mir so unendlich leid, als ich ihn da so stehen sah mit seinem Koffer, wo er seine besten Klamotten reingetan hat, ich weiß auch nicht. Und *wieder* Richtung Malle. Dahin, wo der ganze Wahnsinn mit Tibor Tetropov angefangen –«

»Aber er hat sich doch drauf gefreut! Oder?«

Sie schwieg, und ich verstand sie genau.

Ich lauschte ihr, lauschte ihrem Schweigen, als wären es Worte, und währenddessen sah ich sie vor meinem inneren Auge da zu Hause sitzen, verloren und verlassen. Sah sie auf jenem Trumm von Sofa sitzen, das nur durch Zauberei einst ins Viets'sche Wohnzimmer geraten sein konnte. (Je wieder hinaus würde es es nur als Kleinholz schaffen.) Sah sie da sitzen zwischen all dem ramponierten, ererbten Friesenbarock und asbestverpesteten Preßspan.

Die Viets'sche Wohnung – ein Museum der Viets'schen Ehe. Die Holzdielen waren lückenlos mit Persern, Brücken und Läufern gedämmt, und Stukkatur wie Rauhfasertapete litten an Zware-Shag-Gelbsucht im Endstadium. Was man allerdings hauptsächlich an der Decke erkannte, weil die Wände ein Puzzle bildeten aus CD-, Platten-, Video-, DVD- und Bücherrücken, verstopften Setzkästen, gerahmten Bildern und Bildchen und Atollen ungerahmter Fotographien.

Die Krönung: das Paneel mit Gehörnen sowie einem Geweih samt Hirschkopf. Wie Edda einmal sagte: »Papa Jäger, Onno Sammler – zack.«

Schien die Sonne durch die mit Pflanzen und Blumen überwucherten, von schweren waldgrünen Samtschals eingefaßten Fenster herein, bezauberte eine Poesie des regsamen Staubfangs.

Nichtsdestoweniger war alles immer sauber. Edda liebte zu putzen. Charakterlich keineswegs oberflächlich, liebte sie Oberflächen um so mehr. Staubsauger, Staubwedel, Staubtuch – wie befriedigend, mit fügsamem Werkzeug all die gemütlichkeitsgeladenen Objekte Raum für Raum, Woche für Monat, Jahr für Jahrzehnt zu hegen und zu pflegen.

Sie begann zu weinen.

»Ach Edda«, sagte ich.

»Was!« rief sie halberstickt.

Onno war ein Kerl mit enormer Widerstandskraft. Um Onno umzubringen, mußte man schon mit einer Straßenwalze drüber. Doch Tibor Tetropovs Gewalttat und die posttraumatischen Jahre hatten seine Persönlichkeit schwer geschädigt. Und zwar nachhaltig; und darunter litt Edda – und litten wir, seine engsten Freunde. Vor allem aber wohl er selbst, und wer könnte das intensiver nachempfinden als die Frau, die ihn liebte, seit sie 13½ war.

Sie schniefte; dann murmelte sie: »Mmommenn«, legte den Hörer hin und schneuzte sich, seufzte und sagte, nun wieder mit dem Hörer in der Hand: »Und dann dieser eklige Typ«, sagte sie, »was dein Vetter ist. Ich konnte ihn noch nie leiden …« *Leidnnnn …* Wenn ein Satz mit einem stimmhaften Konsonanten endete, dehnte sie ihn gern, um ihre Emotionalität zu verströmen. Die Tonhöhe hielt dabei eine vage rhapsodische Spannung.

»Ich weiß, ich weiß«, sagte ich; ein bißchen unwillig, ich hatte es zwei-, dreimal zu oft aus ihrem Munde gehört, und immer in derselben Formulierung, als traue sie entweder meinem Gedächtnis nicht oder ihrer eigenen Aussagekraft.

»Niemand konnte ihn je leiden.«

»Der sah vielleicht wieder aus. 'ne Mütze auf wie'n vollgeschissener Strumpf. Gegen den Typen, gegen den Typen ist mein Onno Marcus Schenkenberg.«

Ich schwieg, und sie lauschte mir, als spräche ich.

»Er nennt mich nicht mehr bei meinen Kosenamen«, sagte sie. »Er nennt mich nur noch ›Weib‹ oder ›Frau‹. Soll wohl witzig sein. ›Weib dies, Frau das‹. Schrecklich. Und er – küßt mich nicht mehr richtig«, sagte sie.

Ich schwieg, und sie sagte: »Schon seit Jahren nicht mehr. Weiß gar nicht mehr, wann das aufgehört hat. Ich glaub, in Finkloch. Und als er dann zurückkam, haben wir irgendwie keinen neuen Anfang gefunden. Furchtbar. *Furcht*bar.«

Weiteres Beispiel für schmerzenden Mangel: Früher war Edda hin und wieder gegen fünf, sechs Uhr vom Toilettengang nicht ins ruhige Einzel- und Gästebett zurückgetappt (ihr »Schnarchexil«), sondern aufs letzte Stündchen der Nacht ins offizielle Schlafzimmer geschlüpft, wo Onno lärmte wie ein Grizzly. Dösig spürte er ihre Ankunft, kam ihr rücklings entgegen und kippte in die stabile Seitenlage, so daß Edda sich in ihn hineinschmiegen konnte. Dann knurrten sie sich zärtlich an – »Schnecke …!«, »Na, mein Uhu …?« –, und wie auf Morpheus' Fingerschnippen waren sie wieder eingeschlafen.

Auch das war vorbei, und auch das alles hörte ich nicht zum ersten Mal. Es erfüllte mich mit Zorn, wenn sie so tat, als hörte ich das alles zum ersten Mal. Doch ich schwieg, und so sagte sie: »Und auch die Umarmung, ich weiß auch nicht, vielleicht weil dieser häßliche, widerliche Typ da, was dein Vetter ist, die ganze Zeit dastand, als ob ich jetzt vielleicht mal endlich verduften sollte, er ist ja jetzt der Chef und so, und glaubst du übrigens, der hat mich nach all den Jahren anders begrüßt als mit ›hallo‹?! … na, mir egal, aber Onno! … ich weiß auch nicht – ich … er hat mich nur kurz in den Arm genommen, mein Onno, als wär ich irgend'n x-beliebiger Idiot.«

»Onno nimmt keine x-beliebigen Idioten in den Arm«, sagte ich. Schwach. Sehr schwach.

»Ich hab seine Halbherzigkeit richtig *gemerkt*, ich hab richtig *gemerkt*, wie er abgebremst hat. Wenn wir uns früher umarmt haben, dann hab ich gemerkt, daß er mich *liiiebt* ...«

Schwach, sehr schwach – in den Knien, in den Herzkammern –, lauschte ich ihrem neuen Tränenausbruch.

»Ich geh ein, Stoffel!« keuchte sie. »Ich geh ein wie 'ne Primel!«

Zeitlebens war sie es gewohnt gewesen, zu lieben und wiedergeliebt zu werden. Nun drohte die Quelle zu versiegen. Die Quelle für beides. Gleichzeitig.

13

Edda war 56 Jahre alt, wirkte aber wie 46. Wie 17 hatte sie gewirkt, als sie 13½ gewesen war – und Onno wenige Wochen nach ihrer ersten Begegnung fröhlich und neugierig animierte, sich ihrer beider Jungfernschaft zu entledigen. (Daß ihre Liebe elterlicherseits beobachtet wurde, indem alle acht Augen so fest zugedrückt wurden, daß es weh tun mußte, war zu Zeiten, in denen es noch einen Kuppeleiparagraphen gab, je nach Perspektive Sensation oder Skandal, und so manches andere Elternpaar mußte sich von seinem Halbwüchsigen Onno und Edda als Präzedenzfall präsentieren lassen.) Knapp 16 war sie, als sie das Elbufer wechselte und von Wilhelmsburg nach Eimsbüttel in ein möbliertes Zimmer zog. Erwachsen genug, behielt sie es, als Eltern und Schwestern ziemlich weit draußen auf dem Lande ein neues Kapitel der familiären Seßhaftigkeit aufschlugen.

Onno und Edda in den 70ern ... Wie so viele von uns hörten sie die herzöffnende, aufrührende Musik, und sie feierten gern; auch Onno war – nachdem er die ersten beiden Ausbildungen in Wilhelmsburg abgebrochen hatte – auf die Nordseite der Elbe gezogen, vor allem, um Edda näher zu sein, aber nebenbei auch, um eine dritte Lehre zu beginnen, diesmal zum Bürokaufmann.

Das erste Jahr ihrer Unabhängigkeit in der Großstadt. »Ein tolles Jahr«, sagte Edda. »Ein traumhaftes Jahr.«

Von ihrer Wohnung aus waren es zu Fuß zehn Minuten, von Onnos WG-Zimmer aus drei Minuten zu Onkel Pös Carnegie Hall. Dort blühte gerade die Blüte der sog. Hamburger Szene auf – Udo Lindenberg, Otto Waalkes, Marius Müller-Westernhagen und viele, viele andere mehr beglückten die ganze Stadt mit ihrer guten Laune –, und Onno und Edda waren jeden zweiten Abend unterwegs, am Wochenende jeden Abend und sonntagmorgens noch zum Jazzfrühschoppen, mit Raimund und seiner jeweils auflodernden Flamme; mit Eddas bester Freundin Gisa und deren herrlich bescheuertem Freund Siggilein – und einem ganzen Saturnring von weiteren lustigen Bekannten. »Wir haben soviel Spaß gehabt«, sagte Edda, »das glaubst du nicht.«

»Wovon«, fragte ich, »habt ihr das eigentlich alles bezahlt?«

»Keine Ahnung«, seufzte Edda. »Ich hab zusätzlich ein bißchen gekellnert, Onno hat Zeitungen ausgetragen. Wir haben uns 'ne Cola bestellt und aus mitgebrachten Flachmännern was reingemischt. Wir haben soviel Spaß gehabt! Wir haben gedacht, das geht immer so weiter, das ist ganz normal, das geht unser ganzes Leben lang so weiter, wenn nicht jeden zweiten Abend, dann mindestens jedes Wochenende. Liebe, Freundschaft, Spaß. Musik, Feiern. Quatsch machen. Rumblödeln. Jeden Tag gab's was zu lachen. Wie das halt so ist, wenn man jung ist. Ich weiß noch, wie *zufrieden* ich war, ganze Tage, ganze Wochenenden. Richtig *dankbar. Glücklich* war ich, ja!, einen Spinner wie Onno zu haben – einen, der den ganzen Quatsch nicht so ernst nimmt, den ganzen Quatsch, um den all die andern Spinner so viel Wind machen, verstehst du? Karriere, Haus bauen. Kotz. Und, ich weiß auch nicht, wir wußten von Anfang an, Onno und ich, daß wir auch keine Kinder wollten. Als Kindergärtnerin wollte ich keine eigenen Kinder, das war mir immer klar. Ich hatte ja welche, und es kamen immer neue nach, Hunderte über die Jahre, was wollte ich mehr? Wir wollten Filme sehen, wir wollten lesen und Musik hören und all den Blödelbarden huldigen und mit Freunden zusammen sein, was kochen, essen, trinken, Quatsch machen und einfach ein einfaches, gutes Leben führen und zusammen alt werden, das wollten wir, und dazu brauchten wir nicht viel, oder?«

Nun ja, immerhin hatte Onno schon im zarten Alter von 19 Jahren genügend Verbindlichkeiten aufgehäuft, daß eine Lösung hermußte. Nach langen Diskussionen in seiner WG, mit Edda und Raimund und ihrer beider Eltern verkaufte er seine Seele für vier Jahre an die Bundeswehr.

Damals verweigerte, wer ein Quentchen mehr weltanschaulichen als karriereplanerischen Ehrgeiz aufbrachte, den Wehr- bzw. Kriegsdienst – auch und gerade, obwohl man sich von Staats wegen noch einer sog. Gewissensprüfung zu unterziehen hatte. Onno, in der Wolle gefärbter Pazifist, Hedonist, Individualist, hegte allerdings eher Befürchtungen, was seine Bequemlichkeit anging. Berechtigte Befürchtungen, wie Raimund aus der Erfahrung seiner Grundausbildung sprach.

Andererseits, wie niedlich unser damaliges Bewußtsein von der damaligen Gegenwart doch war … Schien es nicht undenkbar, daß ein Dienst bei der Bundes- ernster, gefährlicher wäre als bei der Feuerwehr, Iwan hin, Iwan her? Damals fuhr man noch mit einem buntbemalten Bulli nach Afghanistan statt mit einem Leopard 2. Nein, der Wehrdienst konnte kaum ernster sein als das Cowboy-und-Indianer-Spiel, dem wir uns noch ein paar Jahre zuvor so voller pathetischer Wonne hingegeben hatten. Die Platzpatronen knallten lauter, und die höheren Ränge waren paranoid, das war alles.

Und er hatte Glück: Die Grundausbildung (zum Funker) fand in Stade statt – eine Stunde Bahnfahrt entfernt –, und ein Vierteljahr später wurde er dann in Hamburg-Rahlstedt stationiert. Dort begann er als Spähpanzerrückwärtsfahrer-tastfunker in einem Luchs, doch weil der Stabsarzt in der Grundausbildung einen Fußbruch ignoriert hatte, machte man ihn irgendwann zum Leiter des Geschäftszimmers vom Spieß und vom Hauptmann, faule Hunde alle drei. Dreidrei-vierteljahre hockte er da auf seinen legendären vier Buchsta-ben, brauchte weder morgens anzutreten noch zur Stubenab-nahme zu erscheinen, sondern befehligte mit gütigem Grienen seine drei Gefreiten. Für 250 Mark kaufte er sich einen R4, und an den Wochenenden ging's nach Eimsbüttel zu Edda – hoch die Tassen! –, und schließlich eröffnete er mit den paar Tausend Mark Entlassungsgeld das Plemplem.

Fünf Jahre donnerndes Leben! Und Onno der ideale Wirt. Die Leute kauten ihm die Ohren ab – unter vielen, vielen anderen eben Vetter Donald –, und wenn Onno nach der Nachtschicht erwachte, waren sie wieder nachgewachsen (so-wohl Leute als auch Ohren), und ab 18 Uhr ging's wieder von vorn los. Onno war 24, Edda 21, Raimund 23 und ich 20; unsere Knochen noch knochenhart, die Gelenke noch geschmiert, die Organe noch unverwüstlich; wir nahmen's sportlich, uns mit Genußmitteln zu malträtieren – erstaun-lich, was so ein gesunder junger Körper alles mitmachte. Un-glaublich, wieviel Vergnügen dabei heraussprang. Unersätt-lich, wie wir waren.

14

Als Vetter Donald am Terminal 1 in Fuhlsbüttel eingetroffen war, hatte er aufgrund eines (seit Wochen rarer gewordenen) SMS-Zweizeilers von Königin Kristin Louise I. noch geradezu fidel, ja unternehmungslustig gewirkt. Dank Vorabend-Check-in aalte er nur so durch die Sicherheitsschleuse, so daß er Onno geradezu seelenruhig am Gate zu erwarten vermochte. Auch der Flug war – abgesehen vom enervierenden Nikotinentzug – recht angenehm, keinerlei Luftlöcher oder kreischende Kleinkinder, die Enge erträglich. Unfaßliche 11 000 Meter über der Erde dröhnte Vetter Donald vor sich hin – in Erleichterung gewiegt, daß die Doppeldosis Lorazepam Angst und Panik rückstandslos wegfilterte. Erleichterung war es, aber auch je ein Quentchen Erstaunen, Mißtrauen und – Entbehrung: Die totale Abwesenheit von Panik war irgendwie auch wieder beunruhigend. (Der Beginn einer Nonphobophobie?)

Obwohl er in seinem Leben insgesamt bereits viermal (!) verreist gewesen war, hatte Donald vollkommen unterschätzt, wie lang der Marsch zur Kofferausgabe sein würde. Jener Slalom durch den auf einem Flughafen wie Palma de Mallorca geradezu tobenden Fratzenmob. Doch selbst das war Lora sei Dank ein Kinderspiel; dank Wartebänken das Warten am Fließband desgleichen, so daß er nicht einmal von seinem Sitzstock im Handgepäck Gebrauch zu machen brauchte. (Hüftdysplasie und arthritisches Knieleiden, Bandscheiben- und sonstige Schäden in Hals-, Brust- und Lendenwirbelsäule, Stabilitätsinsuffizienz des Iliosakralgelenks etc. Was Vetter Donald noch weniger konnte als lange sitzen war lange stehen, d.h. länger als drei Minuten.)

Selbst der Taxitransfer zu den Betonwüsten des Piers problemlos. Und ach, da lag es, das Schiff – weiß und wuchtig und doch schnittig, elf Stockwerke hoch aufragend –: das Wasserschlößchen der Monarchin, der höchstwahrscheinlichen Frau Jochemsen!

Im Terminalpavillon jedoch dekompensierte Vetter Donald fast, als er die engkurvig geringelte Menschenschlange vor den Schaltern erblickte. Unumgänglich, weil jede Fratze individuell einzuchecken und jene blaue Karte mit Magnetstreifen und Strichcode in Empfang zu nehmen hatte, die den Zugang zum Schiff ermöglichte und zugleich Kabinenschlüssel sowie Zahlungsmittel an Bord war.

Alle vier bis fünf Minuten also rasselte Vetter Donalds Skelett in sich zusammen, und es diente nicht gerade der Wiederherstellung seiner Laune, vermittels Sitzstocks von gleicher Augenhöhe mit dem Mob unter dessen Gürtellinie zu sacken. Da feite auch der Jägerhut mit Fasanenfeder nur schwach. (Den »vollgeschissenen Strumpf« [Edda] hatte er schon am Flughafen abgenommen – zu warm hier auf der Insel.)

Das war das erste Mal, daß Onno in den süßsauren Genuß der Zeugenschaft kam, wie Vetter Donald die Tonlage wechselte: Plötzlich, nach dem rachitischen Einrasten einer Art Gurgelrelais, ging das souveräne Geraune in Gewinsel über – und schließlich in duldsames Schweigen, nur unterbrochen durch Ächzen und Goldhamsterfiepen.

Nach dem Passieren der Sicherheitsschleuse im Pavillon und einer weiteren an Bord erreichten sie mit ziemlich Ach und Krach Kabine 7119. Koffer und Hutschachteln immerhin waren bereits im voraus angeliefert worden. Mit einem Schwindsuchthauchen sank Vetter Donald diagonal über die Matratzen hin, während Onno schnurrend die Kabine inspizierte: gleich rechts vom Eingang die Naßzelle mit Duschbad und WC, gegenüber ein Kleiderschrank mit dunkelbraunen Lamellentüren (Kolonialstil?). Vom Doppelbett aus starrte Vetter Donald auf einen Himmel aus Tuch, dessen Druck in Sonnengelb und Himmelblau kulturelle Einflüsse verriet. Nur: wessen? Maori? Mauren? Inkas? »Schweden«, raunte Vetter Donald. »Ikea, sage ich.«

An der gegenüberliegenden Wand hingen zwei Kunstwerke in hauptsächlich Türkis, Altrosa sowie Mauve und heischten unsanft Aufmerksamkeit. Technik: Kartoffeldruck. Abstraktes das linke, offenbarte das rechte zwei ätherische Figuren vis-à-vis – und daneben folgende Inschrift:

DIE

SEELE

SUCHT

EINE

SEELE

95

Am anderen Ende rechts zwei Rattansessel mit -tischchen plus Glasplatte, links ein schmaler dunkler Sekretär mit Telefon, Flachbildschirm und Broschürenständer – und geradeaus, flankiert von Vorhängen, über die gesamte Breite die gläserne Schiebetür zum Balkon. »Aschenbecher!« jubelte Onno von dorther, »hier steht ein eindeutiger Aschenbecher, nech?«, und siehe, so gebieterisch wie ein ehrlicher Tabaksjieper konnten selbst die Leiden eines Schmerzensmannes von Jochemsenschem Schlage nicht sein.

Kabine 7119 lag steuerbord, der Stadt ab- und dem Pier zugewandt. Schmauchend über die Holzreling gelehnt, beobachteten Onno und Vetter Donald von oben herab den »Aufmarsch des Mobs«. Schauten ihm auf die Scheitel und Käppis, Halb- und Vollglatzen. Schauten, wie die »vorfreudigen Fratzen« in den Pavillon hinein- und aus dem Pavillon heraus- über Stationen zur Desinfektion der Hände und den blauen Teppich zum philippinischen Pförtner an der Planke taperten.

»Hereinspaziert, Genossen«, sagte Onno gütig grienend.

Rucksäcke huckepack und Rollkoffer im Schlepptau, gingen etliche auch den umgekehrten Weg.

»Die haben's hinter sich«, raunte Vetter Donald, jetzt schon neidisch. Dabei hatte er zu diesem Zeitpunkt noch vor sich den ersten ausführlichen Rundgang durch den »schwimmenden Unterhaltungsknast«.

Es war die kristallinste Paranoia, der nicht einmal Lora standhielt. Schwindel ergriff Vetter Donald – eine Art synthetischer Schwindel (Schwindelschwindel quasi), der gewisse geistige Anstrengung voraussetzte –, wenn er die 180 Grad steilen geschätzten fuffzehn und gefühlten hundertfuffzig Meter in die Tiefe schaute. Gut, hier im Hafen sollte er noch halbwegs sicher sein. (Es dürfte der Gründungsidee eines internationalen Kreuzfahrtpassagier-Killerrings logisch widersprechen, seine Opfer aufs Pier zu werfen.) Des Nachts aber …? Auf hoher See?

In vorauseilender (oder auch benzodiazepininduziert nur -schlurfender) Panik starrte Vetter Donald. Zunächst nach links, auf die milchgläserne Trennwand zwischen seinem Balkon und dem Balkon von Kabine 7118, dann nach rechts, auf diejenige zum Balkon von Kabine 7120. Balkonbreit ragte die jeweilige Scheibe aus opakem Plexiglas vom Boden auf, und ab Höhe der Reling schlug sie einen parabolischen Bogen gegen die Schiffswand. Kinderspiel, den zu überwinden. Einfach auf die Reling klettern und drübersteigen. Garantiert gehörte zur Einstellungsvoraussetzung für Hochsee-Meuchelmörder angeborene Schwindelfreiheit – sowie sowieso etwa überdurchschnittlich trainierte Körperkraft. An der 7118er Wand materialisierte sich vor Vetter Donalds entsetztem inneren Auge bereits ein über der prallen Wurst eines *musculus triceps brachii* bedrohlich sich auftürmender *biceps brachii*, indes auf dem nicht minder grauenvollen *deltoidus* die Tätowierung einer wunderschönen Windrose aus der Karte des Jorge de Aguiar von 1492 zu erkennen war.

Vetter Donald wirbelte herum.

Auch die 7120er Wand war befallen. Keine Frage, wen die beiden Vollgangster in die Zange zu nehmen und auf drei koppheister den Fluten zu überantworten trachteten: niemand anderen natürlich als den genialen, doch leider verkannten, schwachen und siechen Künstler Donald Maria Jochemsen aka Pimpf, Frl. Tannine, DJ Sacknaht et al.

»Donald? Nech? ... Alles klar?«

Der Brachialzoom von jener alphaften Halluzination in die Rehaugen des Leibwächters haute Vetter Donald beinah aus den Puschen.

15

Und deshalb beharrte er vor der ersten Besichtigungstour übers Schiff auf einer »Siesta zu regenerativen Zwecken«. Also stieg Onno die teppichgedämmten Stahltreppenhäuser zwischen Deck 6 (Rezeption) und Deck 10 (Pooldeck) allein auf und ab – es gab eines vor der Bug- und eines vor der Hecksektion – und machte willkürliche Abstecher hier- und dorthin. Besichtigte Golfsimulator und Joggingparcours, Hemingway Lounge und Time Tunnel (jenen Time Tunnel, in dem er vier Tage später die obskure, beängstigende Begegnung haben sollte, die sein Schicksal um eine weitere Wendung beschleunigte). Warf einen Blick in das Amphitheater, das sich im Bug zwei Deckshöhen hoch aufschwang. Besichtigte das Sonnendeck mit Pool, wo es außerdem einen Burger-Grill gab, der die Hungersnöte zwischen den mittäglichen und abendlichen Öffnungszeiten der Restaurants überbrückte. Schaute den Leuten, die ihm entgegenkamen, gütig grienend in die Augen.

Ja, Onno gefiel die Reise von Anfang an. Er genoß die Ferien vom graphitgrauen Alltag in vollen Zügen, und Sonne, Luft und Tapetenwechsel schienen seine PTBS zu deaktivieren, augenblicklich, hochgradig und vorerst anhaltend.

Nachdem er seinen einstündigen Rundgang absolviert hatte, weckte er verabredungsgemäß Vetter Donald. Sodann verstauten sie die Inhalte ihrer Koffer und Seesäcke in die Schränke, Schubladen und Zahnputzbecherchen ihrer trauten Doppelkabine, und anschließend führte Onno Donald an die Schauplätze seiner Vorabrecherchen.

Wobei er aus dem duldsamen Staunen, ja Mitleid kaum wieder herauskam, was nicht alles man als empfindsamer Künstler schlimm zu finden gezwungen schien.

Über Teppich und Stahl, Parkett und Planken staksend, die Kamera am Riemen über der Schulter – schußbereit, ein Künstler ist immer im Dienst –, raunte Vetter Donald beständig Lamentos und Verwünschungen vor sich hin. Was ihn vor allem erregte, waren natürlich wiederum die Passagiere. »Wenn ich schon all die konvexen Weiber sehe«, raunte er, »wie sie so casual durch die Gegend kegeln. Casual, sage ich.« Wie einen Batzen zähen Sputums kaute Vetter Donald den Begriff.

Casual – sprich lässig, zwanglos – lautete die offizielle Losung hinsichtlich der Kleiderordnung an Bord, nachzulesen auf der Homepage und in den Broschüren von FLIP Cruises. Einziger Appell: am Abend lange Hosen für den Herrn. Es war aber noch zur Stunde vor Öffnung der Restaurants, und ob an Deck oder in den Bars, im Flipper Shop oder in der Kunstgalerie – massenhaft sah Vetter Donald sich mit »bleichbeinigen Rechtsträgern« in Shorts, Leibchen und Adiletten konfrontiert. »Laufen hier rum«, raunte er angewidert, »wie in ihrem Schrebergarten.«

Nun war Donald der vorletzte (also nur ganz knapp vor

Onno ›Noppe‹ Viets), von dem man je Antworten auf Mode- oder auch nur Dresscode-Fragen erwünschte. Selbstverständlich sonderte er sie trotzdem ab, ja ereiferte sich gar über »viereckige Damenbrillen allenthalben«. Beschwerte sich, »drei Viertel des Mobs« spielten »qua Textilaufdruck die nützlichen Idioten für die Imagewerbung der Modekonzerne«, zeterte über »T-Shirts in allen Primärfarben« (was genau, grübelte Onno, kann man eigentlich gegen Primärfarben haben?), »und wenn ich noch einmal ›Camp David‹ lesen muß, kotze ich in meine Mütze« (die, nebenbei bemerkt, wie für den Zweck gemacht schien). Fiel sein Blick auf Matronenwülste in Radlerhose, deren Trägerin mit gelochten Gummibotten in Pink über die Dielen auf dem Pooldeck watschelte, verdrehte er die Augen bis zum Anschlag. (Stretchminis über Backfischfilets tolerierte er.)

Schon nach einer halben Stunde Sightseeing errechnete Vetter Donald als 98prozentige Schiffsfracht eine »repräsentative Kohorte des bundesdeutschen Ur- und Neospießertums«, und die auch noch »zu mindestens 27,9 Prozent« tätowiert »wie die Hottentotten. Die Schattenseiten der Demokratisierung des Luxus. Das ist die Basis«, raunte Vetter Donald sich in Rage. Im Tenor tönte es aber, als hätte er's von Anfang an gewußt. Daheim noch *oho, auf Kreuzfahrt, Kreuzfahrt sage ich* – und nun das.

»Die Basis? Von was«, fragte Onno.

»Die Basis, sage ich. Hier«, raunte Vetter Donald, »wird augenscheinlich, wen unsere Volksvertreter meinen, wenn sie so penetrant und unverkennbar angeekelt von ›den Menschen‹ sprechen«, raunte Vetter Donald, inzwischen offenbar halb wahnsinnig. »Die Menschen, die Menschen. Die Menschen, die irgendwas nicht verstehen oder die man irgendwo abholen muß oder weiß der Scheitan. Der Scheitan, sage ich. Liebes gutes Herzjesulein, ich dekompensier gleich.« Hatte er geglaubt, auf einem Luxusliner gebucht zu haben? Er griff nach seiner Kamera, hielt sie kurz in Brusthöhe und ließ sie entmutigt wieder sinken.

Am nachhaltigsten erbitterten ihn scheinbar unscheinbare Dinge wie das allgegenwärtige Flipflop-Flappen, oder auch etwa ein bestimmtes Accessoire: Der Großteil des Mobs präsentierte seine Bordkarten nämlich, von breiten Bändern hängend, auf den Wänsten. »Wie auf'm Kongreß«, raunte Vetter Donald, »Kongreß der specknackigen Lemminge«, und als er en passant mitbekam, daß FLIP Cruises den billigen Gimmick nicht etwa als Begrüßungsgeschenk aufs Kopfkissen legte, sondern zum Preis von € 4,95 p. St. an der Rezeption verscheuerte, kannte sein Hohn keine Grenzen – und erzeugte begeisterte Identifikation mit dem Aggressor: »Als ausgebildeter Kaufmann« – das stimmte nominell sogar – »kann ich sagen: Spitzenprodukt, sage ich. Super Merchandising. Geschätzte fünf Riesen Umsatz pro Tour und Schiff allein mit so'm Scheißdreck.«

Zwischendurch wagte Onno es, die diversen Skulpturen an Bord zu loben, meist mannshohe Exponate von per Schildchen ausgewiesenen Künstlern mit durchaus gewissem Renommee: »Ganz witzig …« Donald Maria Jochemsen alias Pimpf aber raunzte nur: »Bewahre. Gibt's in jedem Gartencenter.«

Erst die Ocean Bar beruhigte den aufgebrachten Ästheten ein wenig, und nachdem er eine SMS an die Liebste verfaßt (und – schon wieder [!] – Antwort erhalten) hatte – »Die ist echt total ahnungslos«, raunte er düsterglühend, »die wird aus allen Wolken fallen, wenn ich plötzlich vor ihr stehe« –, war ihm wieder eingefallen, zu welchem höheren Zweck er all die Zumutungen der Außenwelt ertrug.

Schließlich war Essenszeit. Auf der Backbordseite führte eine Tür neben der Bar in einen mit grüngemustertem Teppichboden ausgelegten langen Gang, links und rechts die bordeauxroten Türen zu den Innen- und Außenkabinen mit Siebenernummern. Daß Vetter Donald keine Stiegen zu steigen brauchte, wenn er in seine Lieblingsbar wollte resp. zurück in die Kabine – das spielte für die Versöhnung mit seinem Kreuzfahrerschicksal keine unerhebliche Rolle.

Auf der Kabine wechselte er die für seine Verhältnisse schlichte Baseball Cap gegen eine Kopfbedeckung aus, die Onno ad hoc, umstands- und restlos zu ignorieren beschloß – besser für alle Beteiligten.

Bevor sie zum Büfett-Restaurant fortschritten, steuerten sie das À-la-carte-Restaurant an, um die verglaste Speisekarte zu inspizieren. Ihnen knapp zuvor kam eine Art Gewichtheberin im Trikot, mit Sonnenbrille auf dem Schädeldach und langem Zopf. »Verführung der Sinne«, buchstabierte sie. »Sechs Gänge. Interpretation von Vitello Tonnato.«

»Wer ist das denn«, fragte ihr Gatte. Oder Trainer.

Onno vernahm eine Art Grunzen aus Vetter Donalds Richtung, und dann ein Raunen: »Fernsehkoch.«

Die Fratzen wirbelten herum. Entgeistert starrten sie ihn an; schwer zu sagen, ob wegen Donalds Auskunft – oder aber des bestirnten lila Turbans wegen, den er auf der bleiern bebrillten Rübe trug.

Da das sog. Markt-Restaurant keine Freilufterrasse bot – und Vetter Donald unfähig war, Nahrung in einer Nische aufzunehmen, die von einer dichten Hecke aus Kunststofflaub umfriedet wurde –, stiegen sie eine Treppe höher nach Deck 9. Nun gut: daß die Palmen im sog. Calypso-Restaurant auf Photosynthese angewiesen waren, erschien zwar ebenso unwahrscheinlich. Doch stellte Onno in Aussicht, zwei Eßplätze auf dem offenen Deck zu erobern – mit Panoramablick auf die orangestichige dämmrige Kulisse Palma de Mallorcas.

Sie waren auf der Backbordseite und näherten sich dem Eingang. Kurz vorher stoppte Vetter Donald Vorreiter Onno, indem er ihn am Hemd zog. »Uhrenvergleich«, raunte er, starrte aber wie gebannt in jene bunte, wimmelnde Cafeteria, die da drohte. »Ist das voll da«, raunte er. »Das ist ja voll da wie'n Boot vor Lampedusa.« Dann atmete er tief durch, zeigte seine Kaumuskeln und raunte entschlossen: »Okay, wir gehen da jetzt rein. Zugriff.«

Die Tische entlang den Fenstern waren recht ordentlich ausgelastet, so daß die Lautstärke der Gespräche die Hämmer und Steigbügel in Vetter Donalds Innenohr aneinanderdengeln ließ. Als er sich mit je zwei Fingern auafeixend die dichtbewachsenen Ohrgrotten zuhielt, fragte Onno: »Tinnitus?«

»Hyperakusis dolorosa«, raunte Vetter Donald finster. »Dolorosa, sage ich.«

Schwer einzuschätzen übrigens, ob die beobachtbare Fluktuation an den Tischen ›real‹ war – oder bloß Nachschlag-Bewegung. Wie Onno dank Decksplan wußte, der der Bordzeitung beigelegen hatte, stand die gleiche Kapazität auf der Steuerbordseite zur Verfügung. Theoretisch. Bzw. wahrscheinlich eben ebensowenig.

Zwischen den Innenrändern jener Sitzbereiche und dem geschlossenen Kombüsenkern verlief hufeisenförmig die Büfett-Gasse. Aus lückenlos aneinandergereihten Schütten und Schüsseln und Pfannen dampften Fisch und Fleisch, zubereitet nach Rezepten aller Herren Länder, filetiert, überaus appetitanregend duftend, herzhaft gewürzt und auf den Saftpunkt gegrillt und gebraten und gedünstet »und lieb gefickt und was weiß ich« (Donald), und Reis und Rüben und Toffeln und Doffeln sondergleichen. Näpfe mit exotischen Dips. Kummen mit scharfen Suppen. Ganze Silos von Salaten. Eisbomben. Puddingteiche. Tortendiagramme.

»Frevel«, raunte Vetter Donald unter den Wedeln einer Gummipalme hervor – die Kamera unentschieden zwischen den Händen. Er sabberte ein bißchen, in den Knien zittrig. »Lukullischer Overkill. Todsünde, sage ich.« Ein ca. 16jähriger, schweißfeuchter Adipositaspatient rempelte ihn an und, anstatt sich zu entschuldigen, glotzte. Der Turban, der Turban.

»All inclusive«, brummte Onno. »Samt Tischgetränken. Bier, Wein, Wasser, Cola, Saft, bla, bla, tscha-tscha-tscha, uh. ’ch, ’ch, ’ch …«

»Besoffen«, raunte Vetter Donald. »Jetzt schon.«

»Gleich«, knödelte Onno. »Sekunde.«

Ihm machte es so gut wie gar nichts aus, sich sein Abendessen auf diese Weise zusammenzusammeln: der Walküre da ausweichen, die ihre Augen in die Fleischtöpfe tunkte … Teller vom Stapel nehmen … erst mal zweite Reihe entlangflanieren, um das Angebot zu sichten … hoppla, das war *mein* Fuß … bei der Gulaschschlange einreihen … geduldig grienen, wenn eine putzige Achtjährige mit den Nudeln rumhudelte … den Teller balancierend traumverloren durch die traumverloren wandelnden Mitesser wandeln, versehentlich fremdes Hüftgold schürfend, Gemische aus delikaten Essendüften und Douglas-Parfüms schnüffelnd, stehenbleibend, abwartend, weitergehend, ausweichend, Ellbogencheck wegsteckend, hin- und herwackelnd, grienend, weitergehend, ausweichend, hinaus aufs Deck tastend, zu den gut besetzten Tischen, schauend, da!: fragend, weiterziehend, da?: fragend, weiterziehend, da: fragend, grienend nickend, hinsetzend …

›So gut wie‹ nichts? *Nichts* machte es ihm aus.

Vetter Donald hingegen schnaubte, daß die hängenden Gärten in seiner Nase wehten. Auf der stoppeligen Oberlippe stand kalter Schweiß. Erheblicher Tremor, als er seinen Teller auf dem Tisch abstellte.

Ein Haufe unlustiger Witwen – viereiige Vierlinge, oder sie hatten denselben eineiigen Friseur – starrte ihn an. Anscheinend fragten sie sich, ob es im Hospital unten auf Deck 3 womöglich eine Geschlossene Abteilung gab.

Onno trank Bier. Vetter Donald zitternd Wasser. »Restaurant Calypso«, raunte er schnaubend. »Restaurant *Apo*calypso, sage ich.«

»'ch, 'ch, 'ch … *Schmeckt* aber spitze, oder?«

»Ja, ja«, raunte Vetter Donald. »Aber was nützt's, wenn man sich während der Besorgung Gastritis einhandelt. Allein der Lärmpegel. Allein der Lärmpegel.« Er stocherte ein bißchen im eingelegten Gemüse.

Das offene Achterdeck erstreckte sich zur einen Querhälfte unter freiem Himmel und zur anderen unterm nächsthöheren Deck. Die ausladenden, runden Tische entlang der elliptischen Reling hatten in der Mitte einen Sonnenschirm. Alle trugen sie Besteckbaum und Karaffen mit Wasser, Weiß- und Rotwein. Das benutzte Geschirr ließ man einfach stehen, und einen Wimpernschlag später hatte es einer der geschmeidig umherwieselnden Filipinos abgeräumt.

Auf den kühn geschwungenen orangefarbenen Stühlen, sieben bis acht um jeden Tisch, breitete sich der Mob aus. Schlemmte sich in Trance. Vetter Donald *raunte* sich in Trance.

Und Onno dachte: Das ist hier im Grunde wie auf einer tagelangen Familienfeier, zu der die ganze Sippe und das ganze Dorf geladen sind. Na gut, und das Nachbardorf. Und? Ist doch schön?

16

Donalds Hauptdebakel aber war die für Mann und Maus zwingend vorgeschriebene Seenotrettungsübung. (Dabei war er durchaus darauf erpicht, den Umgang mit der Rettungsweste zu erlernen. Später sollte Onno ihn einmal dabei erwischen, wie er das Anlegen übte. Doch die Massenprozedur brachte ihn fast um.)

Lautsprecherdurchsagen, Gedränge westengeplusterter Fratzen auf den Fluren und schließlich Sammlung in Reih und Glied am Außengang. Der ganze Mob en bloc. Sicherheitsoffiziere, die einem erklären, daß der Seenotalarm aus sieben langen und einem kurzen Ton besteht und daß es heutzutage ggf. nicht mehr *Mann über Bord* heißt, sondern *Person über Bord* u. ä. (»Auch«, so Vetter Donald spitzfindig, »wenn man sieht, daß es ein Mann ist«, bekam aber keine Antwort), und schließlich per Flüstertüte stichprobenartig die Anwesenheit prüften.

»Kabine 7203!«

»Hier!«

»Kabine 7238!«

»Hier!«

»Kabine 7144!«

...

»Kabine 7144!«

...

»Kabine 7144, Herr und Frau Michel!«

Und dann dauerte es, bis die säumigen Insassen gefunden waren, und die ganze Zeit stand die ganze Musterstation C dicht gedrängt und verhalten schwatzend da.

Mit zusehends zitternden Knien stierte Vetter Donald seiner Vorderfrau auf den blassen Nacken, in den jemand einen blaßblauen Stern tätowiert hatte. »*Fünf*zackig«, raunte Donald Onno zu, als er dazu noch in der Lage war, »und wahrscheinlich mit ihrem Einverständnis.« Nach und nach trat er von einem Fuß auf den andern, ächzte schließlich nur noch und fiepte, und dann erst kamen die Sicherheitshinweise vom Band durch die Lautsprecheranlage, fünf Minuten lang, auf Englisch, und dann noch mal sieben Minuten lang auf Deutsch, und es war nicht zu fassen, aber insgesamt dauerte die Angelegenheit eine geschlagene halbe Stunde.

Womit Donald nicht im entferntesten gerechnet, weswegen er seinen Sitzstock in der Kabine gelassen hatte. Und in die Hocke zu gehen, dafür war es einfach zu eng, und sich zu informieren, dazu war er einfach zu phobisch, und irgendwas zu unternehmen, zu schwach und ach.

Onno, der locker noch drei weitere Übungseinheiten hätte absolvieren können, schaute ihn an. Von der Oberlippe troff's. Die Tränensäcke hinter den Lupen schimmerten olivgrün. Er tat Onno leid, doch Onno war Leib*wächter*, nicht -arzt.

Endlich das erlösende Kommando. Extrabucklig stakste Vetter Donald zurück zur Kabine, wo er »eine 800er« (Ibuprofen) einwarf, 20 Minuten wasserwaagerecht auf der Matratze lag – und bei Eintritt der Wirkung Onnos Vorschlag folgte, das Auslaufritual bei einem Drink zu verfolgen. Er tauschte den lila Turban gegen das anthrazitfarbene Kopftuch und zatterte hinter Onno her in die Ocean Bar.

17

Von wo aus sie dann nun eben doch aufs Pooldeck wechseln, weil neugierig auf das Lasershow-Spektakel »und Kram wahrscheinlich sondershalben, Kram, sage ich«. In Wahrheit hegt Vetter Donald natürlich die Hoffnung, die hochmögende Kristin Luise möge womöglich sich unters gemeine Volk zu mischen nicht entraten, auf daß es ein rosarotes Hallo und Knuddelbohei mit Wimperngeklimper gäbe.

So steigt er voran, der feurige Liebhaber, hievt sich am Geländer empor, erzeugt unterstützend notdürftigen Druckschwung aus den Sprunggelenken, was, weil die Knie nicht halten, ein jämmerliches Altherrenwippen nach sich zieht. »Die Fünfundvierzig-Grad-Rotation«, raunt und ächzt er unter den Achseln hindurch zu Onno herab. »Arthritis. Oder Arthrose. Kann ich mir nie merken.«

Bewacht vom Schiffsschornstein und den Radaranlagen, gerahmt von der Deck-11-Empore, bildet das offene Deck 10 – wiewohl in der Abenddämmerung durch indirekte Beleuchtung ein wenig abgemildert – immer noch dasjenige »Areal des Grauens«, das Donald Stunden zuvor diagnostizierte. Um die hellblaue Pool-Lagune gruppieren sich Palmen, Felsen und offene Strohhütten – alle aus Plaste, versteht sich. (Nur die Bar scheint echt.) Wo Onno am Nachmittag noch dicht gestaffelt gelbe Sonnenliegen hat stehen sehen (und gegen Abend Volleyball gespielt worden ist), ist jetzt leere Fläche – Raum für den Mob, der später dort tanzen soll, ja will. Letztlich muß.

Punkt 22 Uhr. Das Kultkeckern des Fernsehdelphins Flipper ertönt aus den Lautsprechern, und gleich darauf erschallen die ersten Takte einer gefälligen Auslaufhymne, laut *FLIP chart heute* reedereieigene Produktion. Der Pier da unten, er bewegt sich – entfernt sich. Rundum, auf der Empore, an der umlaufenden Reling stehen dicht an dicht die Leute, jeder zweite streckt Kamera oder Handy von sich, beschwörend gegens nächtliche Ufer der Insel gerichtet.

»Schon erhaben, nech?, der Anblick von der beleuchteten Kathedrale, nech? Und die Burg da, so schön von unten beleuchtet, wirkt doch immer wieder schön, so Beleuchtung von unten.«

»Jaja. Jaja.«

Währenddessen beginnt, zur zunehmenden Dramatik der Auslaufhymne – einem Instrumentalstück mit großem Orchester –, die Lasershow mit ihren wimmelnden und wabernden, psychedelisch zuckenden Vektoren, Wellen und Ellipsen von der Zyan-Magenta-Gelb-Palette. Verwandelt das Pooldeck »zum Hohne der Epileptiker« (Vetter Donald) in einen »feuchten Traum für Flakhelfer« (ders.).

Anschließend Spot auf Clubdirektor Frank Michaelsen und Entertainment Managerin Maren Vigolcit, beide mit einem Gläschen Schampus in der Hand. Trotz schicker weißer Uniformen mit Beinstreifen, Epauletten und Namensschildchen sind sie sehr leger, wie der Frank uns erläutert. Wer sie duzt, wird gern zurückgeduzt. Ist aber kein Muß!

»Seid ihr auch alle da?« ruft Frank.

»… aaaaa …!«

»Da haben Sie die richtige Wahl getroffen«, sagt Frau Vigoleit, »denn Sie sind jetzt offiziell in Urlaub. Stößchen!«

Und dann kündigt sie uns die erste Poolparty der Reise an – die ultimative Sommerhit-Party mit DJ Marco.

Und natürlich macht der den Anfang mit einem Interpreten namens Peter Wackel, Inhaber des Sommerhits 2013 mit dem Titel *Scheiß drauf, Malle ist nur einmal im Jahr*. Und los. Baßtrommel, immer auf die Eins.

»Kenn ich«, raunt Vetter Donald von der Empore hinab.

»Geniales Werk«, raunt er. Es strotzte geradezu von ›selbstironischen‹ Präzisionsversen wie *Die Dauerparty wird zur Höllenqual* und *Man ist kein Mensch, lebt wie ein Tier*. Oder auch *Alle grölen rum / Kaum ein Lied ist uns dazu zu dumm* und *Bier gibt's genug, es fehlt der Verstand*. Und bitte, wenn selbst ein Dichter von Gnaden eines Paul Celan bekennen durfte, er sei »kein Feind von Untergängen«, dann wird ja wohl ein Peter Wackel einen Refrain trällern dürfen wie: *Aber scheiß drauf! Malle ist nur einmal im Jahr / Olé, olé und Schalalalalaaa …*

Sie haben sich schick gemacht, die Menschen. Haben sich geduscht, parfümiert und gekämmt. Nun wünschen sie sich, wahrgenommen zu werden. Spiegelneuronen zu aktivieren statt bloß den Badspiegel. Drängen sich auf dem Parkett, verwachsen zu einem Wimmelwesen. Hörige Hydra, die bei jedem herrischen Paukenschlag synchron vor Dionysos knickst, angenehm irrsinnig vom regenbogenfarbigen Gewitter.

Von seiner hohen Warte aus blickt Vetter Donald auf den tobenden Mob herab. Die bunten Lichter der Disco spiegeln sich auf seinen Lupengläsern. »Schwarmintelligenz sieht anders aus.«

»Was?« Onno neigt sich ihm zu.

»Schwarmintelligenz. Anders aus, sage ich.«

»Zorry, hab immer noch nicht …«

Vetter Donald winkt ab.

»Aber die Kids, nech?, haben 'n Heidenspaß. Nech?« Überhaupt – Onno freut sich für die Leute, die da tanzen mochten. Verspürt ein wenig Wehmut bei dem Gedanken, wie er früher selbst die langen Haare um die Ohren schleuderte. Er sieht die entfesselte Feierfreude, erkennt sie wieder.

Groschenpolka folgt auf Groschenpolka.

Die Holde aber läßt sich weder blicken noch herbeisehnen.

»Wir gehen. Wir gehen, sage ich.«

Zurück in der rappelvollen Ocean Bar, stehen sie noch zwei, drei Zigarettenlängen an die Heckreling gelehnt. Was Vetter Donald momentan ganz gut aushält – erstens wegen der

800er und zweitens, weil's hier im Gegensatz zu den Schiffs-
flanken mitnichten steil abwärts geht, sondern darunter der
Poolbereich des Kids Clubs von Deck 6 auskragt, und darunter gar noch Deck 5. Durch die finstre, massive Wogen-
wüste da unten fräsen die beiden unsichtbaren Antriebs-
schrauben mit der Kraft von 20 000 wilden Pferden eine, da
effektvoll ausgeleuchtet, weißschaumig aufwirbelnde Dop-
pelfurche.

Der rotierende Scheinwerfer des Leuchtturms an Palmas
Küste noch deutlich identifizierbar – ebenso blinkende Flug-
objekte, die schräg in den grauen, dünn, aber schwarz bewölkten Nachthimmel steigen, eines westwärts, eines süd-

wärts –, ansonsten ist das ferne Gestade nur mehr ein
orangefarben funkelndes Band mit vereinzelten Diamant-
steinchen. Donald zieht an seiner Zigarette wie ein Asthma-
tiker am Inhalator, und mit der Gegenenergie schießt der
doppelstrahlige Qualm aus den struppigen Nüstern.

Onno, angesäuselt, kichert. »Würd mich nicht wundern,
nech?, wenn deine Rübe samt Kopftuch vom Hals abheben
würde wie Apollo 11, 'ch, 'ch, 'ch …«

»Apropos«, raunt Vetter Donald und linst und deutet zum
Vollmonde hinauf. »Die dünne Wolke da sieht aus wie ein
Negligé über der Pobacke der Aphrodite.«

»Was?« Onno neigt sich ihm zu.

»Negligé, sage ich. Wie das Negligé über der Pobacke der
Aphrodite. Die dünne Wolke da.« Er deutet erneut in den
Himmel.

»Tjorp«, macht Onno. »Njorp.«

Gegen elf zieht sich das Paar in seine Kabine zurück. Bzw.
auf den Balkon, um dort noch die ein oder andere allerletzte
Zigarette zu schmöken. »Herrlich, nech? Und immer noch
so warm! Und schön, daß wir in Bugnähe sind, nech?, da
hört man das Rauschen der Gischt so schön!«

Vetter Donald vermag es nicht, sich gemütlich in den Halbliegestuhl zu fläzen wie Onno. Vielmehr bleibt er in der offenen Schiebetür stehen, solang es geht. Als es nicht mehr geht, zieht er sich einen der beiden Rattanstühle heran.

»Was denn los«, fragt Onno.

»Nüx«, raunt Vetter Donald. In Wahrheit aber fragt er sich dann doch mal probehalber, wie jenes angetrunkene, untrainierte, ja schwächliche Senior-Mittelgewicht da draußen wohl reagieren würde, wenn die zwei, drei tarantinoesken Gorillas mit den Windrosentattoos ihn, den hypersensitiven Ausnahmekünstler und Allzweckmärtyrer Donald Maria Jochemsen, hoppnehmen: die Ärmel hochkrempeln bis über den lila Pudel – und dann niedergrinsen?

Anschließend schlüpft Vetter Donald in etwas Bequemeres. Seinen Pyjama aus Satinseide. Er sieht aus wie ein Kaiser der Qing-Dynastie. Der Eindruck relativiert sich, als er das Kopftuch abnimmt. Er befindet sich nach wie vor *hier*.

Um seine Beklemmung zu bemänteln – bisher hat Vetter Donald es verstanden, den Wechsel der Kopfbedeckung unbeobachtet durchzuziehen –, bricht Onno einen spaßhaften Zank ums Zapping durchs Satellitenfernsehen vom Zaun.

Kurz darauf Licht aus. Die Wellen rauschen, rhythmisiert durchs Bummbumm der Pool-Disco, das dumpf von achtern herschallt.

»Onno. Onno, sage ich.«

»... chrmnjorp?«

»Bitte Türe zu. Bitte.«

»Okeh. Okeh.« Weil er auf der Balkonseite des Bettes liegt, ist klar, daß Onno es ist, der für die Schiebetür zuständig ist. Er wälzt sich wieder aus dem Bett. »Zu laut, nech?«

»Ja.«

Und vor allem zu gangsterhaltig die undurchdringliche Ozeannacht.

18

Zweiter Tag an Bord: Sonntag, den 20. Oktober 2013.

Beim Frühstücksbüfett muß Vetter Donald erkennen, daß das Apocalypso seine Kapazität am Ankunftsabend bei weitem nicht ausgeschöpft hatte. Er trippelt, weicht aus, trippelt und scharrt mit den Hufen und stoppt, sucht und weicht aus – und hoppla!, das war mein Fuß! – und trippelt und scharrt mit den Hufen, stoppt und gabelt und löffelt und wendet und trippelt und scharrt mit den Hufen, und *fick dich!*, das war *mein* Fuß, du Fratze! …

Gedränge wie … Massenpanik von Hypnotisierten in Zeitlupe. Oder ein Bacchanal von Zombies.

Über zwei saure Dauerwellen hinweg angelt Vetter Donald ein bebändseltes Fertigsäckchen Tee aus einer Lade. Der Samowar-Hahn aber ist direkt vor jenem Apothekerschränkchen voller verschiedenster loser Tees positioniert. X und Yps aus Paderborn oder so tun sich schwer und schwerer, einen auszuwählen und ihre Filtertütchen damit zu beschicken.

Plötzlich ein Raunen hinter ihnen. »Fifty Shades of Earl Grey«, raunt es da. »Fortynine too much, sage ich.« Inhaltlich verstehen sie kein Wort, fahren jedoch zusammen, als sie die Quelle gewahren: einen zittrigen, unrasierten, nach Lagerfeuer stinkenden Cowboy. Hinter zwei rechteckigen Lupen in einem wahren Apparat von Brille datteldicke Tränensäcke. In der Hand ein leeres Teeglas, das heißen Wassers bedarf.

»Bibitte sesehr«, stottert Yps. Kommende Nacht wird sie schwer träumen.

»Fratze«, raunt Vetter Donald, als er seinen Stuhl am Tisch einnimmt, den Onno ihm freigehalten hat – seit zwei Stunden.

Die erste Nacht an Bord ist für Donald das Grauen gewesen. Im nachhinein kommt es ihm vor, als habe Onno bereits *auf dem Weg* ins Bett geschnarcht. Onno benötigte keinerlei Einschlafphase; sobald er die Lider schloß, wurd's auch in der Hirnkiste duster – zappenduster. Und Atmung Schwerarbeit.

Anfangs hat Onno sich gewundert, daß er regelmäßig wach wurde. Hä? Wo. Wer, ich? *Wieso*?! Dann vermittelte ihm ein prominenter Schmerz in der Nierengegend, daß Vetter Donald ihn wohl angerempelt haben mußte. Onno verstand – und beschloß, einfach abzuwarten, bis Vetter Donald eingeschlafen war, und noch während er abwartete, rempelte Vetter Donald ihn erneut an. (Aber was sollte er machen. Früher, in einem der 80er-Jahre-Urlaube in der Toscana – mit Edda, Raimund und mir nebst unseren damaligen Flammen –, hatte Raimund ihm mal mit Paketklebeband die Augenlider an die Stirn geklebt. Gütig hatte er es geschehen lassen, und anschließend schlief er halt mit offenen Augen weiter. Ist auf Super-8-Film festgehalten. Rötliche Mandeln, rosige Nasenlöcher, riesige braune blicklose Augen und ein Rachenrasseln, daß Gott erbarm'.)

Irgendwann hatte Donald den stummen nächtlichen Kampf aufgegeben. Hörte Onno beim Schlafen zu. Wälzte absurde Pläne (Extrakabine buchen, in der Hemingway Lounge nächtigen, an der Rezeption nach Kristin Luise fragen, vielleicht hat die ja eine Einzelkabine, oh là, là, hoho, haha). Schmiedete vernünftige (Oropax besorgen, nach Schlaftabletten fragen). Schob Depression, Wut und Reue, und erst eine beherzte Nachdosis Lora brachte in den verbliebenen Morgenstunden ein wenig Erlösung.

Onnos schlechtes Gewissen war kein geringes. Doch nicht nur deshalb sollte er von diesem ersten gemeinsamen Morgen an künftig die Kabine so früh wie möglich verlassen –

mit der glänzenden Ausrede, im Apocalypso schon mal ein Frühstücksplätzchen auf dem Sonnendeck sichern zu wollen.

Wahrlich war Onno nicht zimperlich. Ein noch nachtflauer Vetter Donald aber – Anblick, Geräusche, Abluft – erschreckte selbst ihn. Ohne Brille, Hut und Hose war jener Donald Maria Jochemsen einfach nicht *der* souveräne Menschenfeind und Zyniker und Künstlerfürst der depressiven Finsternis, sondern hauptsächlich ungut riechender, verzagter Tattergreis.

Allein der Kontrast zwischen Donalds Tränensäcken und den hilflosen, bernsteinfarbenen, langbewimperten Augen, zwischen dem sinnlichen Mund und dem bleichen Eischädel mit der Alarmwarze! Und sollte es Onno nach entfärbten Storchenbeinen gelüsten, konnte er schließlich seine eigenen betrachten. Und mochte es noch einen gewissen Hörgenuß entfalten, wenn ein Flatus jaulend die Serpentinen des Dünndarms nachbildete – ein Schnupperspaß war es nicht.

Ähnliches galt für die sonstige Geräuschentwicklung, etwa bei der Lockerung von Eiter, Schleim & Co. in Bronchien und Rachenhöhlen. Welche nur von einem Rülpsen übertroffen wurde, das klang, als bräche der Vesuv aus. Zudem war so früh Vetter Donalds Raun-Bariton noch ungeschmiert, so daß ihm lediglich ein brüchiges Winseln zu Gebote stand, als er beim Verlassen der Badkabine verlautbarte: »Mein Urin riecht nach Maggi …«

Wann immer Onno übrigens künftig nächtens zur Toilette schlurfte – je einmal nämlich, wie seit Jahrzehnten –, saß Vetter Donald schon drauf. »Gutartige Prostatavergrößerung«, raunte er düster. »Fünfundzwanzig Prozent.«

Entsprechend benommen nippt Vetter Donald an seinem Tee. Wechselt von Lupen- auf Sonnenbrille Modell Himalayabesteigung. Das offene Calypso-Deck ein überaus sonniges, doch nur allzu belebtes Fleckchen Schiff.

»Ißt du gar nichts?« fragt Onno, stiefmütterlichen Gewissens wegen mütterlich besorgt.

Vetter Donalds Cowboyhut bewegt sich verneinend. »Keinen Appetit.« Finster nimmt er die Annäherung der Flipper IV an die Costa Blanca wahr. Benidorm, Alicante. Hoch im Gebirge die Mauern des Castillo de Santa Bárbara, weiter unten Bettenburgen noch und noch, ein, zwei Dutzend Stockwerke hoch. Menschliches Leben ist von hier aus nicht auszumachen.

»Ganz schön, nech?«, sagt Onno, verlegen wegen seiner Ausgeschlafenheit und schlichten Freude darüber, daß er erleben darf, was er grad erlebt, »wenn man sich morgens einer fremden Küste nähert. Nech? Kommt man sich bißchen vor wie Kolumbus.«

»Sieht ja schlimm aus«, raunt Vetter Donald, auf einmal wie aufgescheucht. »Sieht ja fürchterlich aus. Atmosphäre wie nach dem Abwurf einer Neutronenbombe. Kulisse für Mad Max 5. Schlimm. Andererseits …« Er greift nach seiner Kamera. »Das Monochrome macht mich grad an. Das Monochrome, sage ich.« Er steht auf und drängt sich rücksichtslos zwischen zwei Fratzen hindurch an die Reling, um zu fotografieren.

»Kommst mit an Land nachher?« fragt Onno.

»Nee.«

»Zu … äh, zu müde?«

»Ja, zu müde, ja.«

»Zorry, nech? Aber ich kann echt nix dafür, ich hab versucht –«

»Ja ja. Ja ja. Nee nee.«

Pause.

»Ich hab von baumelnden Seelen geträumt«, sagt Onno. »Die hingen am Galgen, 'ch, 'ch, 'ch … Ich komm ja aus

Hoheluft, und man sagt, daß der Name daher rührt, weil es da im 17. Jahrhundert 'n Galgen gegeben hat. Deshalb Hoheluft. Pervers, nech?«

Vetter Donald fotografiert und schweigt.

Onno räuspert sich. »Du hast nix dagegen, wenn ich alleine –«

»Nee nee. Ja ja. Nur zu. Laß die Seele baumeln, daß es nur so scheppert.«

Eigentlich hat Vetter Donald durchaus was dagegen. Zumindest in seiner Eigenschaft als zwergischer Gärtner jenes Bregenbeets, in dem die Neurosen gezüchtet werden. Was, wenn Onno nicht rechtzeitig zum Schiff zurückkehrt? Einem Raubmord zum Opfer fällt? Am Herzinfarkt krepiert? Leider ist der Chef des Gärtners zu klug, Onno daraus einen Strick zu drehen.

Alicante (Spanien), Pier 14, Cruise Terminal. Kabine 7119, Balkon, diesmal kaiabgewandt, gegen 11:15 Uhr. 26 Grad Celsius, laue Brise.

Vetter Donald genießt die Aussicht auf zwei souveräne Kräne – blau der eine, der andere gelb –, die je einen gepflegten Schrotthaufen bewachen. Dahinter die Elendsviertel des Massentourismus. Von irgendwo aus den dortigen Straßencañons hallen anheizerische Ansagen in einer unidentifizierbaren Fremdsprache – Spanisch oder Englisch, vermutlich – sowie Ballermusik vom *Scheiß-drauf*-Kaliber, und das am Sonntag zur Stunde der Morgenandacht.

Schlepper und kleine weiße Segelyachten, die zwischen Schrotthaufen und Flipper IV hindurchrauschen, und ein Motorboot von der Art, die man gern mit schnittig attribuiert. Auf deren Achterdeck, hinter dem öligen Skipper am Ruder, hingegossen eine waschechte mediterrane Bikininixe, blond, schlank, langbeinig.

Die Vetter Donald an Kristin Luise erinnert.

Auszug aus der Flipper-Zeitung:

Märchenshow: Es war einmal
Genießen Sie eine der schönsten und schrägsten Shows, die es jemals auf einem Flipper-Schiff gegeben hat. Wir begeben uns tief in den Märchenwald und treffen den Froschkönig, Dornröschen, Rotkäppchen und den Wolf und viele weitere Figuren der Brüder Grimm. Erleben Sie eine überraschend andere Geschichte, tragische Verwirrungen und heitere Wendungen untermalt mit den besten Melodien aus der Musical- und Pop-Geschichte. Das Flipper IV Show Ensemble freut sich ab 21:30 Uhr auf Sie.

Vetter Donalds Plan besagt, sich in die erste Reihe zu setzen. Während ihres Auftritts wird Kristin Luise ihn entdecken, aus allen Wolken fallen, ja aus der Rolle – und ihm von der Bühne herab um den Hals. Höchstwahrscheinlich jedenfalls.

Zum dritten Mal an diesem Morgen schaut Donald im Organizer seines iPhone nach Kristin Luises letzter Sims, die von gestern 17:08 Uhr stammt und folgendes besagt:

Hi Donald danke für liebe SMS liegen grad mal wieder in Palma de Mallorca 28 Grad muss mich beeilen LG KL

28 Grad? Bißchen übertrieben. Was nur um so deutlicher macht, daß sie absolut ahnungslos ist. Die wird Augen machen.

Vetter Donalds fallen zu, und mit letzter Willenskraft schafft er's in die Koje, und just, als Onno vom Landgang zurückkehrt, erwacht er aus einer Siesta von geradezu morpheischen Gnaden: kein bißchen Alpdrücken, sei's mobmäßiges, sei's tarantinoeskes. Vielmehr traumhafte Szenarien mit ihm selbst in einer Haupt- und Hosenrolle sowie – Prinzessin Kristin Luise, und zwar hui und splitterfaserpfui.

»Onno Viets«, raunt Donald sich räkelnd, »Onno Viets, sage ich.«

»Wie hast geschlafen?« fragt Onno hoffnungsvoll. Er schwitzt noch ein bißchen nach von seinem Ausflug.

»Wie ein junger Gott«, raunt Donald und reckt sich dekadent ächzend. »Nein, wie ein junger Faun. Faun, sage ich. Duck dich, Kristin Luise. Hier kommt ein ausgesprochen ausgeschlafener Donald Maria Jochemsen.«

»Alias DJ Sacknaht«, präzisiert Onno. Doch belustigt und beschämt zugleich muß er feststellen, daß seine flankierend gemeinte Bemerkung offenbar als unpassend empfunden, jedenfalls überaus frostig aufgenommen wird. Herr Sacknaht fragt nicht mal, wie denn wohl Onnos Ausflug gewesen ist.

19

Das Abendessen eine einzige Tortur für Vetter Donald. Wie eine halbe Stunde kommt es ihm vor, daß sie mit ihren Tellern umherschweifen, bis sie zwei Plätzchen finden – am Tisch eines Clubs saufideler Gutturalschwätzer: ganz offensichtlich Deligierte eines Vereins zur Bewahrung bajuwarischer Klischees. Einer von ihnen trägt ein weißes T-Shirt. Auf dem linken Biereuter prangt ein kreisförmiges Emblem, um dessen leeres Zentrum der Schriftzug *Deutschland Deutschland Deutschland* rotiert. Eine Art Amulett gegen etwaige philippinisch-südwesteuropäische Verschwörung?

Verstohlenes Amüsement überrieselt Onnos Rücken, während er zuschaut, wie Vetter Donald zuschaut, wie sein Pudding wackelt, wann immer der Bergmensch an einem knödelumzingelten Schweinebraten sägt. »Morgen abend à la carte, das sag ich dir«, raunt Vetter Donald. »Das sag ich dir, sag ich.«

Um so zeitiger, um 21:15 Uhr, finden sie sich im Musentempel ein. Donald will einen Platz in der ersten Reihe. Nicht auszudenken, übersähe Kristin Luise seine galanten Winke.

Sie wählen den Eingang auf Deck 8. Auch durch den da oben auf Deck 9, auf Höhe der obersten Sitzreihe, schlendern bereits die ersten kulturinteressierten Gäste herbei. Ein Amphitheater mit zirzensischen Fackeln an den Wänden, doch die zweidimensionale Sonne an der Decke scheint eher aztekisch. Zugegeben: ebenso künstlich. »Insofern«, raunt Vetter Donald, »stilistisch denn doch konzis.«

Onno zuckt mit den Schultern.

Onno empfindet es als kleinstädtisch charmant, als die Leute immer zahlreicher herbeiströmen, Kinder durch die Sitzreihen wuseln. Bei aller unleugbaren Fremdheit untereinander spürt er einen gewissen Willen zur Gemeinschaft. Oder wenigstens Sehnsucht danach.

Mit dem Hinweis, die sei seines Erachtens doch ein bißchen ZU casual, hat Onno – Onno! – seinem Chef und Schützling abgeraten, die bolivianische Lamahirtenmütze aufzuziehen. Vetter Donald behauptet, es habe ein Scherz sein sollen. Gleich darauf hat er sich für einen Pepitahut entschieden, wie ihn der Bundesligatrainer Klaus ›Schlappi‹ Schlappner zum Markenzeichen erwählte – Anfang der 80er Jahre, als es noch kein Internet und kein Handy gab und keine deutsche Einheit. Zu schweigen von Kristin Luise.

Das Saallicht wird gedimmt, und vor den Vorhang treten die Zeremonienmeister, Clubdirektor Frank Michaelsen und Entertainment Managerin Maren Vigoleit. Applaus brandet auf.

»Sünd wi denn all dor«, raunt Vetter Donald. »Jooor.«

Und nicht nur das. Geradezu hingerissen vom Wiedersehen mit den beiden Sympathieträgern sünd wi. Zwei, drei von uns können nicht anders als aufjohlen, ein paar trampeln mit den Füßen. Stammgäste sicherlich.

In ihren zünftigen Uniformen begrüßen sie uns, würdevoll, doch bescheiden, standesbewußt, doch zugänglich – und immer mit dem Augenzwinkern der Corporate Identity. Schnoddrig, doch warmherzig bieten sie ein bißchen Stand-up-Comedy.

Nicht, daß sie mit ihrem Erfahrungs- und Kompetenzvorsprung protzten. Sie fraternisieren vielmehr mit uns, indem sie nur die allerdoofsten unter uns auf den Arm nehmen – und jawohl, dabei werden die Standardfragen an sie nicht unterschlagen: Schläft die Crew auch an Bord? Und ist das Toilettenwasser trinkbar? Wir lachen erleichtert und begeistert: *So* doof sind ja selbst wir nicht!

»Nnnnn«, raunt Vetter Donald. »Haut ab.« Nervös wie ein Backfisch wälzt er sich von einer Gesäßbacke auf die andere, zattert und tattert mit den nichtrauchenden Fingern und produziert Hefepilzsporen auf seinem Latz.

All das Geplänkel aber führt nur auf den unumstrittenen Star des Abends hin, ja der ganzen Reise. Denn jetzt … »Begrüßen Sie mit uns den charmantesten Kapitän der gesamten FLIP-Flotte! Hier kommt er: Käpt'n York Jessen aus Hamburg-Övelgönne!«

Und respektvoll treten sie, hinkünftig Adjutanten mit im Rücken verschränkten Händen, einen Schritt zur Seite, und zum Mitklatsch-Beat von *He said captain, I said what* entert der angekündigte Vier-Streifen-Träger die Bühne und wehrt als erstes mal den tosenden Applaus ab, unprätentiös, doch mit natürlicher Autorität. Wir Kinder wünschen uns ihn zum Onkel oder großen Bruder, wir Männer zum Schwiegersohn oder Kumpel, wir Frauen zum Schwiegersohn oder Liebhaber. Mit gemäßigtem nordischem Zungenschlag scherzt er ein bißchen, und mit dem Hinweis, er gehe jetzt dahin, wo an Bord er am dringendsten gebraucht werde – an die Bar nämlich –, wünscht er uns einen schönen Aufenthalt und macht die Bühne frei für die Show.

Gar nicht übel, das Stück.

Glücklich gluckst Onno vor sich hin. Beschwörend halten wir die Handykameras gen Rampe. In einer Szene wirbelt das Ensemble über die Bühne, indem es überdimensionale Lebkuchenherzen mit Sprüchen wie *Hier könnte Ihre Werbung stehen, Ich hasse mein Kostüm* oder *Shit happens* schwenkt. Der Wolf ist depressiv, Rumpelstilzchen leidet unter Burnout, und Rotkäppchen – Rotkäppchen trägt halterlose Strümpfe, wie wir baumelnde Seelen erkennen, als sie die Verse »… schadet nicht, wenn ich mich bück' / und für Oma Blumen pflück'« ausagiert, und darüber ein Kleid in rotem Lack.

Der Star. Eindeutig.

Halb verblödet vor Seligkeit, von uncooler Schnappatmung gebeutelt erkennt Vetter Donald seine Königin wieder, die Lichtgestalt seiner finsteren Träume der vergangenen vier Monate. Wie sie singt und springt! (Null Knieprobleme!) Und dieser … Po! »Das ist sie, Onno Viets«, raunt er. »Das ist sie«, raunt er. »Das ist, das ist sie, sage ich.«

Seine Augen stoßen förmlich gegens Brillenglas. In den Mundwinkeln entdeckt Onno ein wenig Speichel moussieren. Gerührt gibt er entsprechende Geräusche von sich. »Mmm … 'ch, 'ch 'ch …«

Als die Schöne, die Angebetete regiegemäß leeren Blicks ins Auditorium starrt, winkt Donald ihr doch tatsächlich zu. Wenn sie's überhaupt wahrgenommen hat, ist sie professionell genug, es sich nicht anmerken zu lassen.

»Mann, Mann«, flüstert Onno gütig grienend. »Ist ja sexy, aber … Mensch, hier sind doch Kinder im Saal, nech?«

»Merken doch nix«, raunt Vetter Donald glühend, nun wieder mit geradezu wissenschaftlicher Distanz. »Ab zehn Jahren sind die heutzutage doch versauter als wir, und unter zehn denken die, das soll ein Babybel-Käse sein. Babybel, sage ich.«

So gut gelaunt hat Onno ihn zuletzt vor 30 Jahren gesehen. Die gesamte finstere Aura nunmehr pfirsichrot.

Nach dem Schlußvorhang drängt das spaßgesättigte Publikum Schritt für Schritt nach draußen. Am Ausgang steht Entertainment Managerin Maren Vigoleit und wünscht den Erwachsenen heiser einen schönen Abend und fragt das ein oder andere Kind, ob es ihm gefallen habe, und da es stets hat, sagt sie: »Ja? Dann gib mir fünf!«, und dann wird abgeklatscht.

»Ich habe eine Frage«, raunt Vetter Donald vorwitzig unter dem Pepitahütchen hervor.

»Ja?« Vigoleit ist Vollprofi mit jahrelanger Erfahrung, und ob ein Kunde riecht, faselt oder lediglich endbescheuert aus der Wäsche guckt, prallt an ihrer inneren Firewall ab. Durch den Filter dringt nur das nackte Anliegen.

»Ich bin ein Freund der Hauptdarstellerin«, raunt Donald.

Was macht er denn da, fragt sich Onno angesichts der ungewohnten Körpersprache, *flirtet* er? Das sogenannte Fremdschämen ist Onnos Sache nicht. Ihm ist nichts Menschliches fremd. Kraft seiner genetisch verwurzelten Güte führt peinliches Verhalten anderer Leute umgehend zu Rührung, Mitleid und Demut.

»Sie weiß nicht, daß ich an Bord bin«, raunt Vetter Donald – obwohl er dessen gar nicht sicher sein kann: Hat sie ihn nicht vielleicht doch winken gesehen? Nun, wenn ja: macht nix. Wenn nein: Überraschung. »Ich möchte sie überraschen, überraschen, sage ich. Ist es wohl möglich, sie zu treffen.« Sein stümperhafter, doch hartnäckiger Versuch, etwas zu entwickeln, das er für Charme hält, jagte einem weniger hartgesottenen Knochen als Entertainment Managerin Maren Vigoleit das nackte Grausen über den Nacken. Allein die Zähne … Er baggert wie ein Mitschnacker der fuffziger Jahre.

»Äh – Sekunde«, sagt Vigoleit zu Onnos nicht unerheblichen Überraschung. »Wenn hier alle durch sind, hab ich Zeit für Sie.«

»Geh du doch schon mal vor«, raunt Donald Onno zu, »und halt 'nen Platz frei.«

Wiederum ergattert Onno die beiden letzten freien der begehrten Deck's chairs, und zwar direkt gegenüber dem Bartresen an der Reling.

Zufrieden grunzend dreht er sich eins seiner dünnen Zigarettchen. Rechnet allerdings mit einem niedergeschmetterten Vetter Donald. Wie die ursprünglichen meinigen, stammten auch seine diffusen Kenntnisse in puncto (un)-professioneller Distanz(losigkeit) zwischen Crewmitgliedern und Kreuzfahrtgästen aus dem ZDF.

Wie ich auf meiner Recherchefahrt ein Jahr später erfuhr, sind die Theaterdarstellerinnen und -darsteller auf den Schiffen der FLIP-Flotte jedoch keineswegs unnahbar. Vielmehr wird es von seiten der Clubdirektion gern gesehen, wenn sie sich plauderbereit unters Volk mischen. Anhand von Ansteckern sind sie sogar namentlich identifizierbar.

Und so, als er 20 Minuten später in der Ocean Bar aufkreuzt, wirken Vetter Donalds Visage, Gestik und Aura wie durchströmt von Lavaglut, die man unter der Asche erahnt. »Morgen sechzehn dreißig«, raunt er. »Flipper Bar. Ich sage Flipper Bar, sage ich.«

»Nee, nech?« Schon immer zählte Onno zu den raren Menschen, die zu aufrichtiger Mitfreude fähig waren. »Aber ausgerechnet in der Flipper Bar?«

Bei der erstmaligen Durchquerung des mittschiffs gelegenen Zentrallokals am Vortag hatte Vetter Donald sich spontan die flatternde Hand vor die Brille gehalten, als fürchtete er Erblindung oder Wahnsinn. »Das«, raunte er, »ist ein Fall für den internationalen Seegerichtshof in Hamburg-Nienstedten. Seegerichtshof, sage ich.«

Tatsächlich war nicht ganz abwegig die Frage, wer eine derartige polymorphe Geschmacklosigkeit an Innenarchitektur wohl verzapft haben mochte. »Den Entwurf: ein gemütskranker Trekkie«, raunte Vetter Donald. »Gemütskrank, sage ich. Und die Umsetzung ... die Umsetzung ein heillos zerstrittenes Kombinat. Mit signifikantem Anteil transsexueller Hobbyschreiner ... likörsüchtiger Landfrauen ... und farbenblinder Astrologinnen. Und für die Glitzerelemente eine Voliere Elstern.«

Vetter Donald wird folglich nicht für die Ortswahl zuständig gewesen sein, spielt den Umstand jedoch maximal herunter, indem er gar nicht drauf eingeht. (Und schon als ich zum ersten Mal davon hörte, war mir vollkommen klar, weshalb Kristin Luise die Flipper Bar bestimmte anstatt die lauschigere Ocean Bar oder etwa die geradezu intime Hemingway Lounge: Es war der mit Abstand öffentlichste, unverfänglichste, trostloseste Aufenthaltsort an Bord. Und genau so sollte sie es mir ein Jahr später, als ich sie bei meiner Recherchereise traf, auch bestätigen.)

»Hab mit dem Theaterdirektor gesprochen, und der hat mit ihr gesprochen, und dann hat er wieder mit mir gesprochen. Heut ist es ihr zu spät. Braucht noch halbe Stunde zum Abschminken und so. Aber morgen. Ich dekompensier gleich.«

»Mensch«, brummt Onno, und sein Grienen erreicht geradezu astronomische Gütigkeitswerte. »Prost!«

Vetter Donald gelingt es, den Heiterkeitspegel seines Hutes noch zu übertreffen. »Mensch, Mensch«, raunt er. »Jetzt einen heben.« Doch bleibt er vorerst hart und bestellt einen ›Splash!‹

Die Dielen duften wie feuchter Bambus. Wolkenarmer Himmel von sattem Dunkelblau. Die Kristallschale des Mondes leicht angeschlagen. Ein paar Sternchen, laues Lüftchen. Die Gischtspur da unten leuchtet. Das Rauschen. Das sonore Dauerraunen der Schiffsmotoren. Das Geplauder der Barbesucher.

Und so lassen wir sie baumeln, unsere Seelen, unsere geschundenen und suchenden Seelen …

125

Sünd ji noch all dor? Dann Vorhang auf zum …

Nachspiel

*Kasper Spackennacken
seine Olle strapst sich voll auf*

GRETEL   *voll aufgestrapst* Tri, trorr, trullorrlorr! Tri, trorr —

KASPER   Mäch den Kopp zu, alte Wächtel! Ich will in Ruhe Sportschau kuck'n!

GRETEL   *beiseite* ›Sportschau‹, von wegen. Der zieht sich von sein' Festplättenrekordär die kleinen Nutten von Jörmenies nex' Topmoddels rein, zieht der sich. Odär die letzteh Folgeh von ›Bauär sucht Sau‹. *laut* Häs' du ›Wächtel‹ gesorcht? Sorr, jetz' geh ich <u>extra</u> auf Pisteh!

KASPER   Glaub's, däs juck' mich? Glaub's, ich weiß nich', däß du 'wieso mit deine hystethischen Weibär veräbredet bis'? *entdeckt Gretel* Wie siehs' du'enn äus, sorch morr! Geht ihr näch'n Tuntenbäll, odär wät?

GRETEL   Selbär Tunte, dorr! Däs' Wintetsch, is' äs!

KASPER   Du bist auch Wintetsch, dorr! Hau bloß äb, dorr!

GRETEL   *beiseite* Däs läß ich mich doch nich' zweimorr sorrgen. *laut* Päß bloß äouf, dorr! Sons' bleib ich hiär, dorr!

Nachspiel (in politisch korrekter Hochsprache)

Kasper Spackennackens
Gattin macht sich schön

GRETEL   *ausgehfertig* Tri, tra, trullala! Tri,
           tra —

KASPER   Schweig stille, Gemahlin! Ich will
           in Ruhe Sportschau schauen!

GRETEL   *beiseite* ›Sportschau‹, wer's glaubt. Der
           schaut sich doch auf dem Festplatten-
           recorder die beliebte Wettbewerbsshow
           »Deutschlands nächstes Supermannequin«
           an. Oder die letzte Folge von »Bauer sucht
           Frau«. *laut* Hast du mich etwa beschimpft?
           So, dann geh ich jetzt erst recht aus!

KASPER   Du glaubst, das interessiert mich? Meinst
           du etwa, ich wüßte nicht, daß du ohnehin
           mit deinen kapriziösen Busenfreundinnen
           verabredet bist? *entdeckt Gretel* Wie schaust
           du denn aus! Geht ihr zu einem Homo-
           sexuellenfest oder ähnlichem?

GRETEL   Selber homosexuell! Das ist Vintage!

KASPER   Selber Vintage! Geh fort!

GRETEL   *beiseite* Das lasse ich mir doch nicht
           zweimal sagen. *laut* Obacht, du! Sonst
           bleib ich hier, du!

Geht nach Nina's Nagelstudio hin.

GROSSMUTTER   *auf'm Nebenstuhl* ... und dann
                   hat er mich ganz lieb gestreichelt, bis
                   zum Höhepunkt ...

GRETEL   *beiseite* Wer. Ihr Altär oder wät?

FEE   Quätsch. Ihr Zychopath.

HEXE   *beiseite* Scht! Zychologeh!

128   FEE   Wo is'n der Unnerschied.

GRETEL   *beiseite* Scht. Ich glaub', der eine muß
              studiärn und der ännere dorrf däs so!

GROSSMUTTER   ... und bisher war ich immer
                   strikt gegen Oralverkehr, aber seit ich <u>ihn</u>
                   kennengelernt habe ...

FEE   Ororrl? Däs' jorr äb'orrdich.

HEXE und GRETEL   Und wenn du neue Schu'e
                       brauchs'?

FEE   Gut, denn nehm' ich ihn morr in'n Mund.
           Orrbär ins <u>Oär</u> ...?

GROSSMUTTER   ... also, ich finde, Sex kann
                   etwas sehr Bewußtseinserweiterndes
                   sein ...

Sucht Ninas Nagelstudio auf.

GROSSMUTTER   *auf dem Nebenstuhl* ... und dann
                hat er mich ganz lieb gestreichelt, bis
                zum H......t ...

GRETEL   *beiseite* Wer. Ihr Mann?

FEE   Aber nein. Ihr Psychopath.

HEXE   *beiseite* Nicht so laut! Psychologe!

FEE   Worin besteht denn da der Unterschied?   129

GRETEL   *beiseite* Nicht so laut. Ich glaube, der eine
            muß studieren und der andere darf das so!

GROSSMUTTER   ... und bisher war ich immer
                strikt gegen O...-...r, aber seit ich <u>ihn</u>
                kennengelernt habe ...

FEE   O...l? Das ist ja degoutant.

HEXE und GRETEL   Und wenn du neue Schuhe
                    brauchst?

FEE   Gut, dann nehme ich i...n mal in den
        M...d. Aber ins <u>Ohr</u> ...?

GROSSMUTTER   ... also, ich finde, S...x kann
                etwas sehr Bewußtseinserweiterndes
                sein ...

FEE	Orr Männ, dorr! Ich känn'äs bald nich' mehr höärn! Immer bloß Sex, Sex, Sex! Es muß doch auch noch wäs ännäräs geb'm aufe Welt!
GRETEL	Zu'n Boispiäl?
HEXE	Hm. Migrehneh? – Orrbär häs' jorr räch'. Wäs mein' Aldär meint, däs' im Grundeh auch überhaup' kein Sex. Däs' höchs'ns vier bis fümf!
GRETEL	Du sorrchs'äs. – Weiß, wäs mein' Späckennäcken neulichst gesorrcht hät, als är ein fliegen gelässen hät?
FEE	Nee.
GRETEL	›Läß mich doch! Däs' der Orgäsmus des klein' Männes!‹
	Stunden später.
GRETEL	*vom Korridor aus* Heinzi? Bis' du dorr?
KASPER	Hau bloß äb, dorr! *stutzt* Heinzi? Wäs denn für'n Heinzi?
GRETEL	Worr bloß 'n Witz.
KASPER	Hau bloß äb, dorr! Und bring mir morr noch 'n Biär aus'e Kücheh mit.

130

FEE	Herrje! Ich kann es bald nicht mehr hören! Immer nur S…x, S…x, S…x! Es muß doch auch noch etwas anderes geben auf der Welt!
GRETEL	Zum Beispiel?
HEXE	Hm. Migräne? – Aber du hast ja recht. Was mein Herr Gemahl meint, das ist im Grunde mitnichten S…x. Das ist höchstens vier bis fünf!
GRETEL	Du sagst es. – Weißt du, was mein Göttergatte neulich sagte, als er unter erheblichen Flatulenzen litt?
FEE	Nein.
GRETEL	›Laß mich doch! Das ist der O…s des kleinen Mannes!‹

Stunden später.

GRETEL	*vom Korridor aus* Heinzi? Bist du da?
KASPER	Geh fort, du! *stutzt* Heinzi? Welcher Heinzi denn nur?
GRETEL	Nur ein Scherz.
KASPER	Geh fort, du! Und bring mir bitte noch ein Bier aus der Küche mit.

GRETEL   Jawoll, mein Führär.

KASPER   Ich häb dir schon taus'ndmorr gesorrcht,
                däs' bloß der Schätten von meineh
                Norrseh!

GRETEL   Jawoll, mein F…r.

KASPER   Ich habe schon tausendmal gesagt:
                Das ist nur der Schatten von meiner
                Nase!

Vierter Akt

Der Odysseus des Schmerzes

20

Am schlimmsten war Onnos schleichende Persönlichkeitsveränderung natürlich für Edda. Wie angedeutet, bemerkte sie eines Tages – später wußte sie gar nicht mehr zu sagen, wann genau – bis ins Mark erschrocken, wie tief sie sich ihm bereits entfremdet fühlte.

Doch auch Raimund und mich brachte die angelegentliche Erkenntnis zum Schaudern, daß er schon länger nicht mehr der war, der er einmal gewesen war. Der Mann nicht, aber auch nicht der Freund. Unser Freund. Nicht der Freund, der er gewesen war, bevor ihn Tibor Tetropov dazu verurteilt hatte, *sein* Freund zu sein.

Als Symbol für die allmähliche Verwandlung mag eine scheinbare Nichtigkeit dienen: Jahrelang hatte Onno jenes gewisse Sprachfüllsel benutzt – »Öff, öff«. Außer Schrulligkeit bedeutete es nicht allzuviel; im nachhinein betrachtet jedoch taugte es nachgerade zur Formel der Harmlosigkeit seiner damaligen Lebensphase. Eine Formel, die ihm peu à peu ausgetrieben worden war – im Zuge des Traumas durch Tibor Tetropov, endgültig aber aufgrund der späteren Vorgänge im und um den Finklocher Mondwald.

Als uns das auffiel, war es längst eingerissen, daß er sich einfach nicht mehr meldete, nicht mehr von sich aus. Er rief nicht mehr an, weder Raimund noch mich. Ja, irgendwann rief er nicht einmal mehr zurück, wenn wir ihm auf Band sprachen. Er ging gar nicht erst ans Telefon. Er beantwortete keine SMS mehr und keine E-Mails. Er verstummte. Kapselte sich ein.

Erst nach und nach fiel es uns auf, denn zum montäglichen Tischtennis erschien er zuverlässig. Anfangs werteten wir das als festes Band, später nur mehr als seidenen Faden. Zumal er das Après-Pingpong im ehemaligen Tre tigli – und *dort* war es, wo Gespräche sich entwickelten, über die üblichen Frotzeleien zwischen zwei Matches und in der Umkleide hinaus – immer häufiger abwehrte. »Kein Geld«, murmelte er.

138 Das war nichts als die nackte Realität, und sowohl Raimund als auch mir war völlig klar, was es für Onno bedeuten mußte, sich *dauerhaft* aushalten zu lassen. Immer wieder einmal hatte er Einladungen akzeptiert, völlig unverkrampft und nach dem Gelegenheitsprinzip. Doch mit sicherem Gespür für die Grenze zur Unsitte regelmäßig den Riegel vorgeschoben. Sobald Gefahr drohte, es könne zur Selbstverständlichkeit verkommen, wenn er uns gestattete, für ihn zu zahlen, schob er den Riegel vor.

Sicher, ich hatte Onno (und damit auch Edda) regelmäßig Geld geliehen. Im Laufe der immer prekärer werdenden Jahre kam eine Summe »im unteren fünfstelligen Bereich« zusammen, wie Vetter Donald sagen würde. Noch nie der penibelste Wirtschafter (= einer der für die beiden Konkurse, die Onno in seiner beruflichen Laufbahn zu verzeichnen hatte, verantwortlichen Faktoren), war er über den Schuldenstand bei mir hingegen jederzeit auf Heller und Pfennig orientiert. Führte gewissenhafter Buch als ich, der ich Beträge unter hundert Euro oft zu notieren vergaß.

Nicht, daß ich mich als Wohltäter aufspielen wollte. (Ebensowenig Raimund, versteht sich.) Aus innigster Freundschaft, aber auch aus sozioökonomischer Einsicht investierte ich mein Geld 14223mal lieber in eine Klitsche wie die OVIAG, als es im Gulli vor der Lehman Bank zu versenken.

Und insofern gab es wohl niemanden, der sich nicht für ihn freute, wenn er diese Reise – wie gesagt – von Anfang an in vollen Zügen genoß.

Sein Arbeitsauftrag war diffus genug, daß er Vetter Donald jedesmal nach der Erlaubnis, den Landgang wahrzunehmen, zu fragen sich traute. Ja, wie bereits weiter oben angedeutet, herrschte anscheinend die unausgesprochene Übereinkunft, daß ein befürchteter Überbordwurf des Máximo Líder im jeweiligen Hafen unwahrscheinlich sei – und akute Leibwacht mithin unnötig.

Obwohl noch vom Schnarchgewissen geplagt, hatte Onno vor seinem Ausflug in die Stadt Alicante Vetter Donald nach einer Abschlagszahlung gefragt. Von müder Großmut umnebelt, hatte der ihm aus einer voluminösen Banknotenrolle, die er zu Onnos Verblüffung lose in der vorderen rechten Hosentasche trug wie ein Gangster, das gesamte Honorar herausgeschält und hingeblättert. »... acht, neun, zehn.« (= Hunderter. Auf die Frage, warum um alles in der Welt Vetter Donald denn soviel Bargeld mit sich herumschleppte – es mußten an die fünf Riesen sein –, antwortete der Künstler, er habe noch nie Kredit- oder auch nur EC-Karte besessen. Orang Uta hatte ihm wöchentlich Taschengeld zugesteckt. Erst seit kurzem arbeite er an dem Thema.)

Daraufhin schickte Onno von seinem alten Stupidphone aus eine SMS auf Eddas iPhone, die sie eigentlich schon am Vortag erwartet hatte.

Hallo frau! Gut angekommen. Schiff prima, alles prima.
Sag mal, darf ich ein bißchen taschengeld für ausflüge
ausgeben?

Eddas prompte Antwort:

Mein Uhu! Blöde Frage. Natürlich. Warum hast Du Dich
nicht gestern schon gemeldet?!! Hab mir Sorgen gemacht!!! Wie kommst Du mit dem Stinkstiefel klar?
99

›99‹ lautete einer der zahlreichen Kosenamen, mit denen
Onno Edda in glücklicheren Zeiten geschmückt hatte. (Bei
diesem handelte es sich um den Code für die aparte Kollegin
von Maxwell Smart, dem Helden aus einer TV-Agentenparo-
die der 60er Jahre.)

Edda freute sich, daß Onno Ausflüge plante. So faul wie
von Natur aus und so niedergeschlagen, wie er seit Jahren
war, nahm sie es als ermutigendes Zeichen, daß er Mumm
und Leidenschaft für derartige Unternehmungen aufbrachte.

Und das war es wohl auch.

Zwar sollte er sich gewohnheitsmäßig immer wieder um-
blicken auf seinen Touren, sollte immer wieder mal das Sen-
gen feindlicher Blicke im Nacken zu spüren vermeinen –
doch konnte das noch unter dem ganz gewöhnlichen
Verfolgungswahn verbucht werden, dem er nun mal seit seinem ersten PTBS-Schub ausgesetzt war. Solang er sich noch
auf mallorquinischem Boden bewegen mußte – nun ja, der
brannte nicht schlecht unter seinen Sohlen. Aber auch das
war logisch, psycho-logisch, hatte sechseinhalb Jahre zuvor
doch ebendort das Desaster seinen Anfang genommen – indem es ebendort gewesen war, wo er Tibor Tetropov näher
kennengelernt hatte, und der Anblick der Palmen reichte
aus, um einen Flashback auszulösen.

Doch mit zunehmender Entfernung von belasteter Hei-
matstadt und obskurem Ausgangshafen schnaufte Onno
durch, und beim ersten Anblick der Costa Blanca schien es

ihm, als habe sich sein Joch in einen Sommerschal verwandelt. Er fühlte etwas wie einen langvermißten Freiheitsdrang in die Brust zurückkehren, und wiewohl er seinen geschwächten Gliedern noch nicht so recht traute, war er entschlossen, es zu wagen.

Wenn er künftig an Land ging, dann stets auf eigene Faust. Die FLIPseitig angebotenen Ausflugspakete waren ihm zu prall und zu teuer.

In Alicante war er über die Explanada de España geschlendert, einen palmengesäumten Boulevard aus »mehr als sechs Millionen marmornen Mosaiksteinchen« (wie es im Zentralorgan *FLIP chart heute* hieß), die zu bunten wellenförmigen Mustern geordnet waren; war zur Burg der heiligen Bárbara hinaufgestiegen, von wo aus er einen grandiosen Blick auf die Stadt und die Strände hatte (und auf die Flipper IV); war durch die Gassen der Altstadt spaziert, wo er sich, dem betörenden Gesang folgend, der Gemeinde einer rappelvollen Kirche anschloß.

Nachdem ihm schon diese Stunden wohlgetan hatten, entschied er, auch Valencia zu besichtigen.

21

Dritter Tag an Bord: Montag, den 21. Oktober 2013, gegen 10:30 Uhr. 22 Grad Celsius, sonnig. (Im Verlauf des Tages sollten es 27 Grad werden.) Hafen von Valencia (Spanien), Liegeplatz Muelle de Poniente.

Im Halbliegestuhl auf dem Balkon der Kabine 7119 döst Vetter Donald vor sich hin (Aussicht: die AIDAvita am Nebenkai). Hutlos. Er will »ein bißchen Farbe kriegen« für das Date mit Kristin Luise. Hat »Lampenfieber«. Reckt einen Ellbogen hervor und pult und kneift an der Haut über dem spitzen Knochen herum. »Grützbeutel«, nuschelt er finster, die Kippe im Mundwinkel.

»Willst du wirklich nicht mit?« fragt Onno, den Rucksack aufgeschnallt. Darin: von der Rezeption besorgter Stadtplan, im Apocalypso verstohlen geschmierte Brötchen, Handy, Tabak und Trinkwasser.

»Nee. Nee, nee. Nee.«

»Willst du denn«, fragt Onno, »überhaupt nicht an Land? Ich mein', wenn man schon mal da ist ... Interessiert dich das gar nicht, fremde Städte und so?«

»Nee. Nicht sonderlich. Wieso.«

»Tjorp ... njorp ...« Onno griente gütig. »Ist doch mal was anderes. Und außerdem, ich dachte, das gehört zu einer Kreuzfahrt dazu, nech?«

»Nicht zwingend, meine ich. Nicht, daß ich wüßte. Nee. Wieso.«

»Na ...« Onno überlegte. »Sonst könntest du im Prinzip ja auch eine Woche lang zwischen Cuxhaven und Helgoland hin und her pendeln. Nech? 'ch, 'ch, 'ch ...«

»Bin nur aus einem einzigen Grund auf diesem Kahn hier. Kahn hier, sage ich.«

»Na denn. Bis nachher. Vielleicht sehn wir uns ja noch, bevor du zu deinem Babybel gehst.«

Es ist dann aber doch bereits 16:40 Uhr, als Onno zurückkehrt, verschwitzt und wiederum auf fernwehe Weise von Glück erfüllt. Beim Öffnen der Kabinentür haut ihn der Nebel eines totholzstichigen Herrenparfums beinah um. Der Benutzer ist bereits fort. Auf Freiersfüßen. (Nagelpilz.)

Für einen Moment droht Onno der Neugier zu erliegen. Es zieht ihn mit Macht in die Flipper Bar, doch schließlich läßt er doch Diskretion walten – und das junge Glück unbehelligt. Nutzt vielmehr die Gelegenheit, die Koje ganz für sich allein zu haben, zu einer späten Siesta.

Legt sich lang. Liest eine neue SMS von Edda:

Mein Uhu, wie geht's Dir heute? Mir gut. Wie ist Valencia?
Erinnerst Du Dich noch an unseren Spanien-Urlaub '81?
Gruß & Kuß, 99

Er verschiebt die Entscheidung, ob er antworten soll. Er will
ja – aber was? Natürlich erinnert er sich an den Spanien-
Urlaub '81. Goldgerahmte Engramme. Was soll er schreiben? Sobald er es versucht, krümmen sich seine Finger zu
Klauen.

Vorm Einschlafen versucht er, den Valencia-Ausflug detailliert Revue passieren zu lassen – doch da seine Glieder bereits
in den ersten zehn Sekunden zu zucken beginnen, blitzen
nur ein paar Bilder vor seinem inneren Auge auf, von der
Markthalle mit den schönen Deckenintarsien, von der Tapas
Bar, in der er einen phantastischen Kaffee getrunken hat,
von der unglaublich schönen, schlanken, elegant gekleideten
alten Dame mit den silbernen Haaren und Kreolen, die ihm
auf der Plaza de la Dingsbums, gegenüber vom Turm der
hl. Dingenskirche, begegnet ist und ihm so scheu und warmherzig zugleich zugelächelt hat, daß er am liebsten vor ihr
niedergekniet wäre – und ihr alle seine Trauer, alle seine Einsamkeit und Todesangst und seelische Finsternis zu Füßen
gelegt hätte …

Und mit diesem irritierenden Bild taucht er ins Nirvana
ein.

22

Und die anderthalb Stunden Erholungsschlaf hat er beruf-
lich dringend nötig. Vetter Donald scheint geradezu manisch.

Die eine Zigarette qualmt noch, da dreht er sich schon die nächste. Zattert und tattert unentwegt herum und wälzt und dehnt sich im Deck's Chair der Ocean Bar und raunt Hauptsätze und Schlagworte vor sich hin, daß alle Naslang Tabaksud in die Mundwinkel tritt. Es ist erst 19:05 Uhr, als er den nach eigenen Angaben bereits dritten Gin Fizz bestellt.

»Wie verhext«, raunt er glühend. »In meiner bevorzugten Sitzhaltung seh ich nie die Kimmung. Wird immer vom Handlauf der Reling verdeckt. Reling statt Horizont, das nervt. Nervt, sage ich.«

Hellauf sprudelt das Kielwasser da unten in der Dämmerung des Mittelmeers – *dies schaumumblühte Driften* … Valencia liegt schon zwei Stunden hinter ihnen. *Die albernen Laternen der Häfen blieben weit!* Onno und Vetter Donald sitzen einander gegenüber, direkt am Schiffsgeländer. Die anderen beiden Vis-à-vis-Plätze am Vierertisch sind mit einem Pärchen um die 40 belegt. Sein Bizeps sprengt fast den kurzen Ärmel eines weißen Oberhemds (Aufdruck: *sky rebel*), ihre Oberweite noch die pubertärste Vorstellung.

»Dann nimm doch 'ne andere ein, nech?« schlägt Onno vor und saugt an seinem Zigarettchen. »Haltung, mein' ich.«

»Geht nicht«, raunt Vetter Donald unter dem knappen schwarzen Schirm einer grotesken Ballonmütze hervor. Als er Onno abgeholt hat, hat er die Rendezvousmütze – eine nur zart blasierte Schlägermütze – gegen diese ausgewechselt. Selbst Onnos weiß Gott unmaßgeblicher Meinung nach trug so etwas bestenfalls eine prämenstruelle Stieftante aus einem Vorort von Paris oder Mailand. Oder Bob Marley. Der Korpus ist aus Fleece. Legoziegelmuster, gelb, grün, rot. »Andere Haltung geht nicht. Schmerzen, sage ich. Schmerzen.«

Man kann es einfach nicht anders ausdrücken: Er strahlt vor Glück.

Dabei ist sein Rendezvous-Bericht recht sonderbar ausgefallen. Nachgerade obskur. Einerseits nebulös detailliert, andererseits präzise nichtssagend.

Indes er, Onno brutal weckend, auf engstem Raum in der Rattanecke von einem Bein aufs andere trat und aufgedreht wie ein ADHSler den soeben erwählten Bob-Marley-Hut quetschte, lieferte er eine Nacherzählung. Und zwar dessen, was er von Kristin Luise Tusnelda soeben so alles erfahren hatte – fast (obwohl eigentlich tief unter seiner Würde), als fühle er sich zu beweisen bemüßigt, daß die Begegnung tatsächlich stattgefunden habe.

Abgesehen davon klang das Referat wie üblich, nämlich als habe er das alles schon immer gewußt. »Zwölfköpfiges Ensemble, sage ich. Ein musikalischer Leiter, ein Theatermanager, vier Tänzer, vier Solisten, zwei Allrounder, die beide alles können. Der eine etwas besser singen, der andere etwas besser tanzen. Fuffzehn Shows haben die intus. Fuffzehn, sage ich. Die Theatershows dauern fuffzig Minuten, die Poolshows zwanzig Minuten. Sind aber hammerhart. Hochleistungssport. Die ganze Zeit die Stufen rauf und runter und hin und her hopsen und tanzen und dabei singen, kommst du kaum zum Luftholen. Die Shows werden innerhalb von zwei Monaten einstudiert.«

»In Hamburg, nech?« warf Onno vom Bett aus ein. Er hatte Mühe, wach zu werden. »Da habt ihr euch ja kennengelernt, nech?«

»Fuffzehn Stück. Fuffzehn Shows in zwei Monaten. Dann Viermonatsvertrag und ab aufs Schiff. Achtmonatsvertrag bei längeren Reisen, Brasilien und so. Leben und Arbeiten, alles im Team. Untere Decks creweigener Bereich, inklusive Bar, Fernsehraum, Spiele, alles. Bis auf Sport, Sport müssen sie im Body & Soul Sport Bereich machen. Ist wie ein winziges Dorf hier an Bord. Jeder kennt jeden; Friseur, essen, trinken, Entertainment – alles nur paar Schritte entfernt.

Der ganze Einkaufs- und Organisationsquatsch wie an Land entfällt. Nachteil: Erkältungen gehen ruck, zuck um. Einer fängt an zu niesen, und du kannst die Uhr danach stellen, daß es einen nach dem andern erwischt.«

Und so weiter. Doch doch, mitteilsam war er durchaus.

Onno konnte zwar zuhören wie kein zweiter, und sein Charisma für Arme war, wie gesagt, legendär, zu schweigen von seiner Güte. Seine Fähigkeit zur Einfühlsamkeit aber war nicht unbedingt spektakulärer ausgeprägt als bei jedem anderen durchschnittlich herzensgebildeten Zeitgenossen, und da er zudem noch müde war, setzte er sich gähnend auf in seinem Doppelbettchen und stellte, in aller Unschuld, die Gretchenfrage nach dem romantischen Gehalt von Vetter Donalds Schäferstündchen in der Flipper Bar ... »Niesen und so, verstanden, Chef. Ja uuund, nech? Butter bei die Fische. Hat sie sich gefreut, dich wiederzusehn? Wie war's denn nu, das Rangedewu!«

146

Die Reaktion kam wie aus der Pistole geschossen. »Exzeptionell«, raunte Vetter Donald finster. »Geradezu schön.«

Klang geradezu schön aus dem Munde eines menschlichen Spielballs der Dämonen. Dennoch ... Hatte Donald sich womöglich, fragte Onno sich denn plötzlich doch, an dem Eisen verbrannt, das er da seit Monaten schmiedete? Onno entschied, die etwaige offene Wunde zu ignorieren.

Und so strahlt er also, der verliebte Künstler, kurz darauf in der Ocean Bar. Seine Augen hinter den dicken Lupengläsern glänzen, als hätte wer Belladonna hineingeträufelt. »Chronische Schmerzen, sage ich.«

»Willst da nicht mal was gegen tun?« Onno inhaliert ein letztes Mal an seinem zahnstocherdünn gedrehten Zigarettchen und drückt es aus. Während Vetter Donald sich grad eine dreht.

Teils amüsiert-tolerant, teils mißmutig-intolerant, doch

insgesamt schweigend verfolgt das Tischnachbarpärchen – der mit den Muskeln und die mit den Brüsten – das frivole Tun jener beiden Dinosaurier des vergangenen Jahrhunderts. (Raimund hatte das Rauchen am Tag nach seinem 30sten Geburtstag aufgegeben, ich am 1.1.2000. Ich liebe runde Daten.)

»Ha«, raunt Vetter Donald. »Was dagegen tun. Ich *bin* von Pontius bis Pilates gerannt. Ich *bin* der Odysseus des Schmerzes.«

»Echt?« Und geht auf Empfang.

Schon im Café Altkanzler Schmidt – vielleicht schon im Plemplem? – hatte Onno gelernt, Vetter Donalds Rhetorik intuitivlinguistisch zu analysieren, so daß er schon an der Einleitung die Dauer der darauffolgenden Suada vorherzusagen vermochte. Die kommende wird nicht unter zwei Stunden zu haben sein.

Doch wenn nicht er, der Sitzriese und geborene Zuhörer – wer dann wäre dem gewachsen? Onno beginnt, auf Vorrat zu drehen.

Die Tischnachbarn, der mit den Muckis und die mit der Büste, nuckeln stumm an ihren Strohhalmen, fast, als warteten auch sie.

»Seit ich sechzehn bin«, raunt Vetter Donald und nimmt einen tiefen Schluck Gin Fizz. »Seit ich sechzehn bin, sage ich.« Seit rund 40 Jahren also leidet er unter Problemen mit Wirbelsäule, Gelenken etc. pp. Wogegen, außer 800ern, nur Sport hilft. Ausgerechnet.

»*Du* machst *Sport*? Echt? Nee, nech?«

»Im Augenblick nicht, aber im Prinzip ja.« Schlimm, natürlich. Ist es nicht schon schlimm genug, morgens aufzustehen. Muß man auch noch Sport machen müssen. Zumal man die Begleiterscheinungen des Breitensports haßt. Indoor miefende Umkleideräume, miefende Fremd-Körper, triefende Gemeinschaftsduschen. Outdoor Gegenverkehr, kackende Köter und was nicht alles.

»Njorp«, sagt Onno, »'ch, 'ch, 'ch …«

Muskelmann und Busenwunder tauschen erstmalig Blicke aus.

»Alles für die Kunst«, raunt Vetter Donald und pumpt mit dem Knie. »Nur deswegen.« Müßte Donald zwecks Erhalt der Arbeitskraft nicht die aus den Wirbelsäulen- und sonstigen Schäden folgenden chronischen Muskelverspannungen lindern, zöge er dem Geturne, Geradel und Geplansche motorisierte Fortbewegung vor (hätte er nicht längst den Führerschein auf Lebenszeit verloren). »Ohnehin«, raunt Vetter Donald, »ist der menschliche Organismus ja zutiefst unzeitgemäß. Unzeitgemäß, sage ich.«

»Tjorp«, sagt Onno. »Njorp …?«

Der *sky rebel*, Onnos Nachbar, versucht einen neuerlichen Blickaustausch mit seinem vollbusigen Gegenüber, das allerdings neuerdings nur mehr Augen für Onnos Augen hat.

»Definitiv. Definitiv unzeitgemäß, sage ich«, raunt Vetter Donald. »Wer pirscht seinen Weihnachtsbraten heutzutage noch persönlich an, um ihn zu jagen und zu erlegen. Niemand. Niemand, sage ich.« Man bestellt ihn per Mausklick. Mit andern Worten: Der Homo erectus an sich ist unzeitgemäß. Für den Homo oeconomicus ist ein Rückgrat eher lästig. »Ich frage dich, Onno Viets: Was braucht der heutige Homo mehr als Finger zum Klicken, Arsch zum Hocken und Kreditkarte. Ich frage dich, sage ich.«

»Njorp, 'ch, 'ch, 'ch …«

Die mit den Dingern, bis über den Kajalstift in Onnos Charisma versumpft, kichert mit. Woraufhin der Muskelmann und Himmelsrebell, an Vetter Donald gerichtet, folgendes reimt: »Na, na.«

Der aber merkt das gar nicht. Anstatt endlich einmal *berechtigte* Angst vor einem Überbordwurf zu entwickeln, verwettet er seinen »vergilbten Kaufmannsgehilfenbrief«: Spielend bewältigen würden die freien Kräfte des Marktes die globale Lancierung von Produkten der Ani- und Maniküre. »Spielend, sage ich«, raunt Vetter Donald.

Doch das ist Zukunftsmuzak in den Fahrstühlen der FDP. Noch verfügen die meisten Zeitgenossen über eine Wirbelsäule. Bzw. umgekehrt. Seine jedenfalls. Sofern sie nicht ausgiebig gewartet wird, verfügt *sie* über *ihn* kraft all ihrer Streckhaltung im cranialen Bereich, ihrer unphysiologischen Kyphosierung sowie spondylophytären Ausziehung, und …

An dieser Stelle ereilt Onno der Verdacht, daß Vetter Donald dieses sein überaus zungenfertiges Klagelied womöglich nicht zum allerersten Male trällert. Womöglich war es einmal Teil einer Bühnenperformance?

»Ich nehm auch noch einen«, unterbricht Vetter Donald sich selbst und winkt mit der Linken nach dem jungen Filipino mit dem Tablett. »Ich wiederhole: spondylophytär. Ich frage dich, Onno Viets: Kennst du den Neuroendokrinologen Jean-Didier Vincent?«

»Wer, ich? Nee. Wen?«

Die mit der Kamelbluse kichert. Der mit den Ärmeln knurrt.

»Vincent, Jean-Didier, sage ich. Es gibt, so steht es bei ihm geschrieben, keine privatere Manifestation der Wirklichkeit als den Schmerz. So ist es, Onno Viets. So ist es.«

Leider wird sie eher selten privat bekämpft, sondern meist in aller Öffentlichkeit – in Well- und Fitneß-Studios, in Massage- und Rehabilitationspraxen, in Schwimm- und Turnhallen, auf Trimmpfaden und Fahrradwegen. Auch er war da schon überall. Er ist der Odysseus des Schmerzes. Der Odysseus des Schmerzes, sagt er, wie gesagt. Er hat das Kamasutram der Unlust durchgehechelt von A bis Z. »Durchgehechelt, sage ich. Von A bis Z.«

Die Tischnachbarn wollen Kontakt aufnehmen. Sie sehen

gut aus, sind tolerant und senden Signale aus, menschliche Signale. Sie sitzen in einer schönen Bar auf einem Kreuzfahrtdampfer, der interessante südwesteuropäische Destinationen anläuft – man muß sich einfach auch mal was gönnen, zum Donnerwetter –, und da wär' es doch nett, sich mit den Tischnachbarn ein bißchen zu unterhalten, und sehen sie auch noch so verlottert und behämmert aus. Doch Pustekuchen. Zwischen dem dauerraunenden Honk mit der Narrenkappe und seine Umwelt paßt keine Briefmarke.

23

Von A bis Z sagt er. A wie orthopädisches Turnen anno 1967 ff., haha. Nicht nur, daß er noch gar keine Schmerzen hatte, geschweige chronische. Nicht nur, daß er zweimal die Woche je eine Stunde länger im Halepaghen Gymnasium verbleiben mußte als die angeblich intakten Schulkameraden. Nein, er wird aufs übelste auch *aktiv* gedemütigt. Unaussprechliche Figuren hat er zu turnen. Und zwar gekleidet, wie man in der Frühpubertät nicht mal mehr seiner Mutter begegnen möchte.

»Mm … Mm …« brummt Onno, und seine Verehrerin brummt mit. Gütig grient ihr Onno zu. Der mit den Ärmeln knurrt.

Beginn des jahrzehntelangen Therapietourismus Donald Maria Jochemsens. Wartezimmer fortan Teil der Topographie seines Lebens.

»Mm. Mm. Mm.«

Einer seiner Orthopäden verdiente seine Brötchen mit sanftem Henken.

»Was …? Samft'n was?«

»Henken. Sanftem Henken, sage ich.« Das Hinterzimmer der Praxis in ein Dutzend Waben aufgegliedert. In jeder ein höhenverstellbarer Hocker. Von der Decke herab baumelt je ein Geschirr, in welches der Schädel des Patienten geschnallt wird. Dann kurbelt eine Zofe, bis man lotrecht hängt. 15 Minuten lang.

»Nee. Echt? Nee, nech? … 'ch, 'ch, 'ch …«

Als der Patient eine neuerliche Sechser-Serie ablehnt, jammert der um die Amortisation seiner Folterkammern besorgte Medizinalunternehmer: Was kann *ich* denn dafür, wenn *Sie* ein HWS-Syndrom haben! Nichts; aber niemand würde behaupten wollen, er hätte sich nicht bemüht.

»Legion die Masseurinnen und Masseure, Wüste die Fangopackungen«, raunt Vetter Donald. »Und vor allem: Inferno das Geschwätz. Inferno das Geschwätz, sage ich.« Schwindelerregend, die Willkür in der Themenwahl des von seinem einsilbigen Opfer angenervten Physiotherapeuten. Bäuchlings hingestreckt, verklappt in eine windelweiche Sphäre aus Babyöl und Frottee, bräuchte man Lider für die Ohren.

Der mit den Ärmeln nickt erstmals schwergewichtig, ein bißchen in sich gekehrt. Sein mit blauen Hieroglyphen tätowierter Bizeps zuckt. Onno hegt den Verdacht, er könnte von Beruf Physiotherapeut sein.

»Dabei ist man krank, Onno Viets«, raunt Vetter Donald. »Kranke brauchen Ruhe. Ruhe, sage ich.«

Bei der Krankengymnastik hingegen beschränkt sich die eingleisige Kommunikation auf Anweisungen. Doch nun, körperlich unterfordert, macht die Eintönigkeit seiner Direktiven den Zeremonienmeister leiern statt anfeuern. Müde Rückgrat!-Rückgrat!-Mahnungen muß man sich anhören. Auch und gerade bei einer ganz bestimmten Übung. Im Tai Chi nennte man sie vermutlich *Strullender Hund, der Faschisten grüßt.*

»Eines Tages war ich reif für die Esoteriker«, raunt Vetter Donald. Ein Bekannter empfiehlt ihm die »unorthodoxe Methode« eines Bekannten: *Touch for health.* Als Donald ankommt, sagt der: Komm erst mal an. Dann räumt er sein Federbett von der Matratze, bezieht sie frisch und kneift Vetter Donald. Ganz unorthodox, aber immerhin schweigend. Anderthalb Stunden später liegt er fix und fertig neben der Matratze. Donald, grün und blau, hinterläßt 80 Mark, schwarz. Der Bienenwachs-Buddha auf dem Nachttischchen feixt.

24

»Schweigen wir von den Jahren der Rückenschulen und Sitzbälle«, raunt Vetter Donald. »Schweigen wir von den Jahren der Spritzen, der Elektrostimulation und chiropraktischen Kniffe. Schweigen wir von den Jahren des Autogenen und Beckenboden-Trainings, der Akupunktur und Akupressur, des Shiatsu und der craniosakralen Therapie. Reden wir von den Jahren des Yoga, der Körpertherapie nach Moshe Feldenkrais und der Bioenergetik: Hinterhof Treppe rauf, Schuhe ausziehen du, Bastmatten und 98 Prozent Weiber, die nach drei Minuten Fenster zu! winseln, den Mief aber süchtig inhalieren. Süchtig, sage ich.«

Das Perfide bei Rückenproblemen ist, daß Gymnastik sie tatsächlich lindert. Leider ist sie unermeßlich öd und zeitigt deswegen seelische Probleme. Außerdem trainiert sie zu schwach den wichtigsten Muskel, das Herz. Kondition aber braucht man, um Gymnastik ausüben zu können, sonst wird einem schlecht. Man hat also Rückenprobleme, die man durch deprimierende Gymnastik lindern kann, wofür man Kondition braucht, die man aber nicht durch jeden Sport erzielen darf, weil der eventuell die Rückenprobleme beförderte, was wiederum höhere Frequenz deprimierender Gymnastik erzwänge – und diese wiederum, eben, Kondition. Teufelskreis. Deprimierend.

»Arschlecken«, raunt Vetter Donald. Radeln zum Beispiel. Er ersteht einen bequemeren Sattel, Radlerhosen mit Schaumgummieinlage und eine Hupe. Dann radelt er hupend los. Doch immer wenn der Winter kommt, hat es sich was mit outdoor cycling. Wie wär's denn folglich mal mit indoor cycling. Hatte grad Kunstförderung abgesahnt und bißchen Geld. Nichts wie hin ins Sporty Spa. Rauf aufs Rad ohne Räder, abgeschwitzt und well gefühlt.

Zwar hätte er sich allein aufgrund des Hochglanzprospekts denken können, daß da ein anderer Wind weht als in den kalten oder überheizten öffentlich-rechtlichen Hallen. Aber daß Donald mit seinen Ein-Euro-Gummilatschen von Budnikowski *derartig* weit den Dresscode verfehlen würde, hätte er denn doch nicht gedacht.

Täppisch irrt er treppauf, treppab durch den urbanen Tempel der Körperertüchtigung. All die schönen Menschen! Und die Innenarchitektur! Allein die WC-Suiten! Hier hat niemand was verloren, der nicht Mozartkugeln kackt.

Zunächst mal verläuft er sich im Maschinenpark. Wenn das men's health ist, was er da sieht, dann möchte er nicht von men's insanity befallen werden. Lauter Tabaksteuerhinterzieher, aufgepumpt wie Zeppeline.

Weiter trottet er, bis er endlich in einen vollverspiegelten Saal gelangt. Drin eine Herde vollverchromter Steckenpferde, im Halbkreis ausgerichtet um den Leithengst.

Vetter Donald steigt in die Steigbügel und versucht, es sich bequem zu machen. Was mißlingt, denn der Sattel … Tja, so etwa muß sich ein Dildo anfühlen. Allmählich meint er zu ahnen, weshalb seine MitradlerInnen sich so aufgebrezelt haben.

Der Träger des gelben Trikots verteilt leihweise Pulsuhren. Hier strampelt man nicht einfach drauflos, sondern auf seinem individuellen Leistungsniveau. So beugt man dem Überforderungskollaps vor.

Doch hat Donald nicht mit dem Vorreiter gerechnet. Der schwingt sich in seinen Sattel, setzt ein head-set auf und beginnt, das bevorstehende Procedere zu erläutern. Weil aber der Hall in der Halle alles verzerrt, versteht Donald kaum was, und was er akustisch versteht, versteht er inhaltlich nicht – wie viele und welche Pulsuhr-buttons er wievielmal drücken soll, und wenn ja, in welcher Reihenfolge weshalb. In welchem Verhältnis zum Sattel der Lenker justiert werden muß und ob er lieber ein Up-tempo-Abba-best-of oder die bewährte Techno-Collection hören will. Weiße Folter! Noch bevor Vetter Donald begreift, schiebt Mike, wie ihn seine Freunde nennen, falls er welche hat, eine CD in das Abspielgerät unterm Pult. Die Hölle bricht los, Mike grölt einpeitschend dagegen an, und alles tritt wie irre in die Pedale. Durch Klickverschluß am Spann gefesselt, geknebelt durch 360 bpm, macht Donald, daß er Anschluß ans Hauptfeld findet. Geht er nach der Pulsuhranzeige, hat er sein Leistungsniveau nach zwei Minuten um 300 Prozent überschritten. Die Bässe pauken auf die Hyperakusis dolorosa, und als Mike in Donalds Richtung schreit, ohne daß er auch nur ein Wort versteht, gerät er in Panik, schnallt sich mit fliegenden Fingern los und entpfropft seinen Hintern. Reizüberflutung pur. Flieht. Beschließt, künftig wieder dem guten alten Schwimmbad den Vorzug zu geben.

»Welches freilich andere Tücken bereithält«, raunt Vetter Donald. »Andere Tücken, sage ich.« Quiekend querschießende Otter. Kreuzende, schnatternde Gänsepärchen. Dümpelnde Schildkröten, denen man beim Rückenkraulen die Flosse in die Ledernacken haut. Tätowierte Hammerhaie, die einem in den Scheuermann hechten. Und ständig muß man im Slalom um Rentnerinnen mit Gummimützen rum, die das Tempo von Seerosen draufhaben.

Gmmimtzn. Seersn.

25

Ein Schluckauf ist nötig, Vetter Donald eine Pause abzuringen – so glücklich ist er. Einfach weitergeschwatzt hat er, als Onno einen seiner fulminanten Anfälle von Reizhusten bekommen hat.

Offenbar ist Donald völlig egal, ob jemand zuhört – Hauptsache, anwesend. Der hat nicht mal mitgekriegt, daß Muskelprotz Tittenprotz zwischendrin zum Abgang zwang. (Glücklicherweise noch vor der Passage mit den aufgepumpten Tabaksteuerhinterziehern.) Ganz offenkundig ist er langsam, aber sicher rappelig geworden, der *sky rebel*, von Vetter Donalds dampfradiomäßigem Dauergeraune einerseits und andererseits dem Iris-Petting seiner Doppel-D-Fee mit Onno. Längst sitzt ein anderes Paar da. Das behandelt unsere beiden Parias, als wären sie zwei weitere der obskuren Skulpturen an Bord, nur unangenehm animiert.

Die Gläser sind leer, die Uhr zeigt 21:20, und ein Rest von Vernunft scheint Vetter Donald zu bewegen, vor dem sechsten Gin Fizz besser eine Kleinigkeit zu essen. Seit einem Burger mit Fritten am Mittag hat er nichts zu sich genommen außer Alkohol, und die Pizza Station im Apocalypso bäckt bis 0:00 Uhr. Gesagt, getan, und im Anschluß zieht es ihn mit Macht in die – Flipper Bar.

Onno wundert sich nur kurz – in die Flipper Bar? wo Rauchen verboten war? wo der sensible Künstler allein vom Ambiente Migräne bekam? –, doch dann dämmert ihm natürlich umgehend: Vater des Gedankens der Wunsch, der *genius loci* möge bewirken, daß Königin Kristin Luise I. unweigerlich in Sehnsucht nach ihrem Galan entbrenne. Immerhin hat sie heute ihren freien Abend.

Inzwischen ist es spät genug für die LateNiteBand, die täglich zwischen 22:00 und 0:00 Uhr in der Flipper Bar zum

Tanz aufspielt und einen Hauch von Edelkreuzfahrerstil simuliert. Das Repertoire smooth und souly und angejazzt, Evergreens von Stevie Wonder, Edelschmus von Michael Bublé, Klassiker von Sade etc. pp. Schlagzeug und Baß, Keyboards und Saxophon, und der Star der Kombo mit über Spaghettiträger gehauchtem, rauchigem Timbre die Sängerin. So kurz das kleine Schwarze, so lang die Beine, Haare, Fingernägel. Und zirkusreif ihre synkopischen Moves auf den »Fickstelzen« (Vetter Donald mit einerseits kennerischem Bluff; doch wer andererseits über erfahrenes Gehör verfügte, vermochte da noch einen Hauch von Echo einst anverwandelter feministisch-leninistischer Flüche zu vernehmen).

Wie auch immer: Augenweide, und Vetter Donalds Ethanol- und Endorphinspiegel erlauben ihm, der Dame durch die Brillendoppelbüchse Blicke zuzufeuern – Beknacktenmütze hin, Beknacktenmütze her: Vielleicht kann er ja Kristin Luise eifersüchtig machen, falls sie hier noch auftaucht. Er versucht's mit der ersten SMS des Abends.

Verehrte Schönheit. Flipper Bar ohne Dich wie Meer ohne Flipper – obwohl die Sängerin der LateNiteBand ... ähem, ähem! Hast Du nicht Deinen freien Abend? Würde Dir gern meinen Leibwächter vorstellen, einen formidablen Mann und Freund. Es grüßt Dein DMJ

Selbstzufrieden, betrunken hockt er im Loungesessel, halb der Bühne zugewandt, halb dem Onno im anderen Loungesessel; längst wacholdergedämpft die motorische Unruhe – auch wenn er immer wieder umherspäht im irrwitzigen Ambiente, ob nicht, wie gesagt, womöglich eben Kristin Luise hier auftauche. Doch der Rauntrieb zur Feier des egozentrischen Tages ungebrochen, und wie aus heiterem Himmel beginnt er einen neuen Monolog.

Was dessen Thema angeht, hätte Onno schon sehr tief schürfen müssen, um auf die Quelle des Impulses zu stoßen. Höchstwahrscheinlich ist's schlicht eine synaptische Folge von Heimweh, und weil seine Heldenreise durch die Chronik der chronischen Schmerzen grad so gut bei Onno angekommen ist, erhofft Vetter Donald sich eine Fortsetzung seines Erfolgs.

Um der Wahrheit die Ehre zu geben, er liebt Onnos Kichern. Ja, er ist süchtig nach dem verschmitzten, schmeichelnden 'ch, 'ch, 'ch. Und außerdem hat er eh grad tierisch Bock auf seine eigene Biographie, und so folgt unweigerlich eine ganze Serie von »Hamburgensien eines Quiddjes, Hamburgensien, sage ich. Ach Hamburg …« Aus seinem Raunen meint Onno gar ein sentimentalisches Glucksen nahezu Hans-Albers'schen Schmelzes herauszuhören. Dabei hat Vetter Donald Migrationshintergrund.

»Für mich Dorfi der Sechziger war Hamburg ein Mythos. Besenwisch bei Buxtehude«, raunt Vetter Donald, »großer Gott. Be-sen-wisch.« Meine Tante Edith und er hatten ins zugige Gesindehaus einer alten Bauernkate ziehen müssen, nachdem mein Onkel Oskar gestorben war – mit Ende 30. Angeborener Herzfehler. »Besenwisch. Besenwisch, sage ich. Aber Hamburg. Hamburg, sage ich. *Ham*burg.« Real nur rund 30 Kilometer entfernt, lag es für Klein Donald doch hinter Wüsten, Sümpfen, sieben Bergen. Ja, für Klein Donald war Hamburg eine Mischung aus Buxtehude und Chicago. Wenn ein Junge über einen anderen in raunendem Tonfall verlauten ließ, der komme »aus Hamburg«, raunt Vetter Donald, »hab ich mir vorsichtshalber in die Hosen gemacht. In die Hosen, sage ich.«

O ja, Hamburger Jungs waren verroht, versaut, verschlagen. Wurden mit Schlagring geboren. Blaßblaue Tätowierung auf dem Unterarm: Sarg mit Kreuz auf Hügel, darüber aufgehende Sonne (oder untergehende).

»'ch, 'ch, 'ch …«, kichert der Hamburger Jung mit dem lila Pudel.

Trugen den Schwarzen Gurt. Rauchten in aller Öffentlichkeit. Glaubten nicht an Gott, fraßen Heringe samt Kopf und Schwanz und hatten schon mal ›gefickt‹, was immer das exakt besagte. Ihr Fahrrad verfügte über Rückspiegel, Tacho und Wimpel, und damit rasten sie die Reeperbahn rauf und runter – freihändig, vorbei an Dutzenden von nackten Weibern.

»Keine Ahnung, woher diese Phantasmagorie stammte«, raunt Vetter Donald. »Einen Fernseher konnten Edith und ich uns erst später leisten, und überhaupt war die mediale Überflutung ja noch nicht erfunden.«

Onno nickt empathisch. Er freut sich, daß es seinem Chef so gutgeht.

Gutgeht? Der glüht vor Glück, nach wie vor. Der liebt das Leben. Der ist verliebt in eine 30 Jahre jüngere Frau und liebt das Leben. Ein reifer Lebemann auf einem Kreuzfahrtschiff auf hoher See. Erfolgreicher Künstler und schillernder Protagonist seiner hochinteressanten Autobiographie. Marcel Duchamp, Martin Kippenberger, Joseph Beuys, Donald Maria Jochemsen.

»… das magische Doppel-H«, raunt Vetter Donald. »Magisch, sage ich. Und trotzdem bin ich jahrelang mit Stader Kfz-Kennzeichen rumgegurkt. Buxtehude ist ja nicht mal Kreisstadt. Stade, sage ich. STD. Sie Töten Dich. Jedenfalls bin ich jahrelang mit STD auf dem Schild an meiner Ente rumgejuckelt, obwohl das magische Doppel-H doch viel geiler gewesen wäre. Die Stader Anmeldung war günstiger im Versicherungstarif, gut, aber in Wahrheit hab ich noch jahrelang vor der Abnabelung von der Heimat zurückgescheut. Wer in Besenwisch mit HH-Schild parkte, war entweder ein

Fremder, oder er sollte es zu was gebracht haben. Zu mehr als einer Ente«, raunt Vetter Donald.

»Mm, 'ch, 'ch, 'ch ...«

»Als Vierkäsehoch hab ich vor der Kneipentür von Johann Achternbrack mal ein rotes 280-SE-Cabrio gesehen.« Sechs Zylinder, 2778 Kubik, 160 PS, 193 km/h Spitze. Das amtliche Kennzeichen begann mit dem mysteriösen, magischen Doppel-H. »Als ich nachguckte, was auf'm Tacho steht – das war immer die große Frage: Was steht wohl auf'm Tacho? –, kriegte ich 'ne Gänsehaut. Gänsehaut, sage ich. Aber ich war zu feige, in der Kneipe nachzuforschen, wem ein solch schönes, elegantes Auto wohl gehören mochte, und verkrümelte mich. Und als ich zurückkam, war es weg – aber seine Spur war noch da. Seine Spur, sage ich.«

»Reifenspur, nech?«

»Ja. Reifenspur, ja. Und was für eine.« Damals waren die meisten Straßen in Besenwisch noch unbefestigt, und als abgebrühter Autoquartettzocker – leider wollte nie jemand mit ihm spielen – war Klein Donald ganz verrückt nach der Ästhetik von Reifenspuren. Klasse war's, wenn Großbauer Butendiek, Fahrer eines marineblauen Opel Kapitäns mit acht Zylindern, einen Kavaliersstart hingelegt hatte und dabei vier-, fünfmal hin und her gedriftet war, so daß man eine in den Sand gefräste, weit über die Bögen hinaus ausgefranste Doppelfährte bewundern konnte, die sich erst am Horizont begradigte, wo blutrot die Sonne unterging ...

Vetter Donald glüht. »Und das rote Benz-Cabrio, es hatte beredtes Zeugnis abgelegt, Onno Viets, beredtes Zeugnis, sage ich, davon, wie man in Hamburg durchzustarten pflegte.«

Nun ja, zu *einem* Zylinder hatte er es ja immerhin auch gebracht. Den hatte ich mit eigenen Augen im Tremolo gesehen.

26

Inzwischen sind sie via Time Tunnel in der Anytime Bar gelandet. Der Nikotinentzug in der Flipper Bar nahm gesundheitsgefährdende Formen an, und die Anytime Bar besteht nicht nur aus Freiluftbereich, sondern hinter der Theke erstreckt sich der einzige überdachte Raum auf dem Schiff, in dem man rauchen darf. Und außerdem: Vielleicht will Kristin Luise ja *hier* endlich auftauchen? Kurz hat Vetter Donald sich selbst unterbrochen, um die zweite SMS des Abends abzusetzen.

160   Nur für den ffall – sind in anytim Bar ungezoogen djm

Immerhin legt der DJ zum Thema Fiesta de la vita auf. Vom Dekor her stellt die Anytime Bar eine entschärfte Version der Flipper Bar dar – etwas weniger raumschiffmäßig, etwas abgemildert das zickig Zackige, etwas harmonischer die Farbgebung etc. Zwischen den Sesselnischen und der Binnentheke eine buntlichtbeschossene Tanzfläche, auf der sich die »verwackelte Zielgruppe der Flipperfans« (Vetter Donald) amüsiert.

»Katastrophe, meine schulische Laufbahn«, raunt Vetter Donald, um an den Flipper-Bar-Monolog anzuknüpfen. Zieht Grimassen beim Inhalieren, als hätte ihm jemand in die Fresse gehauen.

»Zorry … was?« Es wummert die Fiesta ganz ordentlich.

»Schulische Laufbahn. Meine. Katastrophe«, raunt Vetter Donald unwesentlich lauter und neigt sich eine Idee in Onnos Richtung, und weil Onno nicht zum Vergnügen hier ist, rückt er mit seinem Sessel halt näher an seinen Chef und Kunden und Brötchengeber heran und strebt eine seitliche Halsbeugung von 45 Grad an, und so bleiben sie die nächsten anderthalb Stunden aneinander kleben, rauchend und trinkend, raunend und lauschend, während um sie herum der Flipperismus grassiert.

»Meine auch, ’ch, ’ch, ’ch …«

»Katastrophe«, raunt Vetter Donald. »’73 vom Halepaghen Gymnasium geflogen. Drogen und so. Dann Realschule. Da nix mehr gecheckt. *Nix.* ’74 abgegangen mit drei Fünfen und drei Sechsen. Erde, Bio, Geschi. Mathe, Physik, Chemie. Edith war fix und fertig.« Seine Zweien in Kunst, Englisch und Deutsch nutzten ihm nichts mehr, und Tante Edith schickte ihn zum Arbeitsamt. »Da die weitverbreitete Begabungsspaltung in sprachlich / naturwissenschaftlich in meinem Fall extrem war, empfahl mir mein heiterer Berufsberater eine Lehre als Außenhandelskaufmann. Import / Export.« Dort, so meinte der Beamte, könne es nicht schaden, wenn man Fremdsprachen kann. »Ob man rechnen konnte, war wohl piepe. Ganz offensichtlich war schon der Berufsberater meines Berufsberaters ’ne Null.«

Nun, aufgrund von familiären Verbindungen wird ihm eine Lehrstelle bei Hartmann, Hansen & Co., 2000 Hamburg 1, Rathausstraße 12, vermittelt. Und siehe da, selbst ein Vetter Donald hatte das kaufmännische Einmaleins bald drauf, die Prozentrechnung, die Rechnung in und auf Hundert, die Ermittlung eines Kalkulationsmultiplikators etc. »Zeitweise machte das sogar Spaß oder so was.« Der junge Gehülfe liebt es, Offerten zu erstellen. Die Anfrage eines Kunden nach irgendeinem Handelsquatsch mit seitenlanger Spezifikation garantiert einen Arbeitstag, der vergeht wie im Fluge. Wichtigste Utensilien außer Teepott und Zigaretten: Kugelschreiber, Papier und eine jener mechanischen Rechenmaschinen – eine Art Weiterentwicklung der »Idiotenharfe« (= Abakus) zum Vier-Spezies-Prinzip auf Staffelwalzenbasis, d. h. mit Einstell- und Resultatwerk, automatischem Zehnerübertrag etc. Das Gerät verfügte über gußeisernen Sockel und Gummifüße, damit es nicht floh, wenn man linksdaumig den Stellhebel drückte und rechter Hand die Kurbel drehte. Bald wechselte das *Tock-tock* des Dezimalschlittens derart virtuos mit dem Kurbelgerassel, dass ein geradezu jazzrockiger Rhythmus entstand. »Nie hätte ich gedacht, dass man sich in Trance *rechnen* kann«, raunt Vetter Donald, nostalgisch glühend.

»Sicher, das war Handwerk«, fährt er raunend fort. »Welcher Geist die hanseatische Kaufmanns*kunst* beseelte, begriff ich erst später«, und zwar in zwei Schritten.

Erstens, als ihn sein Abteilungsleiter bat, zugunsten eines Vertreters eine Kreditnote auszustellen. Auf seiner Walther rechnete er die Provision aus: 248,01. »Also«, sagte er, »schreiben Sie eine über zweihundertachtundvierzig Mark.« Vetter Donald dachte, der Prokurist sei nur maulfaul, und stellte sie über DM 248,01 aus. Als er sie ihm zur Unterschrift vorlegte, knurrte der Chef: »Den Pfennig wollten wir uns unter den Nagel reißen, Mann Gottes!«

Aber, argwöhnte Vetter Donald, würde sich der Vertreter nicht beschweren?

Sein Prokurist schielte ihn an. »Per Telefon? Telex? Brief? Was kostet *das*?« Der alte Fuchs.

Zweitens, als ein Lieferant einmal bekanntgab, er habe die Preise für seine Fahrstuhlersatzteile um fünf Prozent gesenkt. Vetter Donalds Chef dachte nach. Dann schielte er ihn an. »Wie lange sind wir schon stabil im Markt?«

Prompt schrieb Vetter Donald ein Telex, mit welchem er den Kunden informierte, »unfortunately« eine Preiserhöhung des Zulieferers weitergeben zu müssen. Acht Prozent.

Das, sagte sein Chef, nenne er Auffassungsgabe.

»Ich nenne das meine Ein-Pfennig-für-den-Pfeffersack-Erfahrung«, raunt Vetter Donald. »So sind sie. Ich hingegen hab es nie geschafft, eine solche Krämerseele zu perfektionieren. Krämerseele, sage ich.«

Dazu folgendes weiteres Jochemsensches Gleichnis.

Im Besenwisch der 70er trugen Männer Blaumann oder Manchester-Hosen aus Kord, sonntags beigefarbene Windjacke. Ggfs. Feuerwehr- oder Schützenvereinsuniform. Zivilsakko samt Krawatte, geschweige Anzug, kam jedenfalls höchstens bei höchsten Familienfesten, Beerdigungen etc. vor. Außer etwa bei Schorsch.

Schorsch führte seine Existenz als Generalbevollmächtigter der Allianz-Versicherung manchmal gar an Johann Achternbracks Tresen – stehend, damit ihm »keiner nachsagen« konnte, er *sitze* in Kneipen herum. Mit Blazer und Schlips trank er einen Schnaps und repräsentierte aufs nonchalanteste. Eintreffende Gäste wurden ohne Aufhebens zu einem Getränk eingeladen, Ansprüche anwesender Kunden mit Gedächtnisnotiz nebst Wink erledigt und Interessenten durch bloße Beispielgebung akquiriert. Gegen Schorsch war »Herr Kaiser« ein Stiesel.

Für Donald als Elfjährigen war Schorsch Idol: Man verdiente den Lebensunterhalt, indem man feinste Zwirnsgespinste spazierenführte! Ohne nach Wasserwaage oder 13er Maul zu grölen, hielt man Ball sowie Puls flach und erntete auch noch höheren gesellschaftlichen Respekt.

Er war 16, als Tante Edith Vetter Donald die Hippiefrisur vom Hitzkopf schor, auf daß er in der Lehre ordentlich aussähe. Längst hatte sich seine Einstellung zu Schlipsträgern relativiert. Längst repräsentierten sie für ihn Archetypen oberflächlicher Contenance, und deshalb packte ihn Verblüffung, ja Unruhe, als er im Rahmen seines ersten sogenannten Botengangs an der Rückseite des prunkvollen Hamburger Rathauses die Handelskammer aufsuchte: Vom beschriebenen Weg zu irgendeiner Abteilung zur Beglaubigung von Handelsdokumenten abgekommen, vernahm er plötzlich Aufruhr. Rufe, ja Schreie hallten durch das altehrwürdige Gebäude. Der Lärm gehorchte keineswegs der Dramatik von Streit und Widerstreit oder Eskalation, doch zumindest klang es, als überböte man sich an Entschiedenheit und Dringlichkeit. Was zum … Eine Sportveranstaltung? Hier? Immer dem Schall nach, gelangte der Stift schließlich in einen spätklassizistischen Bogengang, von dem aus sich der Blick auf einen Saal voller teils hemdsärmeliger Schlipsträger öffnete, deren eingewobene Würde sich offensichtlich aufgelöst hatte. Ungeniert bölkten sie mit streberhaft gereckten Armen herum. Spielten die riesigen bezifferten Wandtafeln dabei eine Rolle?

»Monate später«, raunt Vetter Donald, »in der Berufsschule, hörte ich von der Börse. Vom Präsenz-, Parkett- oder Criée-Handel der Börse. Hätte ich mir schon damals denken können, dass Schlipsträger so derartig aus dem Quark allenfalls dann kommen, wenn's ums Geld geht.«

»'ch, 'ch, 'ch …«

Hanseaten. Statt eines Herzens hatten sie ein Pfeffersäckchen, aber wenigstens Stil. Leider leisteten sich Hartmann, Hansen & Co. einen schwäbischen Buchhalter. »Schwäbische Buchhalter«, raunt Vetter Donald, »so originell wie griechische Fischer oder englische Hooligans.« Besonders der, welcher mit aller stammesgeschichtlichen Gewalt hinter seiner mückensodomitischen Veranlagung anno 1975 einen gewissen Auszubildenden im Export drei Monate lang schurigelte.

Dazumal waren breitenwirksame elektronische Datenverarbeitung und mobile Informationstechnik noch Sciencefiction. Auf Unternehmensniveau konnten eilige Nachrichten zwar per sog. Telex übermittelt werden. Man tippte sie auf einer schwergängigen Schreibmaschine, die den Text in einen Lochstreifen transformierte, legte den in ein Transfergerät ein und wählte eine Telexnummer. Dann ratterte Buchstabe um Buchstabe zu Telefonietarifen durch. Normalerweise aber wurde nach wie vor per billiger Postkutsche kommuniziert.

Ähnlich suboptimal verhielt es sich mit Vervielfältigung. Die Fotokopie war bereits erfunden, doch noch zu teuer. Gebrauch davon machte man bei eingehenden Dokumenten. Für ausgehende spannte man ein sogenanntes Original samt einer Anzahl »Durchschlägen« und je einem Blatt Kohlepapier dazwischen in die Schreibmaschine ein. Tippfehler behob man, auf den Kopien jedoch selten, per Deckweiß namens »Tippex flüssig« oder »-Blättchen«. Fracht- und Kreditbriefe etc. wurden von den internationalen Institutionen des Handels, der Behörden, der Banken und Versicherungen allerdings nur akzeptiert, wenn ohne Makel und Korrektur. Wofür zu sorgen teils Sache der Buchhaltungsabteilung war.

D. h. von deren Schurzuigelndem. »Nie mehr als jeweils exakt *ein* Satz des entsprechenden Formulars«, raunt Vetter Donald düster, und bis heute schimmern die Folgen der Demütigung in seiner Miene durch, »pflegte mir Herr Kotzbröckle in die Hand zu drücken. Nach dem Einspannen begann ich, zitternd auf die Tasten zu zielen.« Summe: *1.387.542,27 francs*. In Worten: *un million trois cent quatrevingsept mille cinqcentquarentedex* – aaaaah … »So war es, Onno Viets. Im letzten Buchstaben vertippt. Und dann vorm Chefsessel Versagen gebeichtet.« Die Belohnung für die Selbsterniedrigung, überreicht mit spitzen Fingern: exakt *ein* frischer Formularsatz. »Diese miese kleine Ratte. Hoffentlich pissen die Iltisse auf sein Grab. Iltisse, sage ich.«

Telexapparate haben sich bekanntlich restlos erledigt. »Was es bis zum jüngsten Tag geben dürfte«, raunt Vetter Donald, »sind Apparate wie Herr Kotzbröckle.« Wann immer er an ihn denkt, er wird das Gefühl nicht los, ihm schaue ein Hanseat dabei zu und lächele sein inwendiges Lächeln, das für nützliche Idioten reserviert ist. Er hört förmlich, wie er denkt: Ts, ts, Querelen unter Quiddjes. Und dann ist die Etymologie wieder ganz nah, denn der Ursprung für diesen Ausdruck liegt in der französischen Vokabel quitté: in alten Zeiten die hamburgische Aufenthaltsgenehmigung für Händler und Reisende. »Wußtest du das, Onno Viets.«

»Äh … wie? Äh, nee, 'ch, 'ch, 'ch.«

28

»Na ja«, raunt Vetter Donald. »Irgendwie hab ich's überlebt. Hab sogar die Prüfung bestanden. Jeweils mit'm Mordskater. Mündlich ausreichend, schriftlich ausreichend. Ausreichend, sage ich.«

Versonnen, die nervösen Glieder befriedet vom Wacholderbrand, qualmt er vor sich hin, raunt und schneit, glüht und raucht und läßt die Seele baumeln.

»Nach und nach«, raunt er, gewöhnte er sich auch den Hamburger Schnack an. Ja, die feinen Unterschiede in den beiden groben nordischen Zungenschlägen wirkten gravierend genug, daß Vetter Donald seinen südbarmbeker Azubi-Kollegen keineswegs stets auf Anhieb verstand. Eines Tages etwa rief der ihm »Du Éffeh!« hinterdrein. Prompt zwar erkennbar die schmähende Absicht. Beim Nachschmecken aber erst ging Donald auf, daß dies hamburgisch für »Affe« war.

Feine, aber hörbare Unterschiede. Der Besenwischer etwa sagte *Körpa*, der Südbarmbeker *Körbär*. Der Besenwischer *Mahmoah*, der Südbarmbeker *Mähmoär*. Wobei Vetter Donald nie gelernt hatte, wann man das A als Ä oder als gedehntes O aussprach. Merke: *Mähmoär*, aber: *Horfm*.

»Ach ja, Onno Viets, der Schmelz der frühen Jahre … Und dann, dann bezog ich meine erste Künstlerbude. Dreißig

Quadratmeter, hundertsiebenunddreißig Mark warm. In Hamm. Hamm, sage ich. Und wenn ich an Hamm denke, denke ich an den Hammer Handschlag. Hamm begrüßte mich per Handschlag, Onno Viets. So war Hamburg-Hamm 1978, sage ich.«

Unter der Woche pilgerte Vetter Donald abends gern zu jener Eckkneipe. Sie war das typische »zweite Wohnzimmer« für die Spinner, Witwen und Hagestolze des Viertels. Bei seinem ersten Besuch gab ihm der Wirt die Hand. Nicht, daß er sich vorstellte, er lächelte nicht mal; er sagte einfach nur »'n Ahmd!«, drückte Donald die Hand und fragte: »Was darf's sein?« Beim zweiten Besuch hatten sich die Förmlichkeiten dann erledigt.

Und es war keine individuelle Geste, denn in anderen Hammer Kneipen verfuhr man genauso. Donald empfand diese Sitte, die er weder von Besenwisch noch von Buxtehude kannte, als würdevoll und liebenswürdig. Und angenehm. »Bis ich bei Dreifingerklaus einkehrte. Dreifingerklaus, sage ich«, raunt Vetter Donald. »Das hatte was Kombizangenhaftes.«

Und auch sonst war Klaus nicht ohne. Soweit Donald sich erinnert, bestand das einzige bestellbare Gericht aus »Pferdewurst mit Brot«. Wer weiß, welchem Elmshorner Hobby-Ripper er die Sore abschwatzte, aber schlecht schmeckte sie nicht. Und war mal preiswert, mal Wucher, je nachdem, wer Dienst hatte – Klaus oder Gattin Lale –, und je nach deren Promillegehalt. Lale und Klaus waren Topalkoholiker und nicht übel stolz darauf. Klaus jedenfalls. »'n Wirt säufs nich unnern Tisch. 'n Wirt kricht ab zwanzig, fünfundzwanzig Halbe 'n *Glimmer*.« Demnach mußte er 40, 50 Halbe intus gehabt haben, als er eines Abends stocksteif in die Gaststube kam, sich stocksteif auf einen Stuhl hockte und sagte: »Lale. Ein' Notarztwagen.« Lale telefonierte, und Klaus ließ sich stocksteif abtransportieren.

»Drei Tage später«, raunt Vetter Donald, »war er wieder im Dienst. Im Dienst, sage ich. Tja«, raunt Donald, »und das war die Zeit, da ich meinen Wirkungskreis zum Großneumarkt und nach St. Pauli, nach Eppendorf und Eimsbüttel ausdehnte, wo mehr los war, Onno Viets. Wo mehr los war, sage ich. Im Plemplem, zum Beispiel.«

Plmplm zmbschpl.

Und so starrt er Onno an, finster, aber finster glühend. »Wir zwei, Onno Viets«, raunt er. Besoffen vor Hybris tätschelt er Onno die Wange, winkt einem Filipino und bestellt noch zwei Gin Fizze. Für sich und seinen einstigen Minimäzen. »Wir zwei beiden, Onno Viets. Da sitzen wir jetzt hier, auf einem Kreuzfahrtschiff. Wer hätte das gedacht, sage ich.«

Und wer hätte gedacht, sage *ich*, daß einem Vetter Donald einmal ein derart feister, antiironischer Spießerspruch unterliefe. Einem Donald Maria Jochemsen, der in den achtziger Jahren Brustwarzenschnuller für Herren propagierte (inkl. Entwurf aus Latex und nachfüllbaren Rosinenlafetten), »um die Rate der Sexualverbrechen zu senken«, und die Bordelle der Stadt mit Transparenten schmückte, auf denen *Koitus = Hospitalismus* stand; in den 90ern, indem er 100 Hamburger beim Popeln an Ampeln fotografierte (im Schwarzweiß-Stil der Beweisfotos, die Blitzanlagen schießen); und in den Nullern, indem er Nummerngirls über den Köpfen der Citybettler, die in Rodinscher Denkerpose zu verharren angewiesen waren, Schilder schwenken ließ mit der Aufschrift: »*Wenn arme Leute nachdenken, soll man sie nicht stören, vielleicht fällt es ihnen doch ein.*« *Rilke, Malte Laurids Brigge.*

Onno aber ist seinem legendären Ruf als Sitzriese und geduldigster Zuhörer der Welt einmal mehr mehr als gerecht geworden. Und das angesichts eines Kunden vom Schlage Donald Maria Jochemsens.

29

Keine Kristin Luise nicht. Bis elf Uhr nicht, und nicht bis null Uhr.

Onno hat tüchtig einen sitzen, und Vetter Donald ist sturztrunken. »Lasamapudeck«, raunt Donald schließlich.

»Was? Zorry, was hast du gesagt?«

»*Lasamapudeck* saich«, raunt Vetter Donald, und aufs Geratewohl macht Onno sich auf, mit ihm aufs Pooldeck zu taumeln. Vielleicht hofft der Künstlerfürst und Mädchenfreier, Kristin Luise *dort* noch zu begegnen. Und zu irgend etwas überreden zu können. Gin, Fellatio, Hochzeit – was immer.

Also nehmen sie den Time Tunnel rückwärts, und im Gegensatz zum Hinweg hat Vetter Donald diesmal keine Kapazitäten frei für ein Knurren als stilkritische Reminiszenz.

»Kennst du noch ›Time Tunnel‹?« hatte Onno Donald auf dem ersten Rundgang gefragt, um die entsprechende Besichtigungsstation anzumoderieren – und Vetter Donalds mit Bombensicherheit folgenden Kulturschock präventiv abzumildern. »Die Fernsehserie?«

In jenem Fortsetzungsfilmchen haben zwei Forscher bekanntlich eine Zeitmaschine erfunden. Sie werden deren Opfer, indem ihnen die Rückkehr in die Gegenwart verwehrt wird, und jede Folge geraten sie in eine andere gefährliche Episode der Zeitgeschichte. Der Titel der allerersten lautete »Wiedersehen mit der Vergangenheit«.

Als er 17, 18 war, hatte Onno sie allwöchentlich eingeschaltet. Wie die menschliche Seele gestrickt ist, war Onnos diesbezügliche Nostalgie vitaler als seine damalige Freude daran. Und natürlich hielt Vetter Donald Onno eine entsprechende Gardinenpredigt, und als sie schließlich, schnaufend vom Treppensteigen, vor dem Eingang standen, traf ihn fast der

Schlag. »Was ist das denn fffff, fffff. O Gott, was fffff, fffff, was ist das denn. Bitte, Onno Viets, ich frage dich, was soll das. Fffff, fffff, ffffff. Ja, sind wir denn in Disneyland oder ffffff« etc. pp.

Den planen Boden der futuristischen Röhre bildeten rechteckige Segmente aus blauem Plexiglas, die von unten mit Leuchtstoffröhren bestrahlt wurden. Überhaupt war mysteriöse Bläulichkeit der vorherrschende Eindruck, sobald man die gerippte Tonne betrat – über einen schmalen Steg mit Geländer. Steuerbord zwei Durchlässe, durch die man zu einer durchgehenden Polsterbank und fünf hohen Bistrotischen gelangte, deren runde Flächen ebenfalls Blaulicht abstrahlten. Backbord Monitore, auf denen in sechsfacher Ausfertigung das Video von einem Kunstflieger lief, der unter Flußbrücken hindurchpreschte.

Onno beeilte sich, zu bedenken zu geben, daß es doch einleuchte, wenn in eine Anytime Bar ein Time Tunnel führte. Zumal, wie Onno recherchiert hatte, sich der Discjockey dort künftig unterschiedlicher Perioden der Popmusik widmen würde. Vetter Donald aber hustete nur wütend und durchmaß Time Tunnel wie Anytime Bar im Sturmschritt, als schütze ihn das vor etwaiger Radioaktivität.

Onno war weiß Gott nicht dumm, und immerhin hatte er ein paar Semester Soziologie studiert, und mitnichten frappierte ihn Vetter Donalds, sagen wir, systemkritische Distanz zum Flipperismus grundsätzlich. Was ihn aber denn doch nicht eben wenig überraschte, war ihr Furor – schließlich war es ja seine, Donalds, eigene Idee gewesen, oder? –, und aus einem gemischten Reflex von zwischenmenschlicher Hilfs- und professioneller Dienstbereitschaft heraus drängte es ihn, seinem Auftraggeber zu dessen eigenem Seelenheil die positiven Dinge auf diesem Schiff nahezubringen. Er versuchte es sogleich auf der Steuerbordseite des Decks und führte Donald als nächstes zur »Hemingway Lounge«.

Parkett, Läufer, wuchtige braune Ledermöbel im Kolonial-stil, Leselampen, jadegrüne Vitrinen mit Lamellenjalousien und Bücherregale, Sekretär und Humidor, Ventilatoren an der Decke und in den Ecken Töpfe mit Palmwedeln. »Ge-mütlich, nech?« fand Onno. Vetter Donald aber ... »He-mingway Lounge. Hemingway Lounge. Im Grab rotieren würde Hemingway ob dieser kitschigen Reprise. Der würd sich *noch* 'ne Kugel in die Rübe jagen, ich wette, Onno Viets.«

Nun aber torkeln sie vom Time Tunnel direkt aufs Pooldeck. Und obwohl es mitnichten Kristin Luise ist, was ihnen dort begegnet; obwohl bettschwer wie die Walrösser und obwohl schon nach fünf Minuten frierend wie die Yorkshire Ter-rier – ein frischer Nachtwind feudelt übers Deck –, bleiben sie dort noch eine volle halbe Stunde. Schlottern sich beinah wieder nüchtern, so schön ist das, was ihnen da oben wider-fährt. Unter Ausschluß von 98,4 Prozent der restlichen Pas-sagiere.

Noch auf der Kabine hatte Onno im Bordprogramm ge-lesen, ab 22:00 finde auf dem Pooldeck ein »Live-Auftritt des Trios *The Good*« statt. Drei Jungs Mitte 20. Metronomsiche-rer Schlagzeuger, trotz Bubi-Typus doch knüppelhart und harmoniesüchtig zugleich; präziser, unprätentiöser Baßmann mit zweiter Stimme, trotz trostloser Umgebung blendend aufgelegt, und ein Gitarrengenie mit Grunge-Frisur, das zu-dem auch noch singen kann. Ja, der Bengel interpretiert die Klassiker, als seien sie auf seinem Mist gewachsen. *Hey Joe, Get back, Honky Tonk Woman, Like A Rolling Stone, Light My Fire* ...

»Hadeia«, raunt Vetter Donald – und setzt nebenbei die drit-te SMS ab:

Sowie die vierte und letzte dieser Nacht:

pl

Wie um Himmels willen sind jene drei Erzengel hierher geraten? Überdacht von Plastikstroh, thronen sie auf jener flachen Allzweckbühne und zelebrieren ihre Messe mit einer derartigen Freude und undevoten Demut, als stünden nicht höchstens anderthalb Dutzend Fuffzig-plus-Zombies um sie herum, die nichtsdestoweniger zu applaudieren und zu johlen versuchen wie doppelt so viele Teenies.

172

Eine Perle nach der anderen vor die 1000 Säue unter Deck – »Scheiß drauf!« (Peter Wackel) –, und das letzte Stück, ausgerechnet –: *Up Around The Bend.*

Diese Platte, sie war den ganzen Abend lang auf der Sommerfete der St.-Johannis-Jugendgruppe anno 1970 aufgelegt worden, immer wieder, und von fern hatten Onno und Edda das erregend ermunternde Riff vernommen, als sie sich unter einem kitschig duftenden Fliederbusch unweit des Ernst-August-Kanals zur gegenseitigen Defloration anschickten. Dieses Musikstück war Onnos immerwährende Hymne des Glücks, und allein jenes Riff, ein Riff wie ein Aufjauchzen, schon mit der zweiten Note bewirkte es, daß die Nadel der Lebenslust bis ans Maximum ausschlug; Lebenslust, Neugier, Optimismus – *we're goin' up around the bend ... yeeeaah!*
In Onnos Ohren klang der Refrain eigentlich wie eine Bridge, und übernahm jenes Riff nicht auch die Funktion des Refrains? Nicht nur Intro, sondern auch Refrain, und war das nicht sogar der Ansatz einer ›seltsamen Schleife‹? *You can ponder perpetual motion / Fix your mind on a crystal day ...* Schien da nicht die schöne Illusion auf, daß nie nichts

nimmer aufhört, sondern immer wieder von vorne los-
geht – und das auch noch mit der immergleichen Euphorie?

There's a place up ahead and I'm going
Just as fast as my feet can fly
Come away, come away if you're going
Leave the sinking ship behind

Come on the rising wind
We're going up around the bend …

Creedence Clearwater Revival, Onnos und Eddas Propheten
der Seligkeit, und natürlich war dieses *Up Around The Bend*
mindestens fünfmal enthalten gewesen auf jener Oldie-
Kompilation, jener legendären C-90-Kassette, die im Plemplem ab anno 1978 in *heavy rotation* lief, und deshalb ahnt
selbst Vetter Donald, so volltrunken er auch ist, weshalb sein
Leibwächter plötzlich weint.

»Paaalicke, paaalocke«, raunt Vetter Donald, und sein Kopf
wackelt wie der einer Marionette. »'chdekmpnsiiierglch …«

Und diesmal sollte er recht behalten: Dank gründlicher Vor-
bereitung anhand von Produkten feinster Brennereitechnolo-
gie war die x-te Auflage einer Depressiven Dekompensation
des Donald Maria Jochemsen aufs geschmeidigste angebahnt.

Die Dämonen, die Dämonen …

Und so fuhr unser Schiff übers nächtliche Meer, fuhr übers
nächtliche Meer mit 1400 Seelen an Bord (= viermal Besenwisch bei Buxtehude) – eine genormte Arche gegen die Sin
flut des genormten Alltags.

Und sie sah, *wie's in den Sümpfen, den Riesenreusen, gärte*
darin den Leviathan, und Wasserstürze sah sie, *wo sich e*
Stille mehrte, / und schaute, wie die Ferne zur Tiefe niedersan

Nachspiel

Kasper Spackennacken,
Kasper Muckefuck und der Riese

KASPER   Tri, trorr, trullorrlorr! Tri, trorr –

GRETEL   Mäch den Kopp zu, Späckennäcken! Ich bin kränk!

KASPER   Däs' mir klorr.

GRETEL   Nee, äääch'! Ich häb Fiebär!

KASPER   *feixt beiseite. Laut* Nu' mäch' morr kein' auf Mimöseh, hiär! Däs' dein <u>Klimorrwändel!</u>

GRETEL   Hau bloß äb, dorr! Ich bin noch nich' morr äch'ndroißech!

KASPER   *beiseite* Un' ich der Käspär von Schinorr, dorr. *laut* Däs läß ich mich doch nich' zweimorr sorrg'nnn! Schüß, dorr!

         Haut ab. Auf'e Straße:

KASPER S.   Muggefugg?! Käspär Muggefugg!? Bis du'äs?

KASPER M.   *vornehm, freudlos* Ah, der Herr S'packennacken. Was für eine s'pannende Begegnung. Wohin des Wegenst?

Nachspiel (in politisch korrekter Hochsprache)

Kasper Spackennacken, Kasper Muckefuck und der Riese

KASPER   Tri, tra, trullala! Tri, tra –

GRETEL   Schweig stille, unguter Gemahl! Ich
            bin krank!

KASPER   Das ist mir schon lange klar.

GRETEL   Nein, wirklich! Ich fiebere!

KASPER   *feixt beiseite. Laut* Nun mal nicht so
            zimperlich. Das ist doch nur dein <u>Klimak-
            terium!</u>

GRETEL   Geh fort! Ich bin noch nicht einmal
            achtunddreißig!

KASPER   *beiseite* Und ich der ›Kasper von China‹.
            laut Das laß ich mir doch nicht
            zweimal sagen! Adjes!

            Ab. Auf der Straße:

KASPER S.   Muckefuck? Kasper Muckefuck? Bist
            du das?

KASPER M.   *vornehm, freudlos* Ah, der Herr S'packen-
            nacken. Was für eine s'pannende Begeg-
            nung. Wohin des Weges?

KASPER S.   Hä? Häs' du 'n Fäffäsäck gefrüh-
               stück'? Du bis'äs doch! Mugge-
               fugg, o'ä nehch! Käspä Muggefugg!
               Wäs däs' denn för'n Tämp'n. Wills'
               dich aufhäng' o'ä wät?

KASPER M.   Das, werter Herr S'packennacken, nennt
               man Schlips. Ich bin auf dem Wege zur
               täglichen Erwerbsarbeit.

KASPER S.   *von plötzlichem Mitgefühl erfüllt* Orr
               Määänn, ßorriii, däs konndich jorr
               nich orrn'nnn. *listig* Wenn däs <u>so</u> is',
               soll'n wir nich' schnell ein' nehm',
               vorher?

KASPER M.   Höchstens einen Coffee to go.

KASPER S.   Koin Biär to sitt?

KASPER M.   Nein.

KASPER S.   Denn geh ich ebn't älloineh. Häb grorrd
               Stützeh gekrehcht.

KASPER M.   *herablassend, doch eigentlich neidisch* Ach,
               Herr S'packennacken … immer noch auf
               Hartz IV?

KASPER S.   Däs soll män nich' meä sorrg'n.
               Is' polidisch nich' meä korägg'.

KASPER M.   Sondern?

KASPER S.   Hallo?! Hast du einen Pfeffersack gefrüh-
             stückt? Du bist es doch! Kasper Mucke-
             fuck, oder? Was ist das denn für ein
             Strick? Möchtest du dich etwa daran
             aufknüpfen?

KASPER M.   Das, werter Herr S'packennacken, nennt
             man Schlips. Ich bin auf dem Wege zur
             täglichen Erwerbsarbeit.

KASPER S.   *von plötzlichem Mitgefühl erfüllt* Ach
             herrje, Verzeihung, das konnte ich ja
             nicht ahnen. *listig* Wenn das <u>so</u> ist,   177
             sollen wir nicht schnell einen trinken,
             vorher?

KASPER M.   Höchstens einen Kaffee im Gehen.

KASPER S.   Kein Bier im Sitzen?

KASPER M.   Nein.

KASPER S.   Dann geh ich eben alleine. Hab grad meine
             staatliche Unterstützung bekommen.

KASPER M.   *herablassend, doch eigentlich neidisch* Ach,
             Herr S'packennacken ... immer noch auf
             Hartz IV?

KASPER S.   So soll man es künftig nicht mehr nennen.
             Das wäre politisch unkorrekt.

KASPER M.   Sondern?

KASPER S.   Keineh Orrnung. *grübelt* »Sterb längsorrm
             V«?

KASPER M.   Herr S'packennacken, Herr S'packen-
             nacken. Und dann schon Bier trinken,
             wenn ans'tändige Bürger zur Arbeit gehen.
             Halten Sie <u>das</u> für politisch korrekt?

KASPER S.   Jorr, wäs <u>denn</u>. Ret<u>s</u>inorr? Weil dorr *zieht
             rechten Tränensack mit Zeigefinger lang*
             Hääz drinne is'?

RIESE   *aus heiterem Himmel, von weit, weit oben*
             Genuhug, Ihir Frehevler!

KASPER M.   *frömmelnd, schräg gen Firmament* Ich
             war's nicht! Ich war's nicht! Er war's!
             Er war's!

KASPER S.   *schräg gen Firmament, aber andersrum*
             Wer bis' du'enn, sämmorr! Derk Nowitzi?

RIESE   Ihich bihin der Riehiesehe!

KASPER S.   Und? Jede Weddeh: den gänzen Bäät voll
             Vog'lkäckeh!

             Ab. Bier to sit, bis der Arzt kommt.

             Stunden später.

KASPER   *lallend* 'ch bin wiä dohorr! Büs' immä
             noch kränk?

KASPER S.   Keine Ahnung. *grübelt* »Stirb langsam
                V«?

KASPER M.   Herr S'packennacken, Herr S'packen-
                nacken. Und dann schon Bier trinken,
                wenn ans'tändige Bürger zur Arbeit gehen.
                Halten Sie <u>das</u> für politisch korrekt?

KASPER S.   Ja, was <u>denn</u> sonst. Retsina? Weil der *zieht*
                rechten Tränensack mit Zeigefinger lang
                Harz enthält?

RIESE   *aus heiterem Himmel, von weit, weit oben*
                Genuhug, Ihir Frehevler!

KASPER M.   *frömmelnd, schräg gen Firmament* Ich
                war's nicht! Ich war's nicht! Er war's!
                Er war's!

KASPER S.   *schräg gen Firmament, aber andersherum*
                Wer bist du denn, sag mal! Dirk Nowitzki?

RIESE   Ihich bihin der Riehiesehe!

KASPER S.   Und? Jede Wette: den ganzen Bart voll
                Guano!

                Ab. Bier im Sitzen bis zum Gehtnichtmehr.

                Stunden später.

KASPER   *lallend* Ich bin wieder zurück, geliebte
                Gattin! Bist du immer noch krank?

GRETEL Hau bloß äb, dorr!

KASPER Denn geh doch näch'n Ääz'
hin.

GRETEL Zu wen denn. Der Siechmänn hät
Uälaup, un' Doktär Pänsen säbbelt
immär so viel. Da wer'ch schwindlich
von.

KASPER Ich denk', die horrm Schweige'flich'.

180 GRETEL Hau bloß äb, dorr.

KASPER *Haut ab, dorr.*

GRETEL	Geh fort!
KASPER	Warum bist du denn nicht zum Arzt gegangen?
GRETEL	Zu welchem denn? Dr. Siegmann hat Urlaub, und Dr. Pansen redet ohne Unterlaß. Da pflegt es mich zu schwindeln.
KASPER	Ich dachte, die haben Schweigepflicht.
GRETEL	Geh fort.
KASPER	*Geht fort.*

Fünfter Akt

Der Mann im Spiegel

Hurra! D.h., »hurra« nun grad ... na gut, wir sind nicht ohne Angst. Na und? Zumindest sind wir alle da. Hurra!

Oder etwa nicht?

Na ja, natürlich nicht. Nicht »alle«. Das wissen wir auch. Insgeheim. Blöde sind wir nicht.

Und natürlich haben auch wir Angst. Na und? Wer ohne Angst ist, werfe den ersten Stein. Doch gerade deshalb: Sollten wir nicht möglichst alle dasein? Und wollen wir es nicht auch? Ja, wollen wir nicht geradezu auf den Arm genommen werden – und in Sicherheit gewiegt?

Also: Sind wir alle da? Ja!

Hurra, hurra, hurra.

30

Vierter Tag an Bord: Dienstag, den 22. Oktober 2013. Palma
de Mallorca, Liegeplatz Dique del Oeste, Maritime Station
No. 6. Büfett-Restaurant Calypso, gegen 21 Uhr. Immer
noch gut 22 Grad Celsius.

»Nein«, raunt Vetter Donald. »Nein, nein, nein. Nein, sage
ich.« Erste Äußerung, seit er den Molukken-Skandal (siehe
unten) ausgelöst hat.

»Doch, doch«, versetzt Schwester Blondie fröhlich, wenngleich ein bißchen scheu gegenüber diesem Typ mit dem Tirolerhut. »Das ist obligatorisch für jeden, der sich an Bord
befindet.«

»Nein. Nein, nein«, raunt Vetter Donald. »Und täglich
grüßt das Murmeltier oder was. Ich dekompensier gleich.«

Obwohl er den gesamten schönen, mediterran milden
Spätsommertag lang auf Kabine 7119 vor sich hingesim-
mert hat – während Onno, mit seinem eigenen Kater an der
langen Leine, durch die Gassen und Alleen der Stadt ge-
streunt ist *(und was den Dichtern mundet, das fühlt ich auf
mir liegen: / es waren Sonnenflechten ...)* –, strahlt Vetter Donald nach wie vor den Charme eines kalten, toten Karpfens
ab. Eines Karpfens mit einer gewaltigen Brille, einem Don-
nerbalken von Brille sowie grasgrünem Tirolerhut, in dessen

knallrotem Band ein knallroter Federbusch steckt sowie ein künstliches Edelweiß. Von der Brust seines schwarzen Al-Capone-Hemdes leuchtet eine Milchstraße aus Hefepilz, und an dem Haarbüschel seines rechten Nasenlochs hängt eine Art Kaulquappe.

Schwester Blondie, Mitte 30, ist Gebieterin über hinreißend geschwungene Formen und so freundliche, ja liebe Züge, daß Onno ganz bedürftig wird – bedürftig nach Edda. Blondie ist die Prinzessin in einer Korona von fünf weiteren Reisegenossinnen, die wirken wie der Troß ihrer Zofen. Frisch eingeschifft, haben sie gefragt, ob hier am Tisch noch Platz sei. Krankenschwestern sind sie, in Lüne-, Würz- und Magdeburg, in Bielefeld und Emsdetten. Sie haben sich auf einem Seminar kennengelernt, und seither treffen sie sich zweimal im Jahr, um »flippern zu gehen«, wie Schwester Blondies unansehnliche Sitznachbarin sich ausdrückt. (Unansehnlich verglichen mit Schwester Blondie. Verglichen mit Vetter Donald attraktiv.)

Als erfahrene Flipper-Nixen sind sie sich sicher, daß nicht nur die Neuankömmlinge, sondern *alle* Passagiere an der Seenotrettungsübung, die in einer Viertelstunde beginnt, teilnehmen müssen – auch diejenigen, die bereits diejenige auf der Hinfahrt absolviert haben. Vetter Donalds Schock ist mit Händen zu greifen. »Nein«, raunt er. »Mach ich nicht. Geh ich nicht hin.«

»Dann«, sagt Schwester Blondie mit pädiatrischer Sanftmut, »verzögert sich die ganze Übung so lange, bis man dich gefunden hat.«

»Njorp«, schnurrt Onno. »Das' doch peinlich, wenn du von zwei Flipper-Gorillas … nech? Komm, das schaffst du schon. Nimmst deinen Sitzstock mit und –«

»Sitzstock am Arsch«, raunt Vetter Donald. »Ich bin doch hier nicht der Depp vom Dienst. Wo sind wir denn hier. Scheiß Seelenverkäufer hier. Seelenverkäufer, sage ich.«

Zornumwölkt erhebt er sich – vielmehr versucht es vergebens. Ein gezielter Satansfick ins linke Knie, und prompt
plumpst er in den Stuhl zurück. Was die melodramatische
Wucht seines Abgangs weitgehend neutralisiert.

»Was hat er denn«, fragt Schwester Blondie Onno, nachdem
Donald denn doch gezattert ist von hinnen nach dannen.

»Tjorp«, schnurrt Onno. »Frag lieber, was er *nich* hat,
nech?«

Glück in der Liebe, zum Beispiel. Vorm Essen ist er zur Rezeption getrottet, um für Kristin Luise eine Nachricht zu
hinterlassen. Seine Simse hat sie nicht beantwortet – weder
die vier vom doch so vielversprechenden Vorabend nach dem
Schäferstündchen noch die zwei vom heutigen Katertage um
16:17 Uhr:

> Seh Dich grad im Bordfernsehn. Würd Dich so gern wieder
> nahsehn.

Und 16:18 Uhr:

> Verehrung: DMJ

Die voraufgegangene Nacht war die für Vetter Donald bisher
schlimmste an Bord. Wahrhaft fulminante Vorstufe zu einer
Depressiven Dekompensation I. Klasse.

Wegen der ungewohnten Menge an genossener Flüssigkeit
mußte er stündlich zur Toilette. Die ersten beiden Gänge
war er wenigstens noch besoffen genug, um das dämonische
Meißeln im eigenen Bregen wie auch Onnos Soundgewitter
überhören und gleich wieder einschlafen zu können.

Ab halb vier Uhr aber fühlte sich Donalds Schädel an wie
eine Glocke im Hamburger Michel zur Morgenandacht. Die
Augen hinter den zusammengepreßten Lidern produzierten

am laufenden Band Trugbilder psychedelischer Feuersbrünste, und soviel Trübseligkeit, Panik und Todesangst konnte ein einzelner Kater gar nicht verbreiten. Es mußten mehrere sein. Kauerten unterm Bett, im Nachtschränkchen, hinterm blaugelben Stoffhimmel – oder im *braunen Golf, wo greulich ein Wrack beim andern steht* –, und jeder so bösartig wie ein mittelalterlicher Nachtmahr.

Auf den Nachbarbalkonen lauerten die Tarantino Brothers, jene muskulösen Mitarbeiter der Kreuzfahrtpassagierkiller-Kamarilla, darauf, daß der zitt- und zattrige, schwer versehrte Vetter Donald aufstand und die Schiebetür öffnete, um das Sauerstoffvakuum in der Kabine aufzulösen. Gut, sie war klimatisiert. Doch roch sie so scharf nach Alkohol und Koriander und Wacholder, als habe der Satan dem Donald die ganze Nacht unablässig Zweige davon in die Nasenlöcher gesteckt, zu den Ohren wieder herausgezogen und sodann hin und her gewetzt wie Pfeifenreiniger. Immer wieder fiel er in Sekundenschlaf, Zeit genug für blitzhafte Alpträume, die Alpträume eines Embryos in Formaldehyd, bevor er hochschreckte mit rasendem Herzen und sprödem Hals.

Ab sechs Uhr nahm Donald halbwegs wahr, wie die Flipper IV wieder in Palma anlegte, döste unter Onnos Waldarbeitergeräuschen bis um acht, und dann weckte er ihn. Weckte ihn und bat ihn mit gewimmerten Morddrohungen, zum Frühstück zu verschwinden.

Als Onno gegen zehn aus dem Apocalypso zurückkehrte, um sich landfein zu machen, schlief Vetter Donald tief und fest. Onno schulterte seinen Rucksack, schrieb Donald eine Nachricht, verließ Kabine und Schiff und schnappte sich eins der Taxis am Pier. Problemlos verstand der Fahrer den Begriff »Kathedrale« und setzte ihn dort ab.

Er gratulierte sich zu dem Entschluß, keine Jacke mitgenommen zu haben – die Temperatur entpuppte sich als hochsommerlich; die digitale Anzeige an einer Apotheke verkündete 28 Grad. Am Fuße der schönen Kathedrale der heiligen Maria mit ihren vielen spitzen Türmchen lagerten Souvenir- und Sonnenbrillenhändler und Porträtmaler, und von oben, von der letzten Stufe der Steintreppe zum Mauergang her, drangen elektrisch verstärkte Flamenco-Klänge zu ihm herab.

Onno stieg hinauf.

Der Mann hockte auf einem Mäuerchen, das die Wurzel einer Platane umhegte, die ihm Schatten spendete. Die Knie übereinander, das Instrument quer auf seinem Oberschenkel, hockte er da. Es schien ihn zu stützen, während er seine Saiten bald zupfte und kitzelte, bald schlug und bald streichelte, fordernd und hingebungsvoll zugleich. Zu seinen Füßen lag der offene Gitarrenkoffer, ein paar Münzen waren darin, ja zwei, drei kleine Scheine. Der Mann hatte große, schmutzige Füße, er trug Jeans und erdbraunes T-Shirt, und seine Haare – wiewohl grau gesträhnt – waren voll und schulterlang. Er war mindestens in Onnos Alter. Die gegerbte Stirn spiegelte den Schmerz der Musik wider.

Ein paar Meter schräg gegenüber von ihm lehnte Onno sich an die Mauer und hörte zu. Er wußte nicht, wie lang schon, als ihm bei einer besonders aufwühlenden Passage unvermittelt das Wasser in die Augen schoß. Onno verspürte Drang, dem Silbergeld im Koffer ein paar Stücke hinzuzufügen, doch ebenso starke Scham. Er fühlte sich nicht berechtigt. Er fühlte sich ihm zu nahe.

Er griff nach seinem Handy, das deplaciert wie ein Taschenofen in den Shorts ruhte. Seit gestern 20:11 Uhr hatte er eine SMS von Edda zu beantworten. Doch ebensowenig fühlte er sich *dazu* berechtigt.

Stundenlang stromerte er durch die Stadt. Kletterte durch die schattigen Gassen und durchstöberte die kleinen Läden,

189

um gelächelte Tagesgrüße auszutauschen. Überquerte die sonnigen Plätze und trank auf der abschüssigen Terrasse eines Eckcafés einen Mokka. Er schaute den einheimischen Frauen und Männern nach, den Kindern und jungen Mädchen und fragte sich, ob sie wohl glücklicher waren als er, weil sie hier lebten.

An einer Ecke entdeckte Onno einen stark geschminkten, beturbanten Fakir oder so ähnlich. Trüge er eine Brille, wäre physiognomische Ähnlichkeit zu Donald durchaus gegeben. In bunte, seidige Gewänder gehüllt, schwebte er mit finsterer Entschlossenheit und Ruhe im Schneidersitz, ungefähr anderthalb Meter über einem Kelim. Nur am ausgestreckten rechten Arm hielt er sich an einem Stahlpfosten fest, und der Anblick war derart verblüffend, daß Onno eine ganze Weile brauchte, um den Trick zu durchschauen. Drei Ecken weiter saß noch so einer, und am liebsten hätte Onno bis zum Abend gewartet, um zu verfolgen, wie der Kerl sich aus der wohlaustarierten, mit dem Kostüm bemäntelten Sitzschalenkonstruktion befreite.

Zurück zum Schiff ging Onno die gesamte Strecke zu Fuß – immer die endlose, palmengesäumte Promenade entlang, die sich den Uferkurven anschmiegte, vorbei an Restaurants und Bootsverleihen und Marinas. Jenseits der sechs-, achtspurigen Küstenstraße kletterten die mehrstöckigen Hotels und Geschäftshäuser die sanften Hänge hinan, und auf einem der Flachdächer war in grünen Leuchtlettern der Name eines Clubs oder Restaurants montiert, nur allzu eng, so daß schwer zu entziffern: *la demence*. Im Ernst? *la demence?*

Erst von weitem fiel Onno auf, daß es eher *la clemence* heißen dürfte, und von seiner eigenen Fehlleistung erheitert kicherte er still in sich hinein … *Laß uns mal ins* la demence, *um unsere Sorgen zu vergessen, nech? … 'ch, 'ch, 'ch … O Mann, gestern nacht war ich wieder im* la demence, *ich weiß*

praktisch nix mehr, 'ch, 'ch, 'ch ... Auha, gestern war ich wieder
im wie heißt der Scheißladen noch ...

Wieder griff er in die Hosentasche und tastete nach seinem
Funktelefon. Wie lang her die Zeiten, als er Edda mit derlei
Schoten noch zu unterhalten vermochte. Er konnte es gar
nicht begründen, aber das Gefühl war unabweisbar: Käme er
ihr so, er beginge einen unverzeihlichen Fehltritt.

SMS. Save My Soul.

Es dämmerte bereits, als Onno wieder auf dem Schiff an-
langte. Dem »falschen Dampfer«, wie Vetter Donald ihn
nannte. Dem »Seelenverkäufer«. Onno aber fühlte sich zusehends wohler dort. Es war abwechslungsreich an Bord,
fern der ausgetretenen Heimatpfade, es war komfortabel.
Man ließ ein Handtuch auf den Boden fallen, und am nächsten Tag hing ein frisches am Haken, man ging dreimal am
Tag essen, und die gebratenen Tauben flogen einem in den
Schlund, man ging aus der Kabine in den Gang und zapfte
sich dort gratis den Krug voll Mineralwasser, wahlweise ge-
kühlt oder ungekühlt, man schnippte mit den Fingern und
bekam ein Bier serviert – samt Erdnüssen. Und immer gab es
was zu schauen, und die Probleme ruhten in einem fernen
Salzstock.

Und so gab es ihm einen tiefen Stich in die Eingeweide, als
er gewahrte, daß die Hälfte der Reise bereits hinter ihm lag,
und er beneidete die Neuankömmlinge, in deren Schlange er
vor der Sicherheitsschleuse an Bord geriet.

31

Vetter Donald unterdessen war gegen Mittag erwacht. Die
Meißelarbeiten in der rechten Schläfe hatten aufgehört. Statt
dessen quälte ihn ein Brummen, das allerdings den *gesamten*

Schädel beschallte. Niederschwellig zwar, doch dürfte es vor dem Europäischen Gerichtshof alle Voraussetzungen erfüllen, um als Folter anerkannt zu werden. Zu schweigen von seinem Tinnitus, der sich in einen Ton hineingesteigert hatte, der klang wie das Abschmieren einer Boeing 747.

Donald zählte von zehn herunter, folgenlos. Kurz darauf noch mal von 20, und diesmal schälte er sich gebeugten Nackens und schwer schnaufend aus dem Bettzeug. Plünnte den Bademantel an und wankte auf den Flur hinaus, um den Krug aus der Kabine an dem kleinen Brunnen in der Wand schräg gegenüber aufzufüllen.

Gott sei Dank kein Fratzenkontakt.

Zurück in der Kabine, trank er gierig. Dann schluckte er seine Pillen. Exforge gegen Bluthochdruck, Fluoxetin gegen Depression, Simvastatin gegen Cholesterin, zwei Tamsulosin nebst einer Finasterid gegen die Prostatabeschwerden usw., usf. (Die Salbe gegen den Hefepilz hatte er zu Haus vergessen, und die Pillen zur Ausrottung der Nagelinfektion waren erst am Wochenende dran.) Darüber hinaus die dritte 800er gegen den Kopfschmerz. Und Lorazepam zur Panikprophylaxe: Vergifteter Blutkreislauf und entsprechend belastete Nerven bildeten Keimherde erster Ordnung. (Als Onno die Einnahmeprozedur erstmals beobachtete, fragte er: »Willst du dir das Leben nehmen, oder was? ... 'ch, 'ch, 'ch ...«)

Anschließend faltete und fummelte er sich eine Zigarette zusammen – von ›Drehen‹ konnte tremorbedingt keine Rede sein –, wechselte das Moniereisen von Brille gegen die Sonnengläser aus, setzte sich einen Sombrero auf und rauchte auf dem gleißenden Balkon. Kafka komm raus, schon wieder Palma. Palma, Palma, Palma.

Klar, schon daheim bei der Buchung war ihm nicht entgangen, daß die Reiseroute diesen dämlichen Knick machte. Palma – Alicante – Valencia, dann erst mal *zurück nach Pal-*

mal?, bevor es weiterging nach Cannes und Barcelona (und zurück nach Palma). War ihm nicht entgangen, und es hatte ihn nicht gestört.

Jetzt, wo es nicht mehr nur eine abstrakte Größe in einem Reiseplan war – wo er es am eigenen, zudem zuschandenen Leibe erlebte –, störte es ihn. Aus Gründen der Dynamik. Aus ästhetischen Gründen. Aus philosophischen und spirituellen Gründen; ja, je länger Vetter Donald drüber nachdachte, desto schlimmer schmerzte ihn diese Farce. Diese – Kränkung, eine Kränkung wenn auch nicht von galileisch-darwinistisch-freudianischen Ausmaßen, so doch immerhin. Erinnerte ihn darüber hinaus an den Alptraum, den Bill Murray in *Und täglich grüßt das Murmeltier* erdulden muß, weil die Götter ihn mit einer Zeitschleife erdrosseln und stets am 2. Februar um 6 Uhr wieder erwecken.

Angesichts seiner knapp 55 Lebensjahre war Vetter Donalds vorherrschendes Lebensgefühl Überdruß. In den vergangenen fünf Dekaden hatte er sich 18.250mal ein Paar Socken angezogen, 584.000 Zigaretten geraucht und 10.000.000mal *ich* geraunt. Es hing ihm zum Hals heraus, zum faltigen Truthahnhals meilenweit heraus hing es ihm.

Am niederschmetterndsten war die *Geschwindigkeit*, mit der er mittlerweile vorging, der Vorgang der Überdrüssigwerdung.

Zwei Frühstücke erst hatte Vetter Donald an Bord der Flipper IV mitgemacht. Je Frühstück hatte er zwei Gläser Tee getrunken, Beuteltee. (Er verachtete Beuteltee. Doch hatte er nicht die Nerven, in dem Menschenauflauf vor den Schubladen mit dem losen Tee zu warten.) Je Frühstück hatte er vergessen, von vornherein vom Büfett ein Behältnis mitzubringen, in das er den Teebeutel am Frühstückstisch würde entsorgen können, sobald der seine drei Minuten gezogen haben würde.

Als er beim ersten Frühstück (Alicante) den *zweiten* Tee

geholt hatte, hatte Vetter Donald jedoch *bewußt* kein Behältnis mitgebracht – er plante, den Beutel in dem ersten, benutzten Glas zu entsorgen. Natürlich war das bei seiner Rückkehr an den Tisch jedoch längst von »dem kleinen Molukken« abgeräumt worden. So nannte Vetter Donald jeden der Filipinos (auch den einen, der größer war als er), die mit schwindelerregender Flinkheit benutztes Besteck und Geschirr von den Tischen des Apocalypso räumten. Ärgerlich, ärgerlich – aber noch tolerierbar.

Doch schon nicht mehr beim Frühstück in Valencia, verdammt noch mal. »Dieser verdammte kleine Molukke«, raunte Vetter Donald.

Als es ihm auf dem Balkon zu heiß wurde, kroch er zurück ins Bett. Versuchte, Kristin Luise zu simsen, gab es jedoch vorerst aus folgenden Gründen auf:
– mangelnde Inspiration,
– übermäßige Tatterig- sowie
– allgemeine Weinerlichkeit.

Dann schlief er wieder ein. Erwachte gegen 16 Uhr mit knurrendem Magen. Dachte er jedoch auch nur die erste Silbe von ›Burger‹, gerieten seine Magennerven lautmalerisch in Aufruhr.

Also zappte er sich durch die TV-Sender. Es gab ein paar deutsche, und es gab die Flipper-Kanäle, auf denen die immergleichen Filme liefen – Sicherheitshinweise, ›Reportagen‹ von Landausflügen, ›Dokumentationen‹ vom Schiff, über die Küche, den Maschinenraum, das Body & Soul Spa, den Kids Club, die Taufe der Flipper VII im Hamburger Hafen etc. (Er entsann sich, wie sich damals in trauter Eintracht *Hamburger Abendpost* wie *Hamburger Expreßzeitung* darüber ereiferten, daß das Feierareal von der Reederei zur Sperrzone deklariert worden war. Anwohner des Hafenviertels mußten angeblich ihre Pässe vorzeigen, wenn sie nach Haus wollten.)

Und als in einem Beitrag über das Flipper IV Show Ensemble die Angebetete aufstrahlt, setzt Vetter Donald die erste SMS des Tages ab.

Er war schon halbwegs wieder hinüber, als die nichtsdestoweniger unverkennbare heisere Stimme der Entertainment Managerin Maren Vigoleit den Satz sprach: »… und ab 22 Uhr 15 darf auf dem Pooldeck dann die ganze Nacht genagelt werden.«

Ungläubig lauschte Vetter Donald dieser Aussage nach – öffnete kurz die Augen: ja, sie war es, die Entertainment Managerin (und als solche auch für öffentliches Nageln zuständig?) –, drückte dann den Lautlos-Knopf, weil er die deprimierende Endgültigkeit des Ausknopfs scheute, und machte erneut die geplagten Augen zu, und als er sie das nächste Mal öffnete, erblickte er zu seiner Beruhigung als erstes Onno Viets.

Der Motor seiner nervlichen Zerrüttung war gedrosselt, und die Kopfschmerzen waren fast fort. Aus einer sackartigen Ausbuchtung seines tiefsten Gemüts neckte ein zarter, doch unnachgiebiger Harndrang, dem eine ebenso beständige Bereitschaft ähnelte, leise zu weinen. Doch damit ließ es sich vorerst leben. Zumal der Magen schließlich und endlich und allmählich einen Krach schlug, der den Jammer aus den geistig-seelischen Nebenhöhlen des Donald Maria Jochemsen mühelos übertönte.

»Morgen abend aber echt mal à la carte«, raunte Vetter Donald auf dem Weg ins Apocalypso. Das dann jedoch – vermutlich wegen des Bettenwechsels – relativ leer war. Ein Tisch sogar, o Wunder, komplett frei, und Vetter Donald setzte sich mit Blick auf die Skyline. »Ich halt dir einen Stuhl frei«, raunte er. »Geh du mal zuerst.«

Allerdings dauerte es keine zwei Minuten, da näherte sich ein Pärchen (wobei in diesem Fall nichts weniger angebracht war als die Verniedlichungsform). Er ein Enddreißiger, hochaufgeschossen, doch mit Spitzbauch unterm ärmellosen T-Shirt, Brille und Zwirbelbärtchen à la Willem II. »Ist hier noch frei?«

Unter seinem Tirolerhut hervor knurrte Vetter Donald etwas, das Willem II als Zustimmung deutete. Irrtümlicherweise. Ebenso wie seine Begleiterin: violetter Jogginganzug, schwarzhaarig, alterslos und ungefähr dreieinhalb Zentner schwer. Ein »lila Godzilla« (Vetter Donald später), der prompt Donalds Horizont verdunkelte – so daß Onno bei seiner Rückkehr einen erneut zutiefst muffeligen Künstler vorfand. Der seinerseits loszog, um sich »irgendwas Nudeliges« vom Büfett zu besorgen.

Onno lächelte seinen frischen Tischgenossen zu, die wiederum ihm nicht nur zulächelten, sondern guten Appetit wünschten. Den Onno zusehends entwickelte. – Im folgenden ereignete sich dann eine harmlose kleine Slapstick-Szene.

Zwischen Onno und der korpulenten Dame – die übrigens über eine höchst angenehme, operndivenhafte Stimme verfügte – waren zwei Stühle frei, zwischen ihm und dem freundlich grinsenden großen Kerl drei. Nun näherte sich der »Typ mit den Magritte-Schuhen«, wie Vetter Donald ihn angelegentlich getauft hatte. Schuhe aus (hoffentlich imitiertem) Schlangenleder, die grotesk deutlich die Zehen modellierten. »Sind hier noch«, fragte er Onno, »drei Plätze frei?«

»Ähm«, sagte Onno – und rückte beflissen einen Stuhl Richtung korpulente Dame auf. »Jetzt ja. Den«, er deutete auf den Stuhl zur Linken, »muß ich freihalten, nech?«

»Zu spät«, sagte plötzlich der mit den surrealistischen Schuhen und folgte seinen Kumpels, die gerade an einem anderen Tisch Platz nahmen.

»Okeh«, sagte Onno und setzte sich auf seinen ursprünglichen Stuhl zurück. Woraufhin ein Pensionär mit beigefarbener, schußsicherer Funktionsweste auftauchte. Und der fragte: »Sind hier noch drei Plätze frei?«

»Ähm«, sagte Onno, »im Prinzip ja«, und rückte eins auf, und der große Kerl und die Dame mit der schönen Stimme lachten bereits wohlklingend, und dann stieß die Gattin von dem mit der Weste hinzu, und so war Vetter Donald irritiert bis angewidert, als er bei der Rückkehr einen fratzenverseuchten Tisch vorfand, an dem man sich offenbar mit Lichtgeschwindigkeit verbrüdert hatte, und als Onno ihm umständlich den Grund der Heiterkeit erläuterte, sagte wiederum die Frau des Westenmanns: »Aber wir brauchten doch nur *zwei* Plätze«, und da explodierte Willem II geradezu vor Lachen und brüllte Onno zu, dann könne er sich ja wieder zurücksetzen, und alle, alle hatten ihren Spaß.

Fast alle.

Nachdem sich jene beiden Parteien kurz nacheinander verabschiedet hatten, übernahm das Kränzchen Krankenschwestern ihre Plätze – und gleich nach dem Austausch der ersten Freundlichkeiten jauchzten sie kollektiv auf vor Wiedererkennungsfreude, als nämlich ein Glöckchengebimmel und begleitendes »Juhuuu!« in Hirtenknabensopran erklang. In den anschließenden melodischen Schlachtruf stimmten sie dann im Chor ein: »*Schnapsi*-Taxiii!«

Onno hatte mit dem Phänomen schon Bekanntschaft gemacht, am Vorabend, als er allein diniert hatte, weil Vetter Donald das Essen wegen seines Rendezvous mit Kristin Luise hatte ausfallen lassen. *Juhuuu! Schnapsi-Taxiii!*

Donald zuckte zusammen. Zog den Kopf samt Hut ein und wandte sich nach dem Anlaß des kindischen Getues um: der »kleine Molukke«. Er schob, begleitet von seiner europäisch anmutenden Assistentin, eine Art mobiler Bar vor sich her und schwenkte dabei ein Glöckchen am Stiel. Und wieder gellte seine Kastratenstimme ... »*Ju*huuu! *Schnapsi*-Taxiii!«

Hin und her geboxt zwischen Abgrenzungsdrang und drängendem Bedarf, verzichtete Vetter Donald letztlich – auch wenn er mehrfach trocken schlucken mußte. So etwas aber ließ sich denn doch nicht mit seinem Stolz vereinbaren. »Ps«, zischte er. »Ks. Unglaublich. Unglaublich, sage ich. Schnapsi. Schnapsi«, er schnappte nach Luft, »Taxi. Unglaublich. Dieser kleine Molukke. Molukke, sage ich.«

Die eine der Krankenschwestern – zierlich, doch rotbäckig – sagte, wobei ihre Stimmbänder ein wenig bebten, sie wolle ihm nichts unterstellen, aber ob er was gegen Filipinos habe; falls ja, werde sie nämlich umgehend den Tisch verlassen.

Daraufhin verstummte Vetter Donald umgehend, soziopathischer Holzkopf, der er war. Und Feigling. Traute sich nicht einmal, die Augen zu verdrehen, sondern tat, als hätte er nichts gehört, bevor er die zweite SMS des Tages ins iPhone zu tippsen begann.

Woraufhin Onno sich beeilte und gütig grienend beschwichtigende Floskeln von sich gab wie der Besitzer eines angeblich zahmen Rottweilers.

Ausbaden mußte er das später am Abend, bei der Balkonzigarette. »Die dumme Nuß«, raunte Vetter Donald. »Ich Rassist? Ich bin Menschenfeind. Als Menschenfeind Rassist sein wäre weißer Schimmel. Ich hasse Menschen unabhängig von ihrer Herkunft, Haut- oder Unterhosenfarbe.« Und da er längst wieder besoffen genug war, hängte er einen wirren kleinen Monolog dran.

Wiewohl auf einer recht lustlos zusammengegoogelten Meinung fußend, enthielt dieser fraglos plausible Hypothesen. Formal aber handelte es sich um impressionistisches Ge-

schwätz. Es ging um »Ausbeutung auf internationalen Ge-
wässern«, um den »umkämpften Markt der immer billiger
werdenden Kreuzfahrten«, wobei »der größte Kostenblock
wie üblich der Lohnsektor« sei; es ging um »Währungsgefälle«, Ausnutzung von »natürlichem Fleiß und Freundlichkeit
und guter Laune«. De facto seien »die Molukken nichts anderes als Sklaven«, und als Onno einwendete, die meisten
machten aber nicht den Eindruck, als würden sie allzu bös
geknechtet, blaffte Vetter Donald: »Lächelnde Sklaven. Noch
schlimmer.«

Er merkte gar nicht, oder es war ihm Wurscht, daß er bei
Onno offene Türen einrannte. Onno war es, der eine ganze
Weile jenen »kleinen Molukken« beobachtet hatte, der am
Frühstücksbüfett stundenlang ein Omelett nach dem anderen briet; der bereits zweimal beobachtet hatte, wie ein gan-
zer Trupp Filipinos – bewaffnet mit Topfdeckeln, Kochlöffeln
und Rührstäben – einen Gast umringte, um mit vollkommen echt wirkendem Spaß eine kleine Kakophonie zum
besten zu geben: »Zum Gebuursdag viel Gloooock, zum Gebuursdag viel Gloooooock«, und dabei schepperten und
trommelten, was das Zeug hielt. Der beobachtet hatte, wie
umstandslos die Filipinos das leutselige Annäherungsbedürf-
nis offenbarer Stammgäste zu respektieren schienen. Onnos
Ehrgeiz aber, aus lückenhaften Informationen eine operatio-
nalisierbare Theorie zu zimmern, kümmerte seit seinem So-
ziologie-Studium auf niedrigstem Niveau vor sich hin, und
für die Bewertung einer etwaigen Win-win-Situation in
puncto Währungsgefälle fühlte er sich sowohl ethisch als
auch volkswirtschaftstheoretisch zu schwach auf der Brust.

Blieb Vetter Donalds Schnapsi-Taxi-Schelte auf der Ebene
überfeinerten Stilekels stehen? Oder drückte sich darin doch
eine auf verdrehte Weise rassistische Sicht aus, wonach den
»kleinen Molukken« als Querschläger der Vorwurf von un-

würdigster Unterwürfigkeit traf? Oder doch eine komplexe sozioökonomische oder gar anthropologische Kritik?

Falls Vetter Donald sich überhaupt derart weitreichende Fragen stellte, ließ es seine Suada schwer erkennen. Onno hingegen tat es, kraft hochentwickelter Herzensbildung – auch wenn er solche Fragen schwerlich hätte formulieren können. Oder auch nur wollen.

Und so war Onno es, der, im Gegensatz zu einem verdruckst sich wegduckenden Vetter Donald, sofort barm-, ja warmherzig einschlug, als einen Tag später »der kleine Molukke« ihm und Vetter Donald, im Vorbeilaufen in die Knie gehend, sanft und servil nur mal so zwischendurch »High Five« abforderte – in spektakulärer Fehleinschätzung der Situation und dessen, wen er da vor sich hatte … ›

Klatschte Entertainment Managerin Maren Vigoleit die Kinderchen nach der Märchenshow ab: okay. Klatschte der Nagelsepp (siehe unten) eine Naglerin nach dem Nageln ab: okay. Doch zwei verlebte Fischköpfe abklatschen, nur mal so zwischendurch beim Vorsichhindröhnen … warum? Weil sie noch papp sagen konnten?

Nun ja. Dürfte die geringfügigste Folge der Globalisierung sein. Wenn es einen »Welt-Mimik-Atlas« (*Hamburger Abendpost*) gab, demzufolge einundzwanzig Gesichtsausdrücke überall auf unserem Erdenrund in gleicher Weise aufgefaßt wurden – vielleicht täte es not, einen »Welt-Gesten-Atlas« zu erstellen.

32

Auch die zweite Seenotrettungsübung hat Vetter Donald dann überstanden – wider Erwarten dann doch überstanden –, vor allem dank einer »Schnellbesohlung« mit drei doppelten Wodkas, aber auch durch den Einsatz des glorreichen Sitzstocks.

Inzwischen hat Onno Entertainment Managerin Maren Vigoleits zweideutigen Satz vom Nageln entschlüsselt, indem er Vetter Donald einen Auszug aus *FLIP chart heute* vorlas:

Alpen-Schlager-Poolparty

Das Flipper IV Show Ensemble präsentiert Ihnen auf dem Pooldeck einen Querschnitt durch die Welt des Schlagers. Freuen Sie sich ab 22:15 Uhr auf eine bunte Show mit vielen Stimmungshits wie »Alice« oder »Er hat ein knallrotes Gummiboot«. Im Anschluß geben unsere Hüttenwirte den Startschuß zu einer Mordsgaudi. Neben allerhand Deftigem wartet auch der Nagelsepp am Holzpflock auf Sie. Wer sich im Laufe des Abends dann bei Fetenhits von den Plattentellern warm getanzt hat, kann sich bei einem frischen Weißbier an der Bar abkühlen. O'zapft is!

Was Vetter Donald elektrisiert, ist allerdings weniger der Nagelsepp als vielmehr der Auftritt des Flipper Show Ensembles. Und so – nachdem der Sitzstock auf der Kabine deponiert sowie die Yankee-Mütze, die statt Tirolerhuts zur Übung aufgesetzt, gegen einen khakifarbenen Tropenhelm ausgetauscht worden ist – mischen sich Leib und -wächter unters vergnügungssüchtige Volk. Trotz Fratzenalarms, trotz all der Enge macht Vetter Donald in den nächsten zwei Stunden einen halbweg stabilen Eindruck, hat aber auch ständig ein Glas Alkohol in der Faust.

Punkt 22:15 Uhr sagt die omnipräsente Entertainment Managerin Maren Vigoleit die Show an. Donald kann sich nur schwer entscheiden, von welchem Standort aus er das Spektakel verfolgen will – in nächster Nähe des Geschehens, am Fuß einer der beiden Treppen zum Beispiel, die über das

Felsplateau hinterm Pool führen? Oder von der Empore aus? Schließlich entscheidet er sich für letztere, und als der lustige bunte Haufe mit professioneller Energie über Stufen und Plattform stürmt und dabei einen nostalgischen Gassenhauer nach dem anderen intoniert, winkt er Solistin Kristin Luise immer wieder zu, düster grinsend wie ein Untertertianer, steifbeinig wie ein Greis und angesichts seines Tropenhelms auch wie der bekloppte Schmetterlingsforscher aus irgendeinem Filmabenteuer der frühen 60er.

Eine von Kristin Luises Kolleginnen erinnert Onno an die Edda der frühen Jahre. Das kurze Kleid mit dem Flower-Power-Muster, die schönen, schieren Beine … *deine Liebe, die ist schuld daran* … Lebensfreude in Bewegung, und am Schluß der Einheit animieren zwei junge Frauen in Dirndln am Fuße der Treppen die umstehenden Kinder, Zugabe zu fordern.

Anschließend Spot auf Entertainment Managerin Maren Vigoleit, die Zusatzapplaus anregt – der gern und reichlich gegeben wird –, und sagt: »Ach ja, und war das Wetter heut nicht wieder phantastisch? Achtundzwanzig Grad, zu Haus sind's fünfzehn, und deshalb mal für alle, die uns heut verlassen mußten: Ooooch …« Und der gesamte Feierstaat stimmt in die putzige Häme ein, und dann fügt sie hinzu: »Und hier darf jetzt die ganze Nacht genagelt werden, und ich übergeb mich jetzt an DJ Willi. Viel Spaß!«

Ohne daß Onno es sogleich bemerkt hätte, ist Vetter Donald schon vor der Zugabe wieder ein Deck tiefer gezattert, um Kristin Luise abzufangen – vergeblich. Mitsamt ihrem Ensemble ist sie durch irgendeinen Nebenausgang verschwunden.

Als Onno seinem Gebieter nachfolgt, sieht er ihn auf Entertainment Managerin Maren Vigoleit einraunen, wobei er wiederum ungewöhnlich verbindlich mit dem freien linken Arm fuchtelt.

»Hat versprochen, ihr eine Nachricht zukommen zu lassen«, raunt Vetter Donald, als Onno bei ihm anlangt.

»Was?« Hilflos deutet Onno auf sein Ohr.

Donald winkt ab.

In den kommenden anderthalb Stunden versuchten die beiden u. a. halbherzig, Regeln und Ziel des Nagelspiels zu eruieren – letztlich vergeblich. Der Nagelsepp – Bergschuhe, Kniestrümpfe, kurze Lederbuxen, ein Hemd wie ein Geschirrtuch und Deppenhütchen – gestikuliert auf vier, fünf Spielkameraden ein, die um einen Baumstumpf herumstehen, in dem Nägel stecken, bla, bla; letztlich geht's ums Saufen irgendeines Brechwurzbrands, doch wie und was und ob zur Belohnung oder Strafe, erschloß sich weder Donald noch Onno.

Auf Anhieb selbsterklärend hingegen die Flipper-Apotheke. Durchs dichtgedrängte Partyvolk bahnt sich ein Filipino im Chirurgenkostüm (inkl. Maske) seinen Weg, indem er einen Barwagen vor sich herschiebt, ausgestattet mit blinkendem Blaulicht und im Warhol-Stil angeordneten schlanken Schmuckkartönchen. Sie enthalten die »kultigen« (Flipper TV) Flipper Flips, das zentrale, ja einzige Medikament der Flipper Apotheke, verabreicht von einer sexy Krankenschwester – weißes Kittelchen, rotes Stirnband, Stethoskop –, die den Chirurgen begleitet. »Auch wenn allegorisch nicht hundertpro konsistent«, raunt Vetter Donald, »das wird jetzt probiert«, und mitsamt seiner Beute verziehen sie sich in die Hemingway Lounge.

»Von erfahrenen Seeleuten empfohlen!« liest Onno vom Karton ab, aus dem Vetter Donald ein hübsches, schlankes Fläschchen gezogen hat, dessen Emblem das auf dem Karton zitiert: ein Anker mit einem roten Kreuz. »Der wohltuende

Kräuterlikör mit Wermut und Pfefferminze steigert die Seetüchtigkeit und gleicht Schwankungsgefühle aus, haha. Nech?«

Vetter Donald schraubt den Deckel ab, schnüffelt an der Öffnung und verkostet einen herzhaften Schluck. »Hm«, raunt er schmatzend. »Sehr kräuterhaft, ja. Beißende Pfefferminze, sehr süß. Hauch schwarzer Pfeffer. Hauch von Hustensaft. Flasche sehr wertig. Liegt gar nicht schlecht in der Hand, wie 'ne Waffe. Aber weil so schmal, auch ein bißchen … indifferent. Moment. Je länger ich es bedenke, desto mehr hat es dann doch was obszön Flötenhaftes, ja nahezu Weibisches. Mit lackierten Nägeln faßt sich das besser an.«

Das war dann auch schon der Hauptspaß des Abends.

Alpenbums. Dröhnung. Fratzen. Nach den drei doppelten Wodkas und dem Flipper Flip sowie zwei Maß Weizen noch'n Gin Fizz. Und noch einen. Und noch einen Absacker, und einen für den Weg.

Keine Kristin Luise. Nirgends.

Gegen halb eins ziehen sie sich auf die Kabine zurück. Vetter Donald – weil solide angetrunken – traut sich trotz Tarantino Brothers sogar auf den Balkon, um Onno seine Molukkenanalyse zu präsentieren.

Rauchend schaut Onno über die Reling. Schwarzer Seegang, entlang dem Schiffsrumpf von der weißen Gischt rauschend gesprengt. Am Horizont immer noch die nächtliche Küste Mallorcas, die Lichter in den Bergen, dicht an dicht in den Tälern und die Hänge hinauf; davor aber schattige Verblendungen – Vorsprünge in der Silhouette, vermutlich unbewohnbarer Karst. Darüber Wolken, mit dunkelgrauem tropfendem Gottesquast in den dunkelblauen Himmel getupft. Eine zerläuft überm Mond.

In der Frühe gegen fünf – als Onno der übliche Blasendruck weckt – vernimmt er außer der letzten Silbe seines eigenen Schnarchens in unmittelbarer Nähe ein Geräusch, so besorgniserregend und peinlich, daß er geistesgegenwärtig weiterschnarcht, um den Verursacher nicht in Verlegenheit zu bringen. Ein gespenstisches, käuzchenhaftes Uuu und ein langgezogenes, kehliges Aaaaaa, gefolgt von rhythmischen Preß- und Schluchzkrämpfen.

Als der Vorgang sich wiederholt, wird Onno klar, was *genau* da vorgeht, und so bleibt er liegen, schnarcht hellwach vor sich hin, bis ihm fast die Blase platzt, und belauscht notgedrungen, wie es seinen Bettkumpel nach der langjährigen Gefährtin Uta verlangt.

33

Fünfter Tag an Bord. Mittwoch, den 23. Oktober 2013, vormittags. Seetag. Auf dem Weg nach Cannes (Frankreich).

... *Silbersonnen, Gluthimmel, Perlmuttfluten* ...

Wie unschwer vorherzusagen, liegt Vetter Donald in Sauer. Gegen elf, als das Apocalypso schließt, schmuggelt Onno im Rucksack zwei belegte Brötchen von dort in die Schicksalskabine 7119 – nur für den Fall, daß sein Schützling Appetit entwickeln sollte –, nebst einem Schock Flipper Flips aus der Flipper Apotheke zwecks gefälliger Reha.

Vom malträtierten Schädel des Rekonvaleszenten baumelt eine Zipfelmütze, wie von Wilhelm Busch skizziert. Stumpfsinnig zappt der Chef durch die Kanäle, während er seine Medizin einnimmt. Undankbar. Ja, der Undank hängt in der

Atmosphäre wie Leichengestank. Soll Onno aus dem steinbeinernen Schweigen einen Vorwurf heraushören?

»Zu lange gedauert?« fragt er, vage genug.

Die Antwort ist »nein«, doch durch die Einsilbigkeit ist die scheinbare Eindeutigkeit in Wirklichkeit auch vage.

Onno mustert ihn verstohlen. Die Augen hinter der Panzerbrille glänzen vor Dauerpanik, denn erstmals seit der gesamten Reise macht es sich bemerkbar, daß dieselbe auf Wasser vonstatten geht – schwach bemerkbar, aber bemerkbar.

Da sie sich auf hoher See befinden, ist Onno unklar, ob er seinem Pascha nun lückenlos Gesellschaft leisten soll. (Die Durchsage des Kapitäns vorhin an Deck – die Landmasse, der das Schiff momentan am nächsten sei, sei der Meeresboden – behält er lieber für sich. Nicht, daß Vetter Donalds Teint noch einen Grünton zulegt.) Angesichts der Grabesstimmung verschiebt Onno den Zeitpunkt der Erörterung, ob er sich allein an Deck herumtreiben darf. Er beschließt, ein bißchen gut Wetter zu machen, und richtet sich in der Rattanecke ein. Daß er sich nicht auf den Balkon verkrümelt, obwohl das Wetter dazu einlädt, ist als zweigleisiges Angebot gedacht: Ich bin bei dir, und wenn du allein sein willst, mußt du was sagen.

»Tjorp …«, knödelt Onno. »Immer noch keine Nachricht?«

»…«

»Vielleicht … ähm …«

»Was.«

»Tjorp … ähm … Hat Kristin Luise eigentlich auch ein iPhone?«

»Ja. Wieso.«

Obwohl er daran selbst gar nicht glaubt, entwirft Onno das Denkspiel, ob Vetter Donald mit seinem iPhone wohl Kristin Luises würde orten können. »Womöglich, nech?, könntest du dann erkennen, ob sie sich auf dem Crew-Deck befindet oder auf einem anderen.«

»Nie und nimmer.« Doch da der Kater nicht so schwer wie der vom Vortag ist, versteckt Donald seine schwach ausgeprägte, aber immerhin vorhandene Neugier hinter einer Art unausgesprochenem Wettangebot. Wenn er ihn einfach machen und rumspinnen läßt, was kostet's ihn schon. Und immerhin war der Mann mal Privatdetektiv, oder? Donald wirft das Endgerät auf die andere Bettseite, von wo Onno es eifrig aufklaubt.

»Njorp«, knödelt Onno, während er auf dem Smartphone herumtipst und -wischt, »ich hab ja nur so'n uraltes Stupidphone, aber ich hab mich mit Eddas mal ausgiebig befaßt, nech?«

Und dann quasselt er los, hauptsächlich, um die Arbeitsatmo zwischen Hiwi und Boß wieder auf Betriebstemperatur zu bringen; quasselt von meinem ausgedienten iPhone, das ich eigentlich ihm hatte vererben wollen, welches er dann aber Edda zum vergangenen Geburtstag schenkte, nachdem er die wochenlangen Personalisierungsarbeiten hinter sich hatte; quasselt von einem Simlock, das er zu dem Zweck »rausmachen« lassen mußte, weswegen er zu einem Store von WideNet fuhr, wo ihm erzählt wurde, er müsse sich einfach irgendwo ins WLAN einloggen, und dann könne er sich selber freischalten – was natürlich mitnichten der Fall war, so daß er noch mal zurück in den WideNet Store mußte, wo sie ihn auf die Homepage von Apple verwiesen, die dann mehrere Tage nicht zu öffnen war, woraufhin Onno irgendwann auf eine Seite gelangte, auf der er die Daten meines iPhone eingeben und es angeblich freischalten konnte, was innerhalb der nächsten Tage passieren sollte, doch immer wenn er bei iTunes versuchte, das iPhone anzuschließen, stand da, sein Auftrag könne zur Zeit nicht bearbeitet werden oder so ähnlich, und er solle es in ein paar Tagen noch mal versuchen, was er dann auch mehrfach tat, ging aber nicht; und daraufhin rief er bei der Hotline an, wo man ihm einen Vertrag für 30 Euro andrehen wollte, damit sie überhaupt mit ihm redeten; das wollte Onno aber nicht, zumal das vorangegangene Gespräch mit dem Roboter vermutlich schon an die 1000 Euro gekostet hatte; woraufhin Onno dann zu einem iShop ging, wo sie ihm seltsamerweise auch nicht auf Anhieb weiterhelfen konnten, sondern einen Termin anboten für den nächsten Tag, der am nächsten Tag dann aber aus dem Computer verschwunden war; Onno jedoch ist einfach stur sitzen geblieben, und nach gefühlten fünf Stunden durfte er einem langhaarigen iNerd mit Fusselbart und T-Shirt, das nach Meerschweinchen roch, seine Geschichte erzählen, so daß der dann ein paar Fragen stellte, u. a. wem das Gerät vorher gehörte, und dann schloß er das iPhone an einen Computer an, und nach etwa einer halben Stunde war der Bann tatsächlich gebrochen.

»Moment mal«, raunt Vetter Donald. »Bist du tatsächlich drin?«

»Njorp«, knödelt Onno voll falscher Bescheidenheit.

»Woher ...« – hast du mein Paßwort, wollte er sagen, doch die Antwort konnte er sich selber geben. Und tat es auch. »Na gut. Na gut, in diesem Fall war's wohl nicht so schwer zu erraten ...«

Und so kaspern sie da bis Mittag in der Kabine herum. Und geht auch das aus wie's Hornberger Schießen (natürlich benötigte Onno das Paßwort von Kristin Luises iPhone, um es orten zu können) – die Stimmung hat sich am Ende erheblich gebessert, und da Vetter Donald schon wieder einen sitzen hat von der Kombination Lora / Schnapsi, wagt Onno die Frage, ob er, Onno, sich am heutigen Seetage eigentlich frei an Bord bewegen darf.

Die Antwort diesmal so eindeutig wie nur was: »Was. Wie. Ich bin doch kein Säugling.« Er würge jetzt eins von den Brötchen runter, und dann sei sowieso Siesta angesagt.

34

Und so geht Onno zunächst ein bißchen schlemmen.

Da Landausflüge heut ins Wasser fallen, ist das Gedränge im Apocalypso ein geradezu babylonisches. Vetter Donald wäre nur mit einer Machete durchgedrungen. Folgenden tragischen Dialog vernimmt Onno beim Anstehen vor den Eisbomben von irgendwo hinterrücks:

Weibliche Stimme:	*panisch* »Ich hab dich überall gesucht.«
Männliche Stimme:	*stoisch* »Ich war die ganze Zeit neben dir.«

Mit wohlgefülltem Wanst ruht Onno ein wenig in der Hemingway Lounge. Plant, den halben Tag an Deck zu verbringen. Angebote zur Zerstreuung gibt's genug – wie der *FLIP chart heute* informiert.

Für den Hochsteck-Workshop im Body & Soul Spa ist es zu spät – in doppelter Hinsicht. Zur Weinprobe im À-la-carte-Restaurant fühlt er als Biertrinker sich nicht berufen. Fruit carving im Markt-Restaurant? Dann könnte er Edda nach der Heimkehr mit Kohlrabiröschen und Apfel-Schwänen zurückerobern. Darts auf dem Pooldeck? Darin ist Onno in seinem eigenen Plemplem damals gar nicht schlecht gewesen. Shuffleboard ebenda? Preview der Werke der Kunstauktion in der Flipper Bar? Tanzkurs »El Tiburon« oder »Salsa« oder »Discofox für Einsteiger«? Familien-Boccia? Kameraabend? Sunset Volleyball? Uhrenabend, Porträt-Shooting, Bingo?

Onno streunt ein bißchen über die Decks. Vereinzelt und in Kleingruppen toben Kinder mit Zetteln durch die Säle und Korridore – Schnitzeljagd, vermutlich –, und Onno sieht's mit Wohlgefallen. Onno mag Kinder. (Vetter Donald haßt sie. Natürlich. Sind ja auch nur Menschen.)

Wo Vetter Donald Fratzen sieht, erkennt Onno Leute. Hier und da versucht er, ins Gespräch zu kommen. Doch selbst bei beiderseitigem guten Willen – es versickert im Nichts.

Es ist, als spürten alle, daß er nicht hierher gehörte.

Selbst die Männer und Frauen, denen selbst Onno ansieht, daß sie sich nur deshalb auf ein Flipper-Schiff trauen, weil sie sich auf einem Flipper-Schiff nicht deplaciert vorkommen, so wie sie aussehen – selbst die scheinen zu spüren, daß Onno nicht hierher gehört.

Schließlich kauft Onno sich vermittels gütigen Grienens in eine Doppelpartie Tischtennis ein – Vater, Mutter und unglaublich entzückendes, ehrgeiziges, talentiertes neunjähriges Töchterchen namens Alina, mit langen schwarzen Locken und einem Lächeln beim Abklatschen nach gelungenen Schüssen, daß Onno vor Wonne und Rührung dahinschmilzt.

35

Als er gegen 18:30 in die Kabine zurückkehrt, um nach dem Rechten zu schauen und sich fürs Abendessen frisch zu machen, findet Onno Vetter Donald – anstatt in regeneriertem, lausbübischem – in einem Zustand fortgeschrittener Dekompensation vor.

»Wo warst du denn«, raunt er – ungefähr jedenfalls. »Ich hab dich überall gesucht.« *'ch'hbdch'ülsu'd.*

Wackligen Kopfes versucht er, Onno durch die Brille, durch diesen Sextanten von Brille mit halblidrigen Reptilaugen zu fixieren. Ans Kopfteil gelehnt, liegt er breitbeinig auf dem Bett, Kordhose samt Boxershorts bis zu den Knien heruntergezogen. Nicht das, was man befürchten könnte; sein (großer Gott: rasiertes) Geschlecht nichts als einziger Ziegeneuter, und er hantiert mit einer Tube Salbe. Die Hemdschöße hat er bis unters Kinn gerafft. Auf seinem Kopf balanciert er eine mit Straß und Katzengold besetzte, hochbordige rote Kappe mit Kreuz, eine Kreuzung aus Mitra und Krone Karls des Dicken.

Auf Onnos Bettseite ein breitgefächertes Stilleben aus geschlossenen, geöffneten und leeren Schmuckkartönchen sowie dunkelbraunen und transparenten schlanken Fläschchen. Eindeutig Nachschub.

»Ich? Äh … auf dem äh … Schiff«, knödelt Onno, »’ch, ’ch, ’ch. Liebes Herzjesulein«, summt er, und als er merkt, daß er seinen Chef nachäfft, ernst werdend: »Was’ denn passiert?«

Nur die Hälfte ist aus dem anschließenden, labial geraunten Bericht erschließbar; immerhin vermutlich die essentielle.

Demnach hat sich Vetter Donald – nach einem Nickerchen leidlich erholt – noch an Deck gewagt. Hat die omnipräsente Entertainment Managerin Maren Vigoleit im Bug-Treppenhaus angetroffen und einmal mehr nach Kristin Luise gefragt, vergeblich. Hat an der Rezeption einmal mehr nach Kristin Luise gefragt, vergeblich, vergeblich. Hat sich an der Anytime Bar einen eingeschenkt (oder auch zwei) und nach Kristin Luise gefragt – vergeblich, vergeblich, o so vergeblich.

Und hat sie von jener Brücke im Body & Soul Spa aus, die zwischen dem Golfsimulator und einer Herde stationärer Drahtesel hindurchführt, auf eben einem davon entdeckt.

»Bzwsss, bzwssslfsfmlfbd.«

»Was? Zorry, hab nich –«

»*Lauf* bnd. 'fm *Lauf* bnd.«

Ah.

Nachdem Onno eins und eins addiert hat, ersteht folgende Szene vor seinem geistigen Auge: Sängerin und Tänzerin Kristin Luise Marhold (26) bei einer für ihren anstrengenden Job dringend nötigen Sporteinheit. Ferner Bischof Wirrkopf (54), die weiße Fahne des aktiven Wacholderianers auf schwankendem Vollpfosten gehißt, der vorwurfsvoll von achtern auf sie einraunt. Keine allzu krasse Überraschung, daß die Begegnung in einem »t'taaln Zwfns« endet.

»Zorry«, fragt Onno, »Zw...?«

»*Zwf*ns. T'taal. T*taals* Zwfns. Ze-wfns saich. M'mnt, hehe ... Zer-wwfnis.«

»Ah!« grient Onno erfreut. »Zerwürfnis!« Um dann, versteht sich, umgehend von Freude auf Mitgefühl umzuschwenken.

Unterdessen läuft die ganze Zeit der Fernseher. Auszug aus dem *FLIP chart heute*:

Auf Sendung: Flipper TV live mit Marco

Ab 18:15 Uhr geht es in den Vorabend mit den täglichen 45 Minuten Live-Fernsehen. Die heutige Flipper TV live Gewinnspielfrage: Wieviel Kilo Wäsche werden durchschnittlich an einem Tag an Bord gewaschen?

Im meerblauen Flipper-Polohemd sitzt Moderator Marco an einem Tischchen und schaut uns in die Augen. Neben ihm die omnipräsente Entertainment Managerin Maren Vigoleit (Gewinnspielfrage morgen: Wie viele Klone von Entertainment Managerin Maren Vigoleit gibt es an Bord der Flipper IV?), die grad mit professioneller Bescheidenheit die Lobeshymne einer Anruferin auf die Flipper IV entgegennimmt:

»Ja, nicht? Man muß nie selber fahren und kommt doch immer irgendwo an. Okay, wir würden uns freuen, wenn ihr auch beim Theater dabei wärt, und drücken fürs Gewinnspiel alle Daumen und Zehen.«

»Okay, alles klar, danke!«

»Tschühüs!«

»Wollen wir jetzt mal«, fragt Moderator Marco seine Chefin, »erzählen, was im Theater passiert?«

»Ach so ja, wir haben ja schon dreimal angesetzt, aber man soll ja den Spannungsbogen auch immer 'n bißchen aufbauen. Heute abend bringen wir Kapitän York Jessen um 21:30 Uhr auf die Bühnenbretter, Clubdirektor Frank Michaelsen und ich sind heut abend natürlich auch noch mal wieder dabei, uuuund nicht zu vergessen das grandiose Flipper IV Show Ensemble, und das entführt Sie diesmal in die Zukunft, genauer gesagt, ins Jahr 2099. Man darf sich hier heute abend auf ein furioses Medley von Michael-Jackson-Hits freuen und auf eine spannende Geschichte von Rivalität und Liebe.«

»Auf jeden Fall. Und auf jeden Fall haben wir auch noch 'ne ganz tolle geniale Wahnsinns-Superparty heute abend, nach dem Theater.«

»Und die heißt wie?«

»Die heißt Dreißig-Minuten-Motto-Mix-Party, in der Anytime Bar.«

»Und das bedeutet?«

»Das heißt, daß wir alle dreißig Minuten eins unserer grandiosen Mottos durchwechseln werden, der DJ spielt dreißig Minuten die besten Hits aus den Siebzigern, dann kommen dreißig Minuten lang vielleicht die tollsten Beach-Party-Hits, oder aber Latin haben wir noch dabei, dann haben wir ein Motto, das nennt sich Millennium, d. h., wir spielen alles, was nach dem Millennium gelaufen ist, wir haben unsere Black-and-White-Party —«

Überraschend kippt Entertainment Managerin Maren Vigoleit vornüber und gibt ein Schnarchgeräusch von sich.

Marco, bißchen beleidigt: »Was war'n des?«

»Bin kurz eingeschlafen.«

»Warum?«

»Na ja, weil's so spannend war.«

»Entschuldigung?«

Vetter Donald bekommt selbstverständlich nichts mit. Onno aber empfindet es als zutiefst tröstlich, daß auch die Stars des Bordfernsehens nicht ohne menschlich-allzumenschliches Gezicke auskommen.

36

Kurz darauf schläft Vetter Donald ein – und seinen Rausch hoffentlich aus –, und Onno macht sich auf die Socken ins Apocalypso. Blättert während des Essens im *FLIP chart heute*.

Dangerous Love
Ab 21:30 Uhr begrüßen Sie Kapitän York Jessen, Clubdirektor Frank Michaelsen und Entertainment Managerin Maren Vigoleit zur zweiten Theatershow. Anschließend präsentiert Ihnen das Flipper IV Show Ensemble eine mitreißende Inszenierung mit der einzigartigen Musik des legendären King of Pop Michael Jackson. Nach dem Untergang der Erde im Jahre 2099 treffen zwei rivalisierende Gangs aufeinander, und eine Geschichte von Hoffnung und Verzweiflung, Leid und Glück, Rivalität und wahrer Liebe beginnt.

Zweieinhalb Stunden später, nach ausgiebiger Schlemmerei inkl. zwei Desserts und Schnapsi, trottet Onno ins Theater. Von oben bereits erkennt er zu seinem Entsetzen einen Typen mit Jakobinermütze, mitten in der ersten Reihe.

Um das Schlimmste zu verhüten, gesellt sich Onno Vetter Donald bei, der übrigens nicht gerade wie ein Duftbäumchen riecht. Unter einer Gewitterwolke von Boss Men ein Sumpfnebel von Alkohol. Immerhin spricht – beziehungsweise raunt – er deutlich. Scheint leidlich bei Sinnen zu sein. Wiederum füllen sich die Ränge, und wiederum werden die Saallichter gedimmt, bis sie erlöschen, und zum aufsprudelnden Applaus kommt im Lichtkegel eines Scheinwerfers ein zweieinhalb Meter großer blauer Stoffdelphin mit bewimperten Augen und manischem Grinsen aus dem Seiteneingang angewatschelt. Ein Delphin auf Gänsefüßen. Offenbar aus dem Kids Club entlaufen. Mit seinen Flossenärmchen gibt er sich selbst den Marschtakt vor, und das Publikum steigt darauf ein, bis es nahezu vollzählig mitklatscht – inklusive Onno, sitzend zur Linken Donalds.

»Sofort aufhören«, raunt der. »Sonst fristlose Kündigung.«

»'ch, 'ch, 'ch …«

Zu Donalds Rechten eine Mittvierzigerin mit Jungsfaçon und ziselierten Brillenbügeln. Fanatisch drischt sie *ihre* Flossen aufeinander, wippt im Takt auf Hintern und Fußballen, ja schwingt gar mimisch mit. Bei jeder linkischen Bewegung des Frotteeflippers wallt tiefenpsychologisch Rührung auf.

Und offenbar ist sie unfähig, ihre Ekstase isoliert auszuleben. Regelmäßig schaut sie nach ihrem Mann, ob daß er auch bei der Stange bleibe, und aber eben auch nach links. Wo dieser alkoholisierte, angesengte alte Klabautermann mit der lächerlichen Mütze stocksteif und renitent dahockt – und nicht nur nicht mitklatscht, sondern unverständlich, doch unverkennbar Verachtung entäußert.

»Sünd wi denn all dooor? Jooor! Ich dekompensiiier gleich.«

»Scht«, macht Onno, gütig grienend.

Das Theater füllt sich immer weiter. Leider passen nur 1000 Menschen hinein, und die ersten überzähligen setzen sich auf die Treppen und in die Gänge.

Inzwischen sünd wi Wachs in Flippers Flossen. Bzw. Marionetten. Den Marschtakt können wir. Nun versucht Flipper (= intelligent), uns für höhere Aufgaben zu schulen. Da er nicht sprechen kann, vermittelt er pantomimisch, was er von uns will: Der Backbordflügel des Auditoriums soll zweimal klatschen, der Steuerbordflügel einmal. Überstürzt versucht er die Generalprobe, und sie geht voll kraß schief. Flipper muß sich ganz doll fremdschämen, und in einem Orgasmus von Selbstironie kreischt Frau Zisel auf.

Neuer Versuch. Flipper fuchtelt und wedelt, und wir verstehen: Lassen wir die Vergangenheit hinter uns! *Jetzt* aber! Also: zweimal Backbord, einmal Steuerbord. Auf geht's, Aaachtung …: Klatschklatsch – *klatsch*. Klatschklatsch – *klatsch*. Wahnsinn! Das ist Wahnsinn! Und dann noch mal im Ernst, und siehe: We will – we will – rock him!

Wir applaudieren wie im Serotoninrausch. Frau Zisel schwebt im siebten Himmel. Doch sie will noch höher hinaus. Will, daß wir *alle* in den Himmel kommen, und deshalb tut sie, wagemutig und tatkräftig, wie sie nun mal ist, etwas Unerhörtes: Sie initiiert eine Neuauflage des Marsches. Ja: Soll ruhig jeder sehen, wer diese Frau da in der ersten Reihe ist, die sich der guten alten, identitäts- und gemeinschaftsstiftenden Sitte des Marschtaktklatschens erinnert und sich nicht zu schade ist, den Startschuß abzugeben, o nein.

Nun ist die Lage aber die, daß da gar kein Marsch angesagt ist. Mitnichten. Keineswegs. Nein, nichts ist derzeit weniger angesagt als ein Marsch. Angesagt ist, daß der Theaterdirektor kommt – ganz casual im blauen Polohemd – und Flipper durch Fingerzeige auf seine Armbanduhr (jede Wette: wasserfest) bedeutet, wie verflixt spät es doch schon ist, und ihn von der Bühne zu lotsen versucht, indem er stumm, aber ausdrucksvoll gestikuliert. (Kann auch er nicht sprechen?)

Frau Zisel indessen muß nun wagemutig weiterklatschen. Was sie einmal angefangen hat, führt sie auch tatkräftig zu

Ende. Einfach aufhören? Wie peinlich wäre das denn. Da kennen wir Frau Zisel aber schlecht. Da sind wir aber an die Falsche geraten. Wir haben sie ja wohl nicht mehr alle. Nein! Frau Zisels Sache jedenfalls ist Duckmäusertum nicht. Okay, dann ist sie eben die einzige im gesamten Amphitheater, die da mit Tatkraft und Wagedings ihren Marschtakt durchzieht. Na und? Deswegen aufhören? Nichts da, das wird jetzt eisern durchgezogen – und wenn es tausendmal der eigene Gatte ist, der als erster blöde glotzt.

Und so klatscht sie im Marschtakt, klatscht und klatscht im Marschtakt, mutterseelenallein, und immer wieder mal reckt jemand den Hals nach ihr, nach ihr, der armen Irren in der ersten Reihe, und ganz allmählich stiehlt sich denn doch ein Zug in ihre Züge, der die Dämmerung des insgeheimen Wunsches verrät, es möge doch jemand Tatkräftiges und Wagemutiges kommen und sie anschreien oder ihr eine Ohrfeige verpassen oder die Arme abhacken. Und dann – während der Theaterdirektor seinen starrsinnigen Fisch an der Flosse von der Bühne zerrt – schafft sie's endlich, wenigstens zunächst noch vier, fünf Takte nur mehr auf den Schenkeln mitzuklopfen, bevor sie dann endgültig erlöst ist. Nur die Schultern zucken noch. Sie hat feuchte Augen, vor Entzug und Erleichterung und Scham, vor Wut und Haß und Selbsthaß.

Nun aber treten vor den Vorhang die Zeremonienmeister, Clubdirektor Frank Michaelsen und Entertainment Managerin Maren Vigoleit. Vorgeheizt durch Flipper, begrüßen wir in unseren casualen Ausgehsachen sie und sie in ihren schicken Uniformen wie immer uns, und natürlich haben sie auch wieder ein paar Döntjes mitgebracht: Da sind sie doch tatsächlich mal gefragt worden, ob die Crew das ißt, was die Gäste übriglassen.

Ach, unsere Dusselfraktion! Köstlich!

Und was antworten unsere Betreuer dann? »Nein! Genau umgekehrt: *Sie* essen die Reste der *Crew*! Deshalb heißt es ja auch *Rest*aurant!«

Vetter Donalds Simulation eines veritablen Vomitus geht glücklicherweise in der von vorfreudigem Applaus begleiteten Ankündigung Käpt'n York Jessens aus Hamburg-Övelgönne unter.

Und wie üblich treten unsere Adjutanten mit im Rücken verschränkten Händen einen Schritt zur Seite, und zum Mitklatsch-Beat von *He said captain, I said what* (Frau Zisel sucht tatkräftig etwas in ihrer Handtasche, findet es aber nicht) entert wiederum unser Vier-Streifen-Träger die Bühne und wehrt routiniert den tosenden Applaus ab. Diesmal scherzt er ein bißchen darüber, daß es heute vier Fälle von Seekrankheit gegeben habe, und erläutert deren beiden Hauptstadien – erstens die schlimme Erkenntnis: ich werde sterben; zweitens die noch schlimmere: ich werde *nicht* sterben.

Und in unser herzliches Gelächter hinein verabschiedet er sich wiederum mit dem Hinweis, er gehe jetzt dahin, wo an Bord er am dringendsten gebraucht werde – und wir freuen uns, es schon mitsprechen zu können: an die Bar nämlich –, und dann wünscht er uns viel Spaß und macht die Bühne frei für die Show.

Der Earth Song von Michael Jackson erklingt. Beschwörend halten wir die Handykameras gen Bühne. Auf den Vorhang projiziert werden Bilder von mausetoten Elefanten und gefällten Regenwäldern, von Stürmen und Sturmfluten, ja, gar von einem Delphin, der in einem Netz zappelt … Herrje, es ist eindeutig: *We're fucked* (Stephen Emmott). Die Welt ist tatsächlich untergegangen.

Die *ganze* Welt? Nein! Plötzlich scheinen einzelne Gesichter hinterm transparenten Vorhang auf, indem sie von unten mit Taschenlampen beleuchtet werden. Singende Gesichter. Und nach und nach stellt sich heraus, ein rundes Dutzend agiler junger Menschen hat die Apokalypse überlebt. Sie (Hobbys: Tanzen, Singen, Make-up) haben sich in zwei ca. gleichstarke Gangs organisiert, die man anhand ihrer Kluft unterscheiden kann: Die eine hat ein Lumpensammler geschöpft, die andere ein Gothic-Fan, der leicht an alte Autoreifen, schwarze Federboas u. ä. kommt.

Obwohl sie geschminkt ist bis zum Abwinken, erkennt Vetter Donald seine süße Feindin auf den ersten Blick. Am Lächeln. Melancholisch finster versucht er, sie mit Blicken in die Knie zu zwingen – vergeblich. Zum Greifen nah, versucht sie gerade, eine Schatzkiste zu öffnen (wird es aber erst am Ende der Show schaffen).

Eine gute Dreiviertelstunde geht die Show. *Beat it, Dirty Diana* etc., und am Ende kriegt sie die Kiste doch noch geknackt. Inhalt?

Spiegelscherben.

Denn: klar, nicht die herrschende politische und industrielle Kaste, sondern *The Man in the Mirror* hätte den Anfang machen müssen, *if he'd wanted to make the world a better place.* Mit andern Worten: wir! Na, zum Glück ist es ja eh zu spät.

»Der Gipfel des Zynismus«, raunt Vetter Donald, vor lauter enttäuschtem Liebhaberfuror nun wieder zu 100 Prozent Systemkritiker. »Flipper IV gleich Arche Noah oder was. Hab mal gelesen, daß eine einzige Kreuzfahrt soviel Ruß produziert wie fünf Millionen Pekawe auf der gleichen Strecke. Fünf Millionen, sage ich.«

37

Die nächsten zwei Stunden treiben sie sich hier und da herum. Schauen in der Nightfly Bar vorbei, wo auf zwei Panorama-Bildschirmen Champions League gezeigt wird – Bayern München gegen Viktoria Pilsen –, aber da weder Onno noch Vetter Donald sich für Fußball sonderlich interessieren und die Stimmung im Saal, wiewohl rappelvoll, eher nach Totentanz ist – nicht mal richtig Fußballgucken können diese Fratzen! –, machen sie kehrt, um die Sängerin in der Flipper Bar anzugaffen.

Wo sich, zwei Sitzgruppen weiter, auch die Flipper-Nixen verlustieren. Der süße Wink von Schwester Blondie ist deutlich exklusiv an Onno adressiert.

Gegen Viertel nach elf muß es gewesen sein, daß Vetter Donald – bereits wieder erheblich angetrunken, doch kleinlaut und niedergeschlagen – sich in die Kabine verabschiedet. Angetrunken genug, daß er auf Onnos Begleitung nicht zu bestehen braucht. Und kleinlaut genug, daß seine Trunkenheit ihm die provokative Lust an der Leichtsinnigkeit verwehrt. Kein *Nur zu, Tarantino Brothers! Kommt doch her, wenn ihr was wollt!* Doch allemal hoch genug der Pegelstand, um angstfrei ein unheroisches, masochistisches Märtyrertum zu imaginieren: *Da, bitte. Packt mich. Verklappt mich im Mittelmeer. Ihr tut mir einen Gefallen.*

… und sah die Riesenschlange, ein Fraß der Wanzenbruten, / vom Krüppelbaume fallen …

Onno, froh, noch ein bißchen ohne seinen Gönner sein zu können, bleibt. Fühlt sich besser. Spürt sich nachgerade genesen. Die Begegnung mit Wilhelm II und dem lila Godzilla, mit dem Rentner mit der kugelsicheren Weste und dem hübschen Kind beim Tischtennis; die Ausflüge, die Distanz zum Hamburger Problem-Salzstock hatten ihm gutgetan, und Vetter Donalds nächtliches Greinen hatte ihm ins Bewußtsein zurückgerufen, was Edda für ihn bedeutete.

Und nun auch noch: Auftritt Blondie.

In einer charmanten Mischung aus Schüchternheit und Dreistigkeit läßt sie sich in den Loungesessel fallen, den Vetter Donald soeben freigemacht hat, als habe sie nur darauf gewartet.

Wohlig erschrickt Onno.

»Hallo«, zwischert sie in die Musik, und dann schwatzt sie umstandslos los; wie schön sie die Musik findet; wie schön doch die Sängerin ist; daß sie Angst hat, von all dem guten Essen hier zuzunehmen – sie angelt nach Komplimenten, doch Blindfisch Onno beißt nicht an –, und so weiter, und so fort; sie scheint ein bißchen angeschickert. Und nach einem angenehmen Viertelstündchen beugt sie sich zu Onno hinüber und sagt: »Du hast ganz unwahrscheinlich schöne Augen, hat dir das schon mal jemand gesagt?«

»Tjorp, nech? Du aber auch, nech? 'ch, 'ch, 'ch …«

Sie wartet noch ein Weilchen, auf irgendwas, und betrachtet ihn nachdenklich lächelnd. Dann verabschiedet sie sich, indem sie Onnos Unterarm mit festem, warmem Druck ihrer beiden Hände liebkost und ihm ein Lächeln schenkt, nach dem sich 20 Jahre jüngere Kerle sämtliche verschwitzten Finger lecken würden.

Plötzlich spürt Onno, wie ihn eine Welle der Sehnsucht nach dem anderen Onno überspült. Dem Onno von früher, der trotz aller alltäglichen und alljährlichen Kalamitäten in sich ruhte und ausgezeichnet schlief; jenem Onno, der seinen Frieden mit der Welt gemacht hatte. Er denkt an uns, seine Sportsfreunde, die wir am heutigen Abend ohne ihn hatten auskommen müssen, und freut sich darauf, unsere Korona nächste Woche wieder zu komplettieren. Kurzum: Einmal mehr ermöglicht ihm seine angeborene Resilienz, sich an dem eigenen Schopf aus dem Sumpf zu ziehen.

Allein, das Schicksal hat etwas dagegen.

Etwa 20 vor zwölf mag es gewesen sein, als Onno mit dem Plan aufbricht, auf dem Pooldeck eine zu rauchen. Dort ist es ihm ein wenig zu frisch, und so trottet er gleich weiter mit Ziel Anytime Bar. Bierchen nebst Zigarettchen in behaglicher Nische mit Loungesessel unter Deck, danach steht ihm jetzt der Sinn. Um den verwaisten Tischtennistisch herum schlägt er den Bogen und betritt den Time Tunnel.

Wer oder was auch immer für Onnos dortige Begegnung verantwortlich war – Bestimmung, Zufall, der »liebe« Gott –, hatte kein sonderlich originelles Gespür für Symbolik. Daß Onno ausgerechnet im Time Tunnel ein eklatantes Wiedersehen mit der Vergangenheit widerfahren sollte, das wäre doch so platt wie nur was. Und doch schien es ziemlich genau das zu sein, was passierte.

Allzu lang ist der bläulich lumineszierende Tunnel ja nicht, doch Onno bereits zu weit vorgedrungen. Eigentlich wäre es an den beiden anderen, die ihm aus der Anytime Bar entgegenkommen, am Ausgang den Vortritt zu lassen. Sie tun es nicht. Schon das Mädchen – High Heels, Mini, blondierte Mähne – streift Onno mit maskuliner Attitüde, und der Kerl rempelt ihn derart hart, daß er am nächsten Morgen an der Vorderseite seiner Schulter ein leichtes Hämatom entdeckt. Nur Abklatsch dessen von seiner ersten Begegnung mit Tibor Tetropov, seinerzeit auf der Reeperbahn, vor der Eingangstür der *Ritze* – doch als Reminiszenz durchschlagend.

Onno faßt hin. Stützt sich mit dem Gesäß am Steggeländer ab, als er sich umdreht. Gafft.

Der Typ ist noch jung. 18, 20 vielleicht. Keineswegs gekleidet wie ein Schläger. Seine gelbgrünen Sneakers phosphoreszieren, die lange Hose scheint khakifarben, und das phosphoreszierende gelbgrüne Jäckchen mit geschlossenem Knopf darüber modelliert in Muskeln gegossene Kraft. Die gebräunte Haut unter der Bürstenfrisur glänzt wie poliert, und die gefletschten Zähne strahlen. Kaum größer als Onno – die Blondine hinter ihm überragt ihn –, doch solid wie ein Bullterrier. Er hebt die Hand, bedauernd, entschuldigend, doch seine Breitspurhaltung straft ihn Lügen. Er sagt etwas, für den Anlaß viel zu viel – drei, vier Sätze –, von denen Onno im Disco-Lärm aus der Anytime Bar nur einzelne Begriffe versteht, oder zu verstehen meint. Eindeutig allemal der hamburgische Zungenschlag. Da er die Wörter in keinen sinnvollen Zusammenhang einordnen kann, vergißt er sie sofort wieder – bis auf eines, das sich Milli- für Millisekunde als immer wahrscheinlicher in seinem Hirn sedimentiert: *Horfmkrängknhäouß.* Hafenkrankenhaus. Schönen Gruß aus dem Hafenkrankenhaus, oder so.

Onno steht da, die Hand an der Schulter, Gesäß gegens Geländer gestützt, und gafft den glänzenden Typen an, der da steht, die Hand wieder sinken läßt und die Zähne fletscht. Eine Ewigkeit steht er da, und zwei Schritte dahinter die Blondine. Dann macht er zwei Schritte rückwärts, und dann dreht er sich um und geht weg, und sie folgt ihm, und das war's.

Onnos Herz rast, als er sich in eine der Polsternischen in der Anytime Bar-Disco setzt. Es will und will nicht gelingen, sich eine Zigarette zu drehen, und so setzt er sich auf seine Hände und schaut den rund zwei Dutzend Frauen und Mädchen zu (nur ein Mann dabei), die auf ein geheimes Zeichen hin nach einer bestimmten Choreographie zu tanzen beginnen. Vetter Donald wußte – von Kristin Luise –, daß es sich um den *Moody Flipper Move* handelt, der, sofern die entsprechende Musik in der Disco ertönt, auf allen Schiffen der FLIP Flotte um 23:48 Uhr Ortszeit getanzt wird.

Das prägte sich in Onnos Gedächtnis wie der lila Pudel in seinen rechten Oberarm: 23:48 Uhr *Moody Flipper Move.* Als sei es ein Detail des Zusammenstoßes. Mit einem Menschen vielleicht, den Onno ein einziges Mal in seinem Leben gesehen hatte – als Zwölfjährigen, sechseinhalb Jahre zuvor, an der Eingangstür der berühmt-berüchtigten Absturzkneipe Lehmitz auf der Reeperbahn. Tibor Tetropovs Laufbursche.

Sünd ji noch all dor? Dann Vorhang auf zum ...

Nachspiel

Kasper Spackennacken
und Zycho, Dart Vadders Sohn

KASPER   Tri, trorr, trullorrlorr! Tri, trorr –

GRETEL   Mäch den Kopp zu, Späckennäcken!

KASPER   *wartet. Und wartet. Verwundert* Ohne
            Begründung?

GRETEL   Kännßu horrm, 'ne »Begründung«, dörr!

KASPER   *wartet wiederum* Jorr. Orrnd? Wie jetz'.
            Kommt noch wät, o'ä wät?

GRETEL   *schweigt*

KASPER   *beiseite* Weibär, dörr. *laut* Tri, trorr,
            trullorrlorr! Tri, trorr, trullorrlorr! Tri,
            trorr, trullorrlorr!

GRETEL   *schweigt tödlich*

KASPER   Äy, ich rede mit diär! *wartet* Päß bloß
            äouf, dörr! Sonß geh ich nemmlich ein
            säoufm! *wartet. Und wartet. Und geht
            einen saufen*

Nachspiel (in politisch korrekter Hochsprache)

Kasper Spackennacken
und Psycho, der Sohn des Dart Vadder

KASPER   Tri, tra, trullala! Tri, tra –

GRETEL   Schweig stille, Gemahl!

KASPER   *wartet. Und wartet. Verwundert* Ohne Begründung?

GRETEL   »Begründung«? Jederzeit!

KASPER   *wartet wiederum* Hm. Ja. Nun. Und nun? Wann darf ich denn damit rechnen?

GRETEL   *schweigt*

KASPER   *beiseite* Damen, du. *laut* Tri, tra, trullala! Tri, tra, trullala! Tri, tra, trullala!

GRETEL   *schweigt tödlich*

KASPER   Heda! Ich rede mit dir! Obacht, du, sonst gehe ich nämlich schnurstracks in die Schänke! *wartet. Und wartet. Und geht in die Schänke*

In 'ne Kneipe.

ZAUBERER   *ohne Hut, aber mit Mähne ab Fleischmütze*
Nü? Hot änor vön öisch meinen Hüt
gesähn?

KASPER   Äch, du bissäs, Zaubärär. Häddeh dich
fäs' nich' erkännt. Wollde grorrde
sorrgen, den sein Frisöä is' wohl Kom-
mäntscheh! Nee, häb' ich nich' gesehn,
zorry.

TEUFEL   Jarantiert jeklaut. Die Welt is' schlecht.
Die Welt is' so schlecht, det so'n Old-
Schul-Handwerker wie unsaeens bloß
noch staunen kann.

KASPER   Ach komm! Du häs' doch noch gänz
ännere Dinger gedreht, Diggär!

TEUFEL   Na ja, aba det is' vorbeie. Meene
jroße Zeit is' vorbeie, vastehste?
Det is' eenfach so. Muß man abzep-
tiern.

ZAUBERER   Ünd dü? Host <u>dü</u> meinen Hüt gesähn?

RÄUBER   *ebenfalls ohne Hut, Frisur dekorativ ver-
struwwelt* Ech ben zämlech secher, den
hab ech neulich bei däsem dorchgeknall-
ten Dreikäsehoch gesähn. Wie heißt der
noch.

KASPER   *hinter vorgehaltener Hand* Meins' du Zycho?

In der Schänke.

ZAUBERER   *ohne Hut, aber mit Mähne ab Halbglatze*
Hallo! Hat wohl jemand von euch meinen
Hut gesehen?

KASPER   Ach, du bist das, Zauberer. Hatte dich
beinahe nicht erkannt. Grad lag mir
folgender Scherz auf der Zunge: Der hat
wohl einen Komantschen zum Friseur!
Nein, tut mir leid, nicht gesehn.

TEUFEL   Gewiß gestohlen. Die Welt ist schlecht.
Die Welt ist so schlecht, daß ein traditio-
neller Handwerker wie unsereins nur mehr
staunen kann.

KASPER   Ich bitte dich! Du hast doch noch ganz
andere Kapriolen geschlagen, alter Junge!

TEUFEL   Nun ja, aber das ist lange vorbei. Meine
große Zeit ist eine gewesene, verstehst du?
Unabänderliche Tatsache, die man akzeptieren muß.

ZAUBERER   Und du? Hast <u>du</u> meinen Hut gesehen?

RÄUBER   *ebenfalls ohne Hut, Frisur dekorativ ver-
struwwelt* Ich bin ziemlich sicher, daß ich
ihn erst kürzlich noch bei diesem geistes-
kranken Burschen gesehen habe. Wie
heißt er noch …?

KASPER   *hinter vorgehaltener Hand* Psycho etwa?

TEUFEL   O Jott! Bitte nich!

RÄUBER   Zöcho. Genau. Der hat Ähren Hoot em
                Arm getragen, Herr Zauberer! Zor Ein-
                scholong. Als Zockertöte. Dä Dompf-
                backe, dä.

DART VADDER   *wie aus dem Nix am Dartboard
                stehend, an der linken Hand haltend Zycho*
                Redes' du etwa von mein' Sohn, du
                Kreorrtuä?

ALLE   *aufstöhnend* Dart Vadder!! O Gott, Dart
                Vadder! u. ä.

ZYCHO   *im Arm keineswegs den Hut des Zauberers,
                sondern eine Zuckertüte* Ich will Ritalin!
                Pappo, ich will Ritaliiin! Oder 'ne Ka-
                latschnikooow!

KROKODIL   Habt ihr nich' Hausverbot, ihr zwei
                beide?

DART VADDER   *schleudert ihm einen Dartpfeil in
                die Stirn*

KROKODIL   *verdreht die Augen* Wie oft hab' ich dir
                schon gesächt, däs wehrkt bei miär
                neeech?

ZYCHO   Ich ficke deine Mutter, du
                Hurensohn!

KROKODIL   Däs will ich sehn.

TEUFEL   O Gott! Bitte nicht!

RÄUBER   Psycho. Genau. Der hat Ihren Hut im
              Arm getragen, Herr Zauberer! Zur Ein-
              schulung. Als Zuckertüte. Dieser Wahn-
              sinnige.

DART VADDER   *wie aus dem Nichts am Dartboard
              stehend, an der linken Hand haltend Psycho*
              Meinst du etwa meinen eingebor'nen
              Sohn, du Kreatur?

ALLE   *aufstöhnend* Dart Vadder!! O Gott, Dart   231
              Vadder! u. ä.

PSYCHO   *im Arm keineswegs den Hut des Zauberers,
              sondern eine Zuckertüte* Ich will Ritalin!
              Vater, ich will Ritaliiin! Oder eine Kalasch-
              nikooow!

KROKODIL   Habt ihr nicht Hausverbot, ihr
              zwei?

DART VADDER   *schleudert ihm einen Dartpfeil in
              die Stirn*

KROKODIL   *verdreht die Augen* Wie oft habe ich schon
              gesagt, daß derlei Attacken bei mir
              unwirksam sind?

PSYCHO   Ich treibe U…t mit deiner Mutter, du
              H…n!

KROKODIL   Ach was?

ZYCHO	Ich will Crack! Ich will Pornos! Oder 'ne Kalatschnikooow!
KROKODIL	Jetz' geb' den Zaubärär sein' Hut zurück, und denn raus hiär. Sons' giepas was aufe Fonnanelle, dörr!
DART VADDER und ZYCHO	*verschwinden schlagartig*
ZAUBERER	*wie aus dem Nix mit Zuckertüte auf dem Kopf, überglücklich diese kosend* Nü! Nü!
TEUFEL	Jewalt. Rohe Jewalt. Und Androhung von roher Jewalt. Det is die einzje Sprache, die solche Leute heutzutare vastehn, wa?
	Stunden später.
GRETEL	*im Ehebett* Oh Männ, dörr! Wäs soll dässen sein, dörr! Die kürzeste Pralineh der Welt, odä wät?
KASPER	*lallend* Däs kommp, weil Zaubärär ein' Urorrnschnäbs näch'n ännän geschmissen hät!
GRETEL	Urorrnschnäbs, subä. Un' ich liech hiär mit meineh Fungßjohnswäscheh.
KASPER	Jorr, wie. Wäs' denn mit dein Vibrorrdär?

PSYCHO   Ich will ganz, ganz schlimme Sachen! Oder
                eine Kalaschnikooow!

KROKODIL   Jetzt erstatte dem Zauberer seinen Hut
                zurück, und dann verlaßt bitte mein
                Lokal. Sonst muß ich ausgesprochen
                unangenehm werden!

DART VADDER   *verschwinden schlagartig*
und PSYCHO

ZAUBERER   *wie aus dem Nichts mit Zuckertüte auf dem
                Kopf, überglücklich diese kosend* Oh! Oh!   233

TEUFEL   Gewalt. Rohe Gewalt. Und Androhung
                von roher Gewalt. Das ist die einzige
                Sprache, die solche Leute heute verstehen,
                nicht wahr?

                Stunden später.

GRETEL   *im Ehebett* Ach du Schande! Was soll das
                denn darstellen? Die kürzeste P…e der
                Welt?

KASPER   *lallend* Das ist die Folge der Tatsache, daß
                der Zauberer mehrere Runden Uran-
                schnaps warf!

GRETEL   Na toll. Und wofür habe ich mich in
                meine ›Funktionsw…e‹ gewandet?

KASPER   Ach so. Nun ja. Was war denn mit deinem
                V…r?

GRETEL   Bädderien alleh.

KASPER   Denn nehm' doch neechßes Morr dein
              Händi, und mit links rufs' dich selbär von
              Fes'netz än. Däs nennt män ›Selbßi‹.

GRETEL   *geht ein Licht auf. Ohne Batterie*

234

GRETEL   Die Batterien waren leer.

KASPER   Dann verwende doch nächstes Mal dein
             Handy, und mit links rufst du es vom
             Festnetz aus an. Das nennt man ›Selfie‹.

GRETEL   *geht ein Licht auf. Ohne Batterie*

Sechster Akt

Person über Bord

38

Raimund, Edda und ich hatten stets gehofft, Onno möge 239 an eine Randfigur wie Tetropovs einstigen Laufburschen gar nie einen Gedanken verschwenden. Naiv. Wie Onno eines Tages Raimund erzählte, tauchte jener Milan regelmäßig in den Wahnbildern auf, die sich Onno seit dem ersten PTBS-Schub oft unwillkürlich aufdrängten. Es waren nur Sekunden gewesen, damals im April 2007: der Anblick eines harten Jungengesichts unter einer hellgrauen Hoodie-Kapuze, das zu seinem Herrn aufblickt, um eine Anweisung entgegenzunehmen. Doch es hatte sich Onnos Gedächtnis eingeätzt. Es, oder auch nur ein Trugbild davon.

Jedenfalls war Milan – neben etwa Anton ›Büffel‹ Buv, dem Kiezoligarchen und einstigen Mentor Tibor Tetropovs, und Minka, Tibors höriger Lieblingshure – festes Mitglied eines Phantasieensembles von potentiellen Rächern, das Onno seit sechs Jahren immer wieder zu schaffen machte, mal mehr, mal weniger.

Natürlich, sagte Onno sich: Vielleicht – nein, aller Wahrscheinlichkeit nach! – war der phosphoreszierende Typ von gestern nacht nur irgendein kleiner Angeber. Irgendein anderer halbstarker Fischkopp aus Hamburg-Billbrook, -Billstedt oder -Billwerder, und nicht einmal aus Hamburgs

Gangsterschmiede Aalkoog. Und *Horfmkrängknhäouß* – nun ja, war es wirklich das, was der Typ gesagt hatte? Wenn man akut im PTBS-Schub steckt, versteht man genau das, was der Teufel einem einflüstert.

Kurzum, Onno war gewillt, vernünftig zu sein. Und er wußte ja nicht, was ich wußte. Zu schweigen von der weiter oben erwähnten vierten Nachricht an mich in bezug auf Milan Zarnacher.

Diese datierte, wie gesagt, von Mittwoch, dem 23. Oktober – ebenjenem Seetag auf der Flipper IV, an dessen Ende Onno diese Begegnung im Time Tunnel hatte. Sie stammte wiederum von Streetworker Mark Kornelsen und besagte, Milan werde seit rund einer Woche vermißt. Kurz vor seinem Verschwinden aber habe er mehrfach verlauten lassen, er verfolge bezüglich seines Rachefeldzugs eine heiße Spur.

Ich hatte daraufhin nur sehr kurz erwogen, das erkennungsdienstliche Foto Milan Zarnachers an Vetter Donalds iPhone zu senden, damit Onno entsprechend gewarschaut werden könnte. Für alle Fälle. Doch erschienen mir die Folgen für die beiden Labilos unkalkulierbar.

Größere Aktionen wären ohnedies nicht gerechtfertigt gewesen. Ich hielt es für reichlich fraglich, wie ein solcher, sowohl finanziell als auch geistig ziemlich mittelmäßig bemittelter 18jähriger Heißsporn auch nur im entferntesten hätte herausgefunden haben sollen, daß ein Mann namens Onno Viets mit dem komatösen Zustand seines Idols in Verbindung gebracht werden durfte. Und daß dieser Mann namens Onno Viets sich sehr kurzfristig entschieden hatte, auf eine Kreuzfahrt zu gehen. Geschweige, daß Zarnacher ebenso kurzfristig einen Platz an Bord desselben Schiffes hätte ergattern können.

Nein, ich war sicher: Die Kanäle, die zu Onno hätten führen können, waren dicht.

Ja: Ich hielt es nicht nur für reichlich fraglich, sondern für extrem unwahrscheinlich, und deshalb unternahm ich nach dem Erhalt jener Nachricht überhaupt nichts. Nicht mal Edda gegenüber erwähnte ich auch nur ein Sterbenswörtchen.

39

Sechster Tag an Bord. Donnerstag, den 24. Oktober 2013. Auf Reede vor Cannes (Frankreich).

Gegen 7:00 Uhr ein existentiell bedrohliches Gedröhne, direkt am stählernen Boden unterm Bett. Wie Figuren in der Kasperbude fahren Onno und Donald gleichzeitig hoch. »Ankerwinde«, krächzt Onno nach dem Schock, »nech?« Vetter Donald verschwindet mit einem Fiepen wieder unter der Bettdecke. Onno – 180er Puls – schlurft in die Naßzelle, um Wasser abzuschlagen. Reichlich, übrigens.

Um seinen inneren Aufruhr wegen der Kollision im Time Tunnel zu dämpfen, hatte Onno noch etliche Biere getrunken in der Anytime Bar. Hatte sich in eine der Nischen mit den roten Plüschsitzbänken im Récamieren-Stil gesetzt, im schwitzenden Nacken nichts als gesteppte Wand. So fühlte er sich sicherer. Ständig behielt er den Eingang zum Time Tunnel im Blick, desgleichen den Ausgang zum offenen Bereich an Deck.

Nach und nach speiste der Alkohol Gleichgültigkeit genug in die Nervenbahnen ein, daß er sich den Rückweg zutraute – unter Umgehung des Time Tunnels allerdings.

Zurück in der Kabine, hatte er erst mal Leergut von seiner Betthälfte räumen müssen. Vetter Donald hatte offenbar weitergesoffen, bis der Vorrat geleert war – mittlerweile hatten sich 33 Fläschchen von diesem Kräuterzeugs angesammelt. Über hundertfuffzig Euro für Schnapsi. Ein Budget, von dem Hartzer Onno gewöhnlich den halben Monat leben mußte.

Im Anschluß hatte Onno, eigentlich unumstrittener Liebling der Götter des Schlafes und Inhaber einer kongenialen Blase, keine gute Nacht.

Vielmehr suchte ihn – wie neun Nächte zuvor bereits – wieder einmal der Alptraum in Gestalt seines einstigen Widersachers heim: Tetropov ante portas. Zwo Meter zwo, 128 Kilo Knochen und fettfreie Muskelmasse, Tubus im Nasenloch, so gut wie zahnlos, doch implantierte Stummelhörner aus Teflon, splitternackt, ganzkörpertätowiert; mitsamt Kabeln und Schläuchen und Tropf steht er vor der Wohnungstür, die Linke umklammert den Infusionsgeräteständer, mit rechts drückt er auf die Klingel.

Gebadet in Schweiß, schreckte Onno hoch, und während er versuchte, seinen Puls durch Selbstsuggestion herunterzukühlen, machte ihm – wie immer nach diesem wiederkehrenden Alptraum – sein sechs Jahre altes schlechtes Gewissen einen Strich durch die Rechnung.

Dabei hatte er sich in puncto Tibor Tetropov wenig vorzuwerfen. Schwer vom Hemppler-Syndrom gebeutelt, wäre jener Tetropov zu Freundschaft gar nicht fähig gewesen. Und weder hatte Onno ihm Freundschaft aktiv angetragen, noch hatte Onno ihm irgend etwas Böses angetan. (Der Verrat, dessen Tetropov Onno beschuldigt hatte, betraf vielmehr Tetropovs Geliebte, die dem vollständig gleichgültig war. Schuldig fühlte Onno sich darüber hinaus gegenüber einem ehemaligen Kommilitonen, den Tetropov in seinem Rachewahn schwer und irreparabel verletzt hatte.) Und doch heftete sich Onnos schlechtes Gewissen auch an ihn, Tibor Tetropov, der seit sechs Jahren im Hafenkrankenhaus im Koma lag; und wann immer Onno auf diesen Holzweg einbog, empfand er seine Alpträume und Panikattacken und ja, auch das Unglück mit Edda als zutiefst gerecht und verdient.

Nach dem Ankerlärm nickt Onno noch ein wenig wieder ein. Um fünf vor halb acht steht er auf. Duscht. Begutachtet den blauen Fleck an der linken Schulter. Wieder paukt sein Herz Alarm.

Er tritt auf den Balkon hinaus. Es ist dämmrig, doch der Vorschein der Sonne bereits zu ahnen. (Aufgang laut *FLIP chart heute*: 7:58 Uhr.) *Die Früh – verzückt wie Tauben, die sich emporgeschwungen* … Mit der Rechten wischt er ein wenig Tau vom Handlauf der Reling, mit links zieht er an einer zittrigen Zigarette. Bläst in die frische, wie polierte Luft eine giftige Bö, woraus sich ein verwirrter Dschinn zu gebären versucht – vergeblich, vergeblich –, bevor er sich in Schemen auflöst. Lotrecht überm Schiff ein angeschossener Mond, dazu ein Sternbild, das Onno nicht zu bestimmen vermag. Drüben, an Land, die Serpentinen in den Hügeln, markiert mit orangefarbenen Lichterketten. Unten an der Schiffswand startet das erste Tenderboot in Richtung Hafen.

Cannes. So mondän wirkt es gar nicht von hier aus. Da, der Boulevard – die Croisette, nech? Orangefarbene Lichter auch dort. Und das da, hoch oben, die blaue Schrift? *Majestic Barrière*. Hotel, wahrscheinlich.

1400 Menschen an Bord. Manchen begegnete man im Laufe jener Reisewoche mehrfach – dem mit den Magritte-Schuhen etwa sowie X und Yps (selbst Blondie, obwohl sie nur die Hälfte der Reise mit von der Partie sein würde) –; anderen wiederum, wie Frau Zisel oder Muskel- und Tittenprotz, ein einziges Mal und dann nie wieder. Onno hoffte, der junge Kerl mit der phosphoreszierenden Jacke zähle zur letzteren Kategorie.

Wie auch immer: Trotz seiner desolaten Verfassung – trotz Katers und aufgerührter PTBS, sprich trotz der schwärenden Angst vor der explosiven Gewalttätigkeit jenes Halbstarken – ist Onno entschlossen, auch diesen Landgang nicht auszulassen. Auf Samtpfoten, um Vetter Donald nicht zu stören – der in einer Wolke aus kühlem Alkoholdampf vor sich hindämmert –, packt er seine Siebensachen zusammen.

Onno läßt sich mit einem der Tenderboote übersetzen.

Im Hafen hält er einmal kurz inne, um einen ganz bestimmten Anblick auf sich wirken zu lassen. Hinter einer Mauer aus Feldsteinen, Wall gegen die Wellenbrecher vermutlich: ein Schwarzafrikaner, den Kopf seitlich auf den angewinkelten Arm gebettet. Vor ihm aufgereiht ein Dutzend billige, häßliche Hüte (vielleicht auf dem Rückweg einen für Donald aussuchen?). Genau zwischen dem Mann und der selbstgebastelten Stellage mit billigen, häßlichen Sonnenbrillen: Ausblick auf die prächtige Flipper IV.

Schon zu Beginn des Boulevard Croisette ist es, wo Onno von einer filmreifen Panikattacke gepackt wird.

Er schafft es zu einer Sitzbank. Unter hohen Pinien und noch höheren Palmen, 20 Meter hohen Palmen sinkt Onno auf eine Bank. Obwohl es grad mal um die 19 Grad sein mögen heut vormittag, bricht er in Schweiß aus, am Kopf, unter den Armen, auf der Brust, die zusehends zu schrumpfen scheint, während das galoppierende Herz hinauswill. Brutal zusammengestaucht, der Rucksack ein Buckel, hockt Onno nach Atem ringend da; als Folge der Hyperventilation kribbeln die Hände wie elektrisiert, und diesmal ist er sich sicher, er stirbt jetzt. Hier. Unter hohen Pinien und noch höheren Palmen, vor einem hübschen, zweistöckigen Kinderkarussell in prächtigen Farben. Auf einem Platz, der von Lara-Croft-, Darth-Vader- und Jack-Sparrow-Schablonen umstellt ist, deren hohle Gesichter man für Fotos durch sein eigenes ersetzen kann.

Der Verkehrslärm hinter ihm, der eilige Busineßtyp mit Aktenköfferchen, die bummelnde schwarze Kleinfamilie, all die eilenden und bummelnden Menschen, baumelnden Seelen … Neben sich hockend, wird Onno verrückt. Unsagbare Einsamkeit. Wie fremd alles ist, einschließlich seiner selbst. Was hat er hier eigentlich verloren, in Frankreich? Und ist er wirklich er? Ist er wirklich er gewesen, jemals? Warum fahren auf dem Karussell nicht seine Kinder, Paula Viets in der rosa Kutsche mit Krone, Friedolin Viets auf dem Motorrad? Weil sie schon zu alt sind? Wie alt sind sie? Edda. Frau. Weißt du das? Warum bist du nicht bei mir?

Und er *sah Inselsterne, sah Archipele ragen, / darüber Fieberhimmel – das Tor der Wanderschaft*! Es dauert eine Stunde, eine horrible Stunde, bis er sich auf den Rückweg traut. Die Prellung an seiner linken Schulter pocht. Um sich von seinem eigenen Verfolgungswahn abzulenken, um sich nicht dauernd umzublicken, starrt er auf die andere Straßenseite und liest die Gastronomieschilder. *Restaurant Gaston Gastounette. Au Poisson Grillé. L'Assiette Provençale. Al Gambero. Babord et Tribord*. Als sein Nacken krampft, schaut er auf die andere Seite. All die luxuriösen Boote, wie damals im mondänen Yachthafen von Portals Nous, Port de Portals, auf Malle, dort, wo Tibor, Fiona und er den russischen Mafioso gesehen hatten. *Monarch II*, Kingstown. *Saint Michel*, Georgetown. *Nevertheless*, Georgetown. *Angel*, London. *Manifera*, Valletta. Dann wieder die andere Straßenseite, mehrstöckige Wohnhäuser und Hotels, Fassaden mit schmiedeeisernen Balkongeländern und pastellfarbenen Lamellenläden vor den Fenstern.

Schließlich das Rasenstück mit wiederum hochstämmigem Palmenhain, umfriedet von Feldsteinen. Onnos Blick fällt auf einen Hundehaufen, und wie von ungefähr denkt er plötzlich: Kot d'azur, doch diesmal folgt aus dem tiefen Wunsch, das Witzchen Edda zu simsen, gleich Niedergeschlagenheit, Trostlosigkeit. Der andere Onno, der alberne, unbeschwerte Onno aus jenem anderen Leben, ja – der war einst in der Lage gewesen, das Wort »Urin-Ente« stundenlang als »Uri*nente*« vor sich hinzumurmeln, ja schließlich sogar französisch auszusprechen *(Üröngnangt)*, für nichts und wieder nichts und aus nichts als reinstem Daffke. Undenkbar aber, daß der hiesige, jetzige Onno es fertigbrächte, eine SMS mit einem solchen Kalauer an seine entfremdete Frau zu schicken. Eigentlich war diese Trauer um den andern Onno, diese Befremdung über ihn, ja die Verachtung jenes anderen Onno – eigentlich waren derlei Gefühle viel zu stark für dieses hiesige, schwache Ich.

Da endlich wieder die Steinmauer. Der Mann mit den Hüten und Brillen, ebenso schwarz wie das Schiff im Hintergrund weiß. Onno ist nicht in der Lage, seinen Geschenkplan umzusetzen. Dann die Anlegestelle hinter all den Tourismusbaracken, und über der Bucht kreist ein Helikopter, offenbar sind Buchten ohne kreisende Helikopter in Europa undenkbar, und wieder teerzähe Beschwörung Tibor Tetropovs – diesmal eingebettet in jenen Moment auf der Terrasse der Villa Tessa, als Tibor sich mit Fiona über jenen Helikopter stritt, während er, Onno, daneben hockte und sich immer dringender fragte, was zum Teufel er da eigentlich machte. Wie zum Teufel er da eigentlich hingeraten war. Und warum zum Teufel er nicht einfach nach Hause fuhr – zu Edda, seinem ein und alles. Seinem Seelenzwilling. Der Liebe seines Lebens. Seiner Heimat.

Zurück an Bord der Flipper IV, fühlt Onno sich körperlich derart zerrüttet, daß er im Open-Air-Bereich der Anytime Bar in rascher Folge drei große Bier trinkt.

Gestärkt, steigt er drei Decks treppab bis zur noch geschlossenen Ocean Bar, wo die Türe zum Gang zu finden ist, der entlang der 7er-Kabinen vom Heck- über den Mittel- bis zum Bug-Sektor führt.

In Kabine 7119 empfängt ihn ein desorientierter Künstler im weißen Bademantel. Ebenso weiß die haarlosen Unterschenkel, steht Vetter Donald, stinkend und unbehütet, zitternd rauchend an der Schwelle zum offenen Balkon – gerade mal so weit draußen, daß die Rauchmelder nicht losgehen –, rülpst vollkommen depraviert und raunt: »Wo sind wir. Wo zum Kuckuck sind wir. Wir waren doch eben noch in Cannes. In Cannes, sage ich. Oder nicht.«

»Njorp«, macht Onno. »Sind wir auch immer noch.« 247

»Wo denn«, raunt Vetter Donald und macht eine flatternde Armbewegung, die Meerwasser und eine unbehauste, macchiebewachsene Küste präsentiert.

Und es ist unfaßlich, doch selbst unter dem Druck seiner eigenen Seelenqualen hält Onno der Nervensäge jener hysterischen, egozentrischen alten Hyäne namens Donald Maria Jochemsen stand. Nur ein winziges Stutzen, dann sagt er: »Wir sind um den Anker geschwojt. Das ist alles«, und als er Donalds nach wie vor erbosten, verständnislosen Blick aus jenem Feldstecher von Brille auffängt, fügt er hinzu: »Kein Anleger, hier in Cannes. Wir liegen auf Reede. Wir liegen weiter draußen vor Anker, und das Schiff hat sich offenbar um hundertachtzig Grad gedreht, nech?«

40

Später trinken sie sich einen Spiegel an, um essen gehen zu können, und während Vetter Donald in der Ocean Bar weitertrinkt, geht Onno ins Theater, um sich abzulenken.

Doch *die* Show übersteigt selbst seine Toleranzschwelle. In-

fantiles Gehampel in bonbonbunten Kostümen, Handlungs-
elemente wie zum Beispiel Hosenrunterlassen und ähnliche
Chargiererereien, und da das Ensemble aus Darstellern sechs
verschiedener Nationen besteht, versteht man das gebroche-
ne Deutsch der ohnedies gebrochenen Schlagertexte nur
stichprobenartig, so daß Onno irgendwann bitter lachen
muß: Ein Haufen Zappelphilippe in Lumpen trällert mit
überzogener Mimik Bahnhof. Grotesk. Nicht grotesk genug
jedoch, um zu bleiben.

Nach einer Viertelstunde verzieht er sich und leistet Vetter
Donald in der Ocean Bar Gesellschaft. Sturzbetrunken alle
beide, gehen sie gegen 0:00 Uhr ins Bett.

Später wußte Onno ums Verrecken nicht mehr, worüber
sie geredet hatten, während sie die Stunden hinbrachten in
der Ocean Bar. (Nur ein Konversationsversuch Vetter Donalds war ihm in Erinnerung geblieben: »Was haßt du denn
so, Onno Viets? Ich zum Beispiel hasse Bossa Nova.«) Sicher
war er sich nur, daß Vetter Donald mit keinem Sterbenswörtchen seinen morgigen Geburtstag erwähnt hatte.

41

Siebenter Tag an Bord der Flipper IV. Freitag, den 25. Oktober 2013. Barcelona (Spanien), World Trade Center, Terminal Este. Anytime Bar, Außenbereich, gegen 12:00 Uhr. 24
Grad Celsius.

»Was ist, Onno Viets«, raunt Vetter Donald und stößt sein
Glas gegen Onnos. »Willst du mir nicht gratulieren.« *Wlsu-
minchgrliern.*

Donald sitzt hier, seit der Dampfer angelegt hat. Das war
vor einer Stunde. Zwei weitere Stunden zuvor – noch im
gemeinsamen Katerbettchen, direkt nach dem Erwachen –
hat er Onno zum unverzüglichen Weiterzechen zu animieren

versucht. Da der Schnapsi-Vorrat am Vorabend restlos zernichtet worden ist, ist Nachtanken nur außerhalb der Kabine möglich. Onno aber, obwohl bzw. gerade weil selbst übel verkatert, hat den Wahnsinn nicht mitmachen wollen.

So hat sich Vetter Donald mit Lorazepam über die Runden gerettet, bis die Anytime Bar geöffnet hat. Onno hat allein im Apocalypso gefrühstückt, und nun leistet er Donald Gesellschaft. »Gratulieren?« fragt er, während er seine gedunsenen Augäpfel mit den Fingerkuppen knetet. »Doch noch ein neues Rendezvous?«

»Pah, ›Rendezvous‹«, raunt Vetter Donald finster. »Die Kuh. Quatsch. Ich hab Geburtstag, Onno Viets. Geburtstag, sage ich.«

Vielleicht hat er tatsächlich vorgehabt, die Aussage im Tenor einer frohen Botschaft zu verkünden. Vielleicht hat er sich erinnert, daß es unter vielen Völkern der Erde als Grund zur Freude gilt, wenn jemand Geburtstag hat, und hat plötzlich den Wunsch nach Teilhabe empfunden. De facto aber wirkt der Ton noch düsterer als gewöhnlich. Aus seinem Mund klingt die Aussage ›Ich hab Geburtstag, Onno Viets‹ wie ›Ich hab Hodenkrebs, Onno Viets‹.

»Ach«, sagt Onno Viets. »Nee, nech? Geburtstag? Heute? Na denn: meinen Allerwertesten!« Auch *seine* Jovialität klingt aufgesetzt. Glanzlos seine braunen Augen. Doch seine Langmut funktioniert auch ohne ihn. Onnos Langmut ist größer als Onno selbst. Seinerseits gibt er den Anstoß zu einem nochmaligen Anstoßen.

Neben dem Kater stecken ihm natürlich immer noch die Begegnung im Time Tunnel und die Panik von Cannes in den Knochen. Die zarte Hoffnung, es gehe langsam wieder aufwärts mit ihm: auf Eis.

Bisher jedenfalls bringt Onno nicht Mumm genug auf,

Barcelona zu besichtigen. Nun, er hat noch ein paar Stunden – laut *FLIP chart heute* dauert die Liegezeit bis 19:00 Uhr. Auf ausgerechnet Barcelona verzichten, das wäre nicht zuletzt so etwas wie Verrat an Edda. Es sollte doch möglichst nicht umsonst gewesen sein, ihr sehnsuchtsvolles Seufzen, als sie hörte, daß auch Barcelona auf der Flipper-Route lag.

So hockt er nun also hier, unterm Sonnensegel über der relingumfriedeten, offenen Halbrotunde der Anytime Bar. Kreisrunde weiße Tischchen, Stühle aus weißlackiertem Stahlrohr sowie perforierten grauen Sitzflächen und Rückenlehnen. Viele davon unbesetzt; die meisten Passagiere dürften grad – zusammen mit den Tausenden der anderen sechs, sieben anliegenden Kreuzfahrtschiffe – die Ramblas verstopfen.

Steuerbord, in Spuckweite, das World Trade Center. Beton, Stahl, Glas. In den grünlich-bläulich schimmernden Scheiben seiner gewölbten Fensterreihen – die Architektur ist einem Boot nachempfunden – spiegelt sich die Flipper IV.

Ins Hintergrundgedudel der Barmusik mischen sich Geräusche. Von unten herauf, vom Kai, aus der Schlucht zwischen Schiffswand und Gebäudekomplex, das Warnpiepen zweier Gabelstapler, die palettenweise Nachschub aus schlangestehenden Lkw in die Schiffsluken stemmen. Von oben, aus dem leicht bewölkten Himmel höhnisches Möwengelächter und die Dresche eines Helikopters.

Scheinbar tonlos die Seilbahn, die von Turm zu Turm zu Turm hoch überm Port Vell hin- und hergondelt. Unter ihr eine kleine Marina mit einem Herbstwäldchen von Bootsmasten, daneben eine Werft von finsteren, haiartigen Luxusyachten, und dahinter beginnen die Gebäude der Metropole zu wimmeln, so weit das Auge reicht.

»Was ist denn das für'n Phallus«, fragt Onno. Er meint den 35stöckigen Stahl-Glas-Zylinder der Wasserwerke – in der Tat ein Blickfang, bei dem das frömmste Auge feucht wird.

Doch fragt er natürlich den Falschen. Er fragt einen ignoranten, stubenhockerischen, exklusiv in sich selbst verzwirbelten Kuhdorfkasper, der einen auf Weltkünstler macht, aber in seinem Leben bisher genau viermal verreist und jedesmal mit größtmöglicher nervlicher Zerrüttung zurückgekehrt ist.

12:05 Uhr. Unter ebenjenem Chapeau claque, den er schon bei unserer Begegnung im Zimmertheater Tremolo trug, qualmt Vetter Donald vollmundig einiges an Tabaksrauch hervor. Raunt sich dabei peu à peu in Trance. Solang geraunt wird, wird nicht suizidiert. Er raunt, daß er noch nichts gegessen hat und wahrscheinlich auch nichts essen wird, weil er befürchtet, daß die Molukken ihm ein Schepperständchen bringen. Er raunt, daß er nun 55 ist, und ob Onno sich noch erinnert, wie Rudi Carrell früher im Fernsehen immer *fumfhundertfumfunfumfzigtausendfumfhundertfumfunfumfzig Mark fumfunfumfzig* nuschelte. Er raunt von vergangenen Geburtstagen, und ob Onno sich noch erinnert, wie Donald seine Geburtstage im Plemplem gefeiert hat. Er raunt von seinem 25sten Geburtstag am 25. Oktober vor, ha: 30 Jahren, haargenau 30 Jahren, als er in Form von Sabine Tannine auf der Bühne im Hinterzimmer des Plemplem 25 Gläser Lambrusco getrunken hat; ob Onno sich daran noch erinnert (und scheeläugig und dreckig sagt er noch etwas, etwas ganz Bestimmtes, das Onno nie vergessen wird ...); und er raunt und raunt und lallt und lallt, und natürlich ist er vollkommen unempfindlich gegen *Onnos* Befinden.

Da sitzen sie da, die beiden, während ihre Seelen in den Fallstricken des Flipperismus baumeln, und plötzlich tritt ein Mann an den Tisch – zurückhaltend und doch sichtlich interessiert an der Person Vetter Donalds; ein eher untypischer Repräsentant der Flipper-Klientel. Donald raunt und lallt und labert und merkt natürlich überhaupt nichts, bis Onno – obwohl selbst überdurchschnittlich geistesabwesend – ihn auf den Zaungast hinweist. Woraufhin der soziopathische Künstler verstummt und denselben verstockt anstarrt.

»Entschuldigen Sie die Störung«, spricht der Mann, verbindlich lächelnd. Es kostet ihn sichtlich etwas, aber bereitet ihm auch Vergnügen, die anschließende Frage zu stellen: »Ich hab Sie im Winterhuder Kammertheater Tremolo gesehen. Sind Sie nicht, mit Verlaub, DJ Sacknaht?«

»Wer«, raunt, ja raunzt da Vetter Donald triumphal, »will das wissen.«

»Wenn ich mich«, sagt der Mann, »vorstellen darf? Mein Name ist Rolander, Mirko Rolander aus Hamburg-Eimsbüttel, und ich bin ein Fan des Spackennacken-Universums.« Tja, und zu dessen, ebenjenes Mirko Rolanders, in den nächsten drei Stunden stetig akkumulierender Verblüffung wird der sensitive Künstler von der Ansprache des Mobs keineswegs angenervt sein. Vielmehr verhält es sich ganz genau umgekehrt.

Zunächst jedoch ist der Mensch noch Feuer und Flamme von seiner Entdeckung hier an Bord. DJ Sacknaht auf der Flipper IV! Was für eine paßgenaue Anekdote, um sie der Darts-Gemeinde des Eimsbütteler Krugs zu berichten, wo Mirko Rolander den Score unter dem Kampfnamen ›Dart Vadder‹ anführt. Mit beschwörenden Gebärden bittet er Vetter Donald um Geduld – er möchte sein Exemplar des Spackennacken-Quartettspiels aus der Kabine holen, um es signieren zu lassen. Wenn Herr Sacknaht die Güte hätte.

Hätte er, und in den fünf Minuten, die der Mann braucht, versucht Vetter Donald, cool und uneitel zu wirken – und legt Onnos bedrückte, grüblerische Miene insgeheim als Neid aus. Und als Mirko Rolander zurückkehrt, labert er ihn folglich zunächst eine halbe Stunde lang mit seinen viktimophobischen Anwandlungen voll, erzählt die schönsten Fälle von spurlos verschwundenen Kreuzfahrtpassagieren nach, beschreibt in aller epischen Breite die brillante Homepage der International Cruise Victims Association – und stellt schließlich Onno als seinen Leibwächter vor. »Mein Leibwächter, sage ich. Onno Viets heißt er. Der da.« Mit derart abschätzigem Grinsen, als sei das der beste Witz, den er je gemacht hat.

42

Der feiste Spießerspruch neulich (»Wer hätte das gedacht: wir zwei beiden, Onno Viets, auf einem Kreuzfahrtdampfer«) nebst patenhaftem Wangetätscheln, und jetzt diese speckige Attitüde: Funkelnder hätte sich des Rätsels Lösung kaum herauskristallisieren können. Des Rätsels, weshalb Vetter Donald einen Leibwächter einstellte, der aber auch nichts so richtig konnte, schon gar nicht Leiber bewachen.

Wenn ich noch einmal seine Fratze heraufbeschwöre, die er damals, in der Libelle, nach meinem Maßnahmenvorschlag hinsichtlich seines viktimophobischen Dilemmas aufsetzte – dann scheint sie mir das mimetische Echo eines Gefühls gewesen zu sein, das in ihm aufbrodelte. Alle Einwände seiner Vernunft, die ohnedies schwach ausgeprägt war, überwog dieses schwer identifizierbare, überwältigende Gefühl. Ein Gefühl von – Genugtuung.

Nach dem merkantilistischen Irrweg eines Quiddjes, nach der urbanen Initiation und kulturellen Menschwerdung, nach Jahrzehnten als Märtyrer seiner eigenen Schmerzen – gipfelnd in der Freiung der Penelope Kristin Luise – hatte Donald Maria Jochemsens Heldenreise wider Erwarten in letzter Minute doch noch die Kurve gekriegt. Nach Jahrzehnten unermüdlichen Kunstschaffens unter pekuniär ungünstigsten Bedingungen – nun endlich doch noch Genugtuung.

Genugtuung, sich einen Leibwächter *leisten* zu können (und sei es auf Zeit, und sei es ein Second-, wenn nicht Third-hand-Modell). O ja, in seiner Eigenschaft als eigenbrötlerischer Quasikrüppel war – nach dem Verlust von Amme Uta – ein eigener Leibwächter (sprich Gesellschafter, Diener, Butler, Ohrverleiher) ein noch feuchterer Traum für Vetter Donald, als eine Prinzessin Kristin Luise zu freien.

Und natürlich raunte unter dieser Ebene der Genugtuung noch eine tiefere, raunte die abgrundtiefe Genugtuung, im meritokratischen Langzeitvergleich Brotloser Künstler versus Universaltaugenichts gesellschaftlich obsiegt zu haben. Inbrünstige, blutrünstige Genugtuung, für seinen einstigen Gönner den Gönner mimen zu können. War Buchhalter Kotzbröckle das dunkle Objekt seiner Abrechnung, so das helle Gegenstück Onno. Onno Viets.

O ja. Trüge er Hosenträger, der verspakte, verschimmelte, schlimme alte Vetter Donald – er hätte sie knallen lassen, zu jeder vollen Stunde.

Onno indessen … Selbst wenn er etwas Derartiges erahnte, in seiner unkomplizierten Großmut spürte er dem nicht näher nach. Onnos Großmut war so groß, daß ihm – gab es denn einmal Anlaß zu peinlicher Berührtheit – diese peinlich war, diese eigene peinliche Berührtheit peinlich war.

Und natürlich entbehrte es nicht einer gewissen Pikanterie, daß der Offkünstler seinen Gesellschaftsstatus mit der Halluzination eines Vulgariens erlangt hatte, innerhalb von deren Arien und Szenarien allein sein eigener trotziger Niedergang noch einen gewissen Sinn stiftete. Wer anders war Kasper Spackennacken denn als Vetter Donald Maria Jochemsen höchstpersönlich.

Gewesen! Nun galt die Rolle jemand anderem. Einem anderen under achiever, low performer und zero potential. Dreimal darfst du raten.

Hatte eine Ware der Kulturindustrie einen gewissen Verkaufsrang erreicht, erzeugte die Wertschöpfungskette aus sich selbst heraus den tröstlichsten Schnickschnack. Zum Beispiel hatte ein agiler kleiner Hamburger Verlag erst kürzlich ein 32er Kartenspiel mit den Protagonisten der Spackennacken-Szenen aufgelegt. Die acht Quartett-Kategorien: Spacken (z. B. Kasper Spackennacken, Kasper Muckefuck), Trullalas (Gretel, Prinzessin, Großmutter, Wachtmeister), Trickster (Räuber, Lude von Buxtehude u. a.) und Magier, Philister, Götter, Halbgötter sowie Viecher (etwa Köter, Krokodil und Orang Uta[!]).

Unter den von Donald gemalten Porträts jeweils Spezifikationen wie etwa

I/A *Kasper Spackennacken*

Leistung:	Hartz IV
Höchstgeschwindigkeit:	nein
Antrieb/Verbrauch:	Äthanol / 3 – 5 l pro Tag
Lieblingsfarbe:	Blau
Sternzeichen:	Arschgeige
Schwanzlänge:	je nachdem

oder

I/B *Kasper Muckefuck*

Leistung:	ausreichend
Höchstgeschwindigkeit:	5,8 km/h
Lieblingsfarbe:	kariert
Sternzeichen:	vage
Schwanzlänge:	keine Angabe
Extra(s):	Schlips

oder

II/D *Wachtmeister*

Leistung:	220° (Umluft)
Lieblingsmusik:	Tatütata
Lieblingsfarbe(n):	Lalilala; Mädchenschlüpfer-pink
Sternzeichen:	Prosecco
Extra(s):	Gummiknüppel
Sonstiges:	4. Platz beim IX. Bückeburger Bukkake

256 Großmutters Extra etwa war ein *Tantra-Diplom (Poona '83)*, Gretels Hobby(s) *Shoppen & Poppen* und Krokodils Lieblings-farbe *Mösengrün*. Usw., usf.

Und gleich nachdem der Eimsbüttler die Sacknaht-Signatur im Sack hat, beginnt seine Tortur de force. »War doch ein Unding, die Inszenierung«, raunt Vetter Donald mit eitlem Funkeln aus blutunterlaufenen Bernsteinaugen, die nun, da er die Nase erhebt, monströs hinter den Lupengläsern auf-quellen.

Mirko ›Dart Vadder‹ Rolander erschrickt, nickt aber.

»Eine hauptsächliche Dimension meines Werks besteht schließlich in einem Versuch über Vulgarität. Vulgarität, sa-ge ich. Wichtige Frage. Im ›Faust‹ stellt Gretchen Faust be-kanntlich die Gretchenfrage. Und um sogleich vulgär zu werden, stelle ich quasi die Gegenfrage: Wie hältst du's mit der Vulgarität? Gegen-Gegenfrage zunächst: Was ist denn überhaupt vulgär, ordinär, obszön und ähnliches? Ich will es dir sagen, Marco Hollander.«

»Mirko. Rolander. Egal.«

»Genau. Ich will es dir sagen. Schauen wir uns doch mal auf drei recht unterschiedlichen Schauplätzen um. Eines Tages, im Rahmen eines Künstleraustauschs, auf einem Hotelzimmer in Izmir anno 2008 …« *'tlsmm'nismii* …

… hat er sich nachts um drei durchs TV-Programm gezappt. Auf TRT ist ein 70er-Jahre-Melodram alla Turka gelaufen, in dem man Held und Schurke auch ohne Sprachkenntnisse leicht hat unterscheiden können: der eine war gefönt, ungefönt der andere. Anhand des Genußmittelkonsumverhaltens wäre es ihm nicht geglückt: Rauchen als gäb's kein Morgen etwa taten beide. Doch sobald inhaliert wurde oder ein neues Zigarettchen in Brand gesetzt, ist der jeweilige Vorgang engmaschig verpixelt worden, um nicht zu sagen: zensiert. »Um nicht zu sagen: zensiert, sage ich«, raunt Vetter Donald.

»M-*hm*, m-*hm*ʿ…?«

»Zwotens«, raunt Vetter Donald. Ein Fernsehbericht anno 2003. In einem Panzerspähwagen ›embedded‹, hat ein Kameramann gefilmt, wie GIs aus allen MG-Rohren auf einen sich rasch nähernden irakischen Pick-up feuern, dessen Fahrer Sperren ignoriert hat und also unter Selbstmordanschlagsverdacht gerät. Der Kugelhagel und seine verheerende Wirkung sind in Bild und Ton minutiös festgehalten worden, desgleichen die panische Kommunikation unter den Schützen – nur die zahlreichen Exemplare des sogenannten F-word darin sorgsamst gebeept. »Sorgsamst gebeept, sage ich«, raunt Vetter Donald.

»M-*hm*, m-*hm* …?«

»Drittens«, raunt Vetter Donald. Internet. Heutzutage. Den Begriff Bukkake erläutert im Wort wikipedia.de, das Signifikat im Bild youporn.com. In den entsprechenden Clips japanischer Provenienz wird der Vorgang dort klar wie Kloßbrühe gezeigt – der spendende Körperteil dabei jedoch verpixelt.

»Mm. Ähem.«

»Türkei, USA, Japan, Deutschland – egal«, raunt Vetter

Donald. »Die Vulgaritätsdefinition als knifflig-kniggelige, als verfassungsrechtliche oder ähnliches bringt uns hier keinen Schritt weiter. Keinen Schritt, sage ich. In der einen Kultur wird Rauchen als Ordnungswidrigkeit geahndet, wenn zur Schau gestellt – nicht aber Fönfrisuren; in der anderen männliche Geschlechtsteile, wenn zur Schau gestellt – nicht aber das Besamen von Damenoberflächen. Und Soldaten bei ihrem mörderischen Tun zuzuschauen scheint in einer dritten Kultur durchaus zumutbar – unzumutbar aber, sie dabei parasexuell fluchen zu hören. Unzumutbar, sage ich.«

»Genau. Genau«, sagt Mirko Rolander, auch wenn er aufgrund von Wendungen wie *knifflig-kniggelig* u. ä. ahnt und

allmählich auch fürchtet, daß der saubere Herr Sacknaht diesen seinen Vortrag nicht zum ersten Male hält. Zutiefst irritierend zudem die Diskrepanz zwischen kunstgepunzter Formulierung und Lalleform.

»Vulgarität ist relativ«, raunt Vetter Donald, »und kann unter bestimmten Vorzeichen – lateinisch *vulgus*, das Volk – folglich nachgerade angezeigt sein.« Um verkehrte Verhältnisse wenn sicher nicht gleich zurechtzurücken, so doch zu verdeutlichen. Womöglich subversiv zu wirken. Oder gar subliminal. Allemal sublim.

»Ich sage: kann«, raunt Vetter Donald. »Muß aber nicht. Will sagen, muß aber nicht gelingen. Vulgarität kann auch mal *gar* nicht wirken. Oder bloß vulgär. Damit will ich natürlich nichts zu tun haben. Anders ausgedrückt: Die von mir bevorzugte Vulgarität setzt nicht vulgäres, sondern Feingefühl voraus.«

»Ganz richtig.«

»Vulgär ist«, raunt Vetter Donald, »wenn man Votze mit F schreibt. Das ist vulgär, sage ich.«

»Ganz äh, ganz richtig.«

Vetter Donald winkt nach einem Molukken und massiert sich mit gottserbärmlichen, gespenstischen Grimassen den

Nacken. Und Mirko Rolander tut ihm den Gefallen und spricht beflissen lächelnd: »Sie müssen wohl mal zu Dr. Pansen, was?«

Und wird es bitter bereuen.

»Ich«, raunt Vetter Donald nämlich, »ich bin schon gerannt von Pontius bis Pilates. Ich bin der Odysseus des Schmerzes.« *Odüsssssschmzzz.*

43

Und tief die Hand im eigenen Arsch, läßt Vetter Donald seine Egopuppe raunen und raunen. Und Vetter Donald hört sie raunen und raunen, und solang geraunt wird, wird nicht Amok gelaufen, vielmehr breiten sich die sanften Vibrationen des Kehlkopfs in konzentrischen Wellen wohltuend über den ganzen geschundenen Jochemsenschen Leib aus. Reine Seelenreha, und so raunt Vetter Donald voran und raunt und raunt voran und voran, und irgendwann erwacht er aus einem Sekundenschlaf und fragt mit wackelndem Kopf: »Jesulein, Herzjesulein. Wie spät ist es eigentlich.« *Schbsssss.*

Marco Hollander jedoch scheint sich verabschiedet zu haben. Jedenfalls ist er nicht mehr da. Auf Donalds Frage nach der Uhrzeit nur hohle Resonanz. Unerträglich prickelnder Hochdruck auf der Blase, Helikopterdresche, Brummen der Motoren umliegender Schiffe und Warngepiepe von irgendwoher. »Weiße Folter«, raunt Vetter Donald resonanzlos. »Weiße Folter, sage ich.«

Und Onno? Onno auch nicht da – hatte er sich nicht zwischendurch zur Toilette abgemeldet? –, und während Donald unter rasenden Kopfschmerzen auf eine welke Zitronenscheibe in seinem Glas starrt, fragt er sich, seit wann. Seit wann Onno weg ist. Und Marco Hollander? Nein, das kann nicht lange her sein. Deutlich hat Donald noch seine eigenen letzten Worte im Ohr – Worte aus dem Zyklus ›Hamburgensien eines Quiddjes‹ –; die müssen ja an irgendwen gerichtet gewesen sein.

Mühsam versucht Vetter Donald, sich aus seiner Selbstverknotung zu befreien – doch das ist nicht einfach. Der Druck auf der Blase, der Kopf in der Satanszange, wie soll man da einen klaren Gedanken fassen. Da hilft jetzt nur die bittere Routine. Wie oft in seinem Leben war er schon in einer solchen Situation?

Als er sich erhebt, krängt jäh das Schiff, als wöge er 1000 Tonnen vor Madagaskar, und hatten die Pest an Bord, und ein paar herbeieilende Fratzen helfen ihm vom Boden auf. »Herrjc«, sagt eine. Eins von diesen konvexen Weibern. Schenkel so fett wie Seehunde. Reicht ihm den Zylinder. Er will was Witziges sagen von wegen Rettungsringe, aber ihm fällt nichts ein, und so sagt er nur: »Rettungsringe, sage ich.«

»Ist das Ihre Karte?« Blaue Karte. Keine Ahnung. Wahrscheinlich. »Ja. Ja. Alles. Weg da.«

Ab sofort vollführt die Zeit einen Rösselsprung nach dem andern.

Als nächstes erwacht Vetter Donald in einer Toilettenzelle. Wie sich herausstellt, ist es die im Treppenhaus gegenüber vom Time Tunnel. Treppenhaus. Treppenhaus. Moment mal. Da. Zehn. Aha. Wie geht's von hier aus noch mal in die Kabine? Erst mal runter, Sieben, und dann?

Dann kommt er erst wieder halbwegs zu sich, während er an einer verschlossenen Tür rüttelt. Eine Tür am Ende des langen Ganges mit all den Türen der 7er-Kabinen links und rechts. Warum ist die zu? Die war noch nie zu. Man kommt hier zur Ocean Bar, normalerweise. Aber was will er in der Ocean Bar? Gut, was trinken wäre nicht verkehrt, aber hat er nicht eigentlich in die heimische Kabine gelangen wollen? Er kehrt um, der Druck auf der Blase ist schlagartig unerträglich. 7161, 7159, 7157 ... o Mann, das wird knapp. Wo sind wir eigentlich. Nee, lieber schnell die Treppe hoch und – Filmriß.

Filmriß. Als nächstes die Miene von Entertainment Managerin Maren Vigoleit. »Ubiquitär«, raunt Vetter Donald. »Uiäää«, wiederholt Vigoleit einfühlsam, »genau.« Neben ihr ein Typ in schwarzer Uniform, Daumen im Gürtel. Kopf fast kubisch. Er lächelt. Good cop, bad cop. »Haben Sie Ihre Bordkarte dabei?« fragt Vigoleit.

»Karte«, raunt Vetter Donald. »Ich muß pinkeln. Parlicke, parlocke.« Er gewahrt sich auf dem Kolonialsofa der Hemingway Lounge. »Kopfschuß«, raunt Vetter Donald. »Wo's mein Zylinder.« *Sie befinden sich hier.* »Finger weg.«

»Da«, sagt der Kubuskopf und hält Vigoleit die blaue Karte hin.

Links und rechts eingehakt. Hui, ab geht die Post. »*Juhuu*«, raunt Vetter Donald. »*Schnapsi* Taxiii ...« Ganz lustig. Da gaffen die Fratzen. »Da gaffen die Fratzen«, raunt Vetter Donald. »Ganz lustig. Parlicke, parlocke. *Ju*huuu ... *Schnapsi* Taxiii ...«

»7190?«

»Neun*zehn*.«

»Mein Leibwächter, mein Kabinenmeister«, raunt Vetter Donald. »Onno Viets. Wo.«

»Sicher beim Essen, Herr Jochemsen. Schlafen Sie sich erst mal aus, ja?«

Die Kabine, na endlich. Onno nicht da. Was das. Auf Bett. Plastiktüte mit zehn Kräuterschnapsi. Genial. Von Onno? Nee, fällt ihm wieder ein, daß er selbst, er höchstpersönlich, Tausendsassa Donald Maria Jochemsen, zwischendurch eingekauft hat im Flipper Shop – muß also schon mal hierge-

wesen sein. Genial. Und, okay, beängstigend. Trinkt ein Schnapsi. Los. Rauchen. Zieht Schiebetür zum Balkon auf – versucht, sich eine zu drehen. Hu, schon wieder auf See. *Ju*huuu –
Filmriß.

Pinkeln. Wo's Onno. Onno Viets. Legt sich aufs Bett, Blättchen mit Tabak in der Linken. Moment ... Moment. Gleich.
Filmriß.

Pinkeln. Die ganze Zeit gleißende Hammerschläge auf einen Meißel, der das Stirnchakra pulverisiert. Todesangst. Schwarze Atmung. 800er. Lorazepam. Schnapsi. Draußen dunkel. Wie spät. Wo iPhone. iPhone nicht da. TV. Keine Uhrzeit. Was's los. Wo's Onno. Onno Viets.
Filmriß.

Wach. Pinkeln. Stirn vollkommen ausgehöhlt, Wundränder brennen, doch kein Meißeln mehr. Todesangst. Schwarze Atmung. Noch 'ne Lora? Noch 'ne Lora. Wie spät ist es. Wo, verflucht, ist das iPhone. Und der Zylinder. Bett voller Tabakflusen und -krümel. Raus, eine rauchen, dringend. Was zum ... Palma. Schon wieder Palma. Gibt's doch nicht. Was zum ... Wo's Onno, verflucht. Verflucht, wo's Onno Viets.

Zu zittrig, um's zur Rezeption zu schaffen. Tippt auf die Tasten des Kabinentelefons. »Ich muß ... äh melden, daß ...«

»Ja?«

Person über Bord, hat er grad sagen wollen. Jetzt fällt ihm auf, auf Onnos Nachttischchen liegt nichts mehr. Kein Buch, kein Handy, kein Reserve-Tabaksbeutel. Der Rucksack, der sonst immer im Rattansessel lagerte, ist fort.

»Einen Moment«, fiept er in den Hörer. Geht zum Kleiderschrank. Onnos Fächer sind leer. Der Koffer ist fort.

»Äh … wissen Sie, ob … Mein Kabinengenosse. Wissen Sie, ob …«

»Herr Wiets, Onno Wiets?«

»Fiets, ja. Onno Viets. Ja.«

»Der hat um 14:11 Uhr ausgecheckt, Herr Jochemsen.«

»Ausgecheckt. Der hat ausgecheckt, sage ich.«

»Ausgecheckt, Sie sagen es. Um 14:11 Uhr.«

»Was zum Teufel heißt das denn. Wie spät ist es eigentlich.«

»6:10 Uhr. Na ja, er hat halt seine Kundenkarte zurückgegeben und hat ausgecheckt. Hat die Reise auf eigenen Wunsch beendet. Ist von Bord gegangen.«

»Von Bord gegangen. Hier, in Palma. Nein.«

»Nein, nein, natürlich nicht. Gestern mittag, wie gesagt. Um 14:11 Uhr. In Barcelona.«

»Gestern mittag in Barcelona. Hehehe. Gibt's doch nicht. Gibt's doch nicht, sage ich. Liebes gutes Herzjesulein, das gibt's doch nicht. Kann ich mal Ihren Vorgesetzten sprechen.«

Sünd ji noch all dor? Dann Vorhang auf zum …

Nachspiel

*Kasper Spackennacken
auf der Pyjamaparty des Swingerclubs*

KASPER Tri, trorr, trullorrlorr! Tri, trorr –

GRETEL Mäch den Kopp zu, Späckennäcken!
plötzlich lammfromm Und mein' Reißvaschluß. Büdde.

KASPER Reißvaschluß? Däs' 'ne Püjorrmorrpäädi,
du Schimpänseh!

GRETEL Und? Wäs häbbich denn än?

KASPER *beiseite* Däs doch meine älde Pehfauzeh-
kombi. Für äls ich noch mid'n Moderräd
rumgekruhß' bän. *laut* 'n Püjorrmorr aus
Pehfauzeh?!

GRETEL Däs' Lorrdex, du Bauär! Däs 'n Lorrdex-
püjorrmorr, issäs! *plötzlich lieblich*
Gorrb's bei Schiebo in' Ängebot!
Süß, nä?

KASPER *kriegt Schluckauf*

Auf'e Pyjamaparty.

PRINZESSIN Ja …! Ja …! Ja …! Ja …! Ja …!

KASPER Wer's <u>die</u> dään.

Nachspiel (in politisch korrekter Hochsprache)

Kasper Spackennacken
auf der Pyjamaparty des Swingerclubs

KASPER   Tri, tra, trullala! Tri, tra –

GRETEL   Schweig stille, Gemahl! *plötzlich lamm-
                fromm* Und schließe meinen Reiß-
                verschluß. Bitte.

KASPER   Reißverschluß? Wir gehen auf eine
                Pyjamaparty, du Schaf!

GRETEL   Und was ist das wohl, das ich trage?

KASPER   *beiseite* Das ist doch meine ausgemusterte
                PVC-Kombi, in der ich in jüngeren Jahren
                Motorrad fuhr. *laut* Ein Pyjama aus
                PVC?!

GRETEL   Das ist Latex, du grober Mensch! Das ist
                ein Pyjama aus Latex ! *plötzlich lieblich*
                Gab's bei Tchibo im Angebot. Ent-
                zückend, oder ?

KASPER   *bekommt Schluckauf*

                Auf der Pyjamaparty.

PRINZESSIN   Ja …! Ja …! Ja …! Ja …! Ja …!

KASPER   Wer ist <u>das</u> denn noch mal gleich?

GRETEL   Wen.

KASPER   Nä <u>die</u> dorr, die midde Ideorrlmorrße.
            Hunnät–hunnät–hunnät. Die rosorr
            Hüpfbuich.

GRETEL   Die grorde von den Tüp mit den Fehrde-
            schwänß genorgelt wehrd?

KASPER   Nee! Die kenn' ich jorr. Däs' jorr Groß-
            muddär.

GRETEL   Ich mein' den midde <u>Frisuuää</u>!!

KASPER   Äch so! Ich dächte, du moins' den mit den
            Fehrdeschwänß.

GRETEL   Däs' Prinzessin. Die än'ne Kässe
            von'n Spää'määk'. Borr, däs säch ich
            Feeßbuck.

SCHNEEKÖNIG   *aus dem Hintergrund* Erff; erff;
            erff ...

GRETEL   *über die Schulter* Hömmorr, Schneekönich.
            Lehch morr 'n Zorrn zu dorr ächtern!
            Määänn, dööörr! Gehng dich is' 'n
            Päläs'eunuch 'n Potenzwundär!

SCHNEEKÖNIG   *sich freuend* Zorrn zu, uckiducki!
            Erff, erff, erff ...

KASPER   <u>Du</u> häs' orrbär auch 'n bäd här deh
            hoideh, Fee!

GRETEL   Wer?

KASPER   Na, <u>die</u> Dame mit den Idealmaßen.
                Hundert-hundert-hundert. Die rosafarbe-
                ne Hüpfburg.

GRETEL   Die momentan von dem Herrn mit dem
                Pferdeschwanz p…t wird?

KASPER   Nein! Die kenne ich ja. Das ist ja Groß-
                mutter.

GRETEL   Ich meinte den mit dem gerafften Haar!   267

KASPER   Ach so! Ich dachte, du meinst den mit
                dem Pferdeschwanz.

GRETEL   Das ist Prinzessin. Das ist die Kassiererin
                vom Spar-Markt. Ei potz, das poste ich auf
                Facebook.

SCHNEEKÖNIG   *aus dem Hintergrund* Erff; erff;
                erff …

GRETEL   *über die Schulter* Hör mal, Schneekönig.
                Darfst ruhig energischer werden da hinten.
                Gegen dich ist ein Palasteunuch ja ein
                P…z-wunder!

SCHNEEKÖNIG   *sich freuend* Energischer, okay!
                Erff, erff, erff …

KASPER   <u>Du</u> hast aber auch einen Bad hair day
                heut, Fee!

FEE	*einhaltend, aufblickend* Wenn du dorr
immä än rumzoddlß!

KROKODIL	Eijeijeijeijei! Eijeijeijeijei! Eijeijei! Ei!
mit Vollmaske aus
Rindslederimitat, aber
Frotteeschlafanzug mit
Smoking-Aufdruck

HEXE	*nebenbei Krokodil weiterversohlend* So is'
richdich, Feelein. Immär schön in'ne
Aug'n kuck'n, sonß gipäß siebm Jorr're
schlecht'n Secks.

FEE	*erneut einhaltend* Sitz ich auf oineh
Orrschbäckeh äb. – Wäs triengß du'n
dorr? Schiet of Örl Greh, oder
wät?

KASPER	Äy, Schwestär Eiärnfiß'! Wussessu
schon, däs där Dääm 'n oigenes Geheern
hät?

SCHW. IRONFIST	Nein. Macht aber Sinn. Stimmt's,
Udl-Pudl?

WACHTMEISTER	*im Takt wiehernd* Und wie-hi-hi-
hi-hi …!

TEUFEL	*beiseite* Macht aba <u>Sinn</u>, macht aba
<u>Sinn</u>…! Imma diese <u>Sinn</u>macher, wa.
Ick kotz' jleich uff die Keese-Ijel.

FEE   *einhaltend, aufblickend* Wenn du da
                   ständig drin herumstruwwelst!

KROKODIL   Eijeijeijeijei! Eijeijeijeijei! Eijeijei! Ei!
mit Vollmaske aus
Rindslederimitat, aber
Frotteeschlafanzug mit
Smoking-Aufdruck

HEXE   *nebenbei Krokodil weiterversohlend* So ist
                   es richtig, Feelein. Immer schön in die
                   Augen schauen dabei, sonst gibt es sieben
                   Jahre schlechten Sex!   269

FEE   *erneut einhaltend* Die sitze ich ohne
                   größere Probleme aus. – Was trinkst du
                   denn da? »Shades of Earl Grey« oder
                   ähnliches?

KASPER   He, Schwester Eisenfaust! Wußtest du
                   schon, daß der D…m ein eigenes G…n
                   hat?

SCHW. IRONFIST   Nein. Macht aber Sinn. Stimmt's,
                   Polizistchen?

WACHTMEISTER   *im Takt wiehernd* Und wie-hi-hi-
                   hi-hi …!

TEUFEL   *beiseite* Macht aber <u>Sinn</u>, macht aber
                   <u>Sinn</u>…! Immer diese <u>Sinn</u>macher, nicht
                   wahr. Mir wird gleich überaus unwohl.

SCHW. IRONFIST   *nebenbei* Sieht man Sie später
<u>auch</u> noch auf der After-Show-Party,
Herr Spackennacken?

KASPER   Däs' könnde dich so päss'n!
<u>Mein</u> Äfter geht dich 'n Schoißdreck än,
dörr!

Wieder daheim bei Spackennackens. Schlaf-
zimmer.

KASPER   Wäs hoilß du denn die gänze Zoit! Issäs
wiedä, weil du äpportiärt bes'?

GRETEL   Quäääätsch! Ich häb' 'n Hexenschuß, du
Zipfeltrineh! Kuck du diä liebär dein'
Wäns' än. Däs' jorr auch nich' grorde 'n
Wäschbrett, dörr.

KASPER   Wäs wills' du denn mit'n Wäschbrett!
Wofüä horb ich diär denn die goile
Bauknech' gezockt!

SCHW. IRONFIST   *nebenbei* Sieht man Sie später
                  <u>auch</u> noch auf der After-Show-Party,
                  Herr Spackennacken?

KASPER   Das könnte Ihnen zupaß kommen!
                  Doch Pustekuchen. <u>Mein</u> A…r geht Sie
                  überhaupt nichts an!

                  Wieder daheim bei Spackennackens. Schlaf-
                  zimmer.

KASPER   Warum weinst du denn die ganze Zeit! Ist
                  es wieder, weil du adoptiert bist?   271

GRETEL   Unsinn! Ich leide unter Hexenschuß, du
                  unsensibler Klotz! Schau du dir lieber
                  deinen Wanst an. Nicht gerade ein sog.
                  Waschbrettbauch.

KASPER   Wozu brauchst du ein Waschbrett? Habe
                  ich dir nicht eine 1a Waschmaschine
                  organisiert?

Siebenter Akt

Kuß

Hurra!
  D. h.: hurra? Nun ja.
  Egal. Hurra. Hurra, hurra, hurra.

44

Seat: *33C* stand auf der Boarding Card.

Ich habe keine Ahnung, wie ungewöhnlich es ist, daß er einen Platz für den nächsten Direktflug nach Hamburg bekam. Er hatte einfach das Schiff verlassen, war über die Kaianlagen zur Plaça de la Carbonera getapert, den Rollkoffer im Schlepp – das dauerte zehn Minuten –, hatte unter einer Platane voller grüner Papageien das erstbeste Taxi aus dem Verkehrsgetöse gewinkt und »Aeropuerto« gekeucht. Während der Fahrt beutelte ihn ein Schub von PTBS, doch 15 Minuten später war er da. Ging zum erstbesten Schalter und sagte »Hamburgo?« Man verwies ihn an einen anderen, und wieder sagte er »Hamburgo?«, und nach einem bißchen Radebrechen und Gestikulieren und Barzahlung war er im Besitz eines Tickets. Boarding in zehn Minuten. Abflug 15:45 Uhr.

Soviel in seinem Leben bisher auch schiefgegangen war – jetzt klappte alles wie am Schnürchen. Bis zum bitteren Ende.

33C. Kein Fensterplatz also, doch ohnehin dürfte die Sonne bereits hinter der Erdkrümmung verschwunden gewesen sein, als die Maschine zur Landung in Fuhlsbüttel ansetzte. Auch mit der Nase unmittelbar in der Null des Kabinenfensters hätte Onno nicht viel erkannt von jener Millionenstadt, in der er lebte, seit er dort geboren worden war – fast 59 Jahre zuvor.

Aus der Vogelperspektive betrachtet, kann selbst die geliebte Heimat verwirrend wirken, wie in einem Traum, zumal bei Finsternis. (Und ist nicht die Finsternis in unseren Zeiten die Lichtverschmutzung?) Ja, selbst wenn Onno etwa, anhand des orangefarbenen Lampenparks, Hamburgs Hafen identifiziert hätte – finster dürfte ihm seine geliebte Heimat erschienen sein, ebenso finster wie seine Zukunft.

Konnte ich mir auch nur im entferntesten vorstellen, wie er sich gefühlt haben mochte?

Jedenfalls tat schon der Versuch unbeschreiblich weh.

Als Entertainment Managerin Maren Vigoleit Vetter Donald in der Hemingway Lounge weckte, stieg Onno bereits in seinen Ford Ka. Edda hatte, nachdem sie Onno zum Flughafen gebracht, bei der Rückkehr einen Parkplatz gegenüber der Haustür gefunden und das Auto seither nicht mehr benutzt. Den Schlüssel hatte sie brav ans Brettchen gehängt. Onno nahm ihn und stellte Koffer und Reisetasche in den Korridor.

Wann immer ich mir vorstellte, wie Onno an jenem frühen Abend in sein Auto stieg, fiel mir ein Spruch von ihm ein. Gebracht hatte er ihn rund ein Jahr zuvor, nachdem ich ihm meinen Mercedes für eine Fahrt zu seiner Schwester geliehen hatte – als sein Ka länger in der Werkstatt war. Einen für Onno ungewöhnlich derben Spruch: »Als ich von deinem, nech?, wieder in meinen gestiegen bin«, sagte er, »fühlte sich das so an, als wär' ich frisch geduscht in'ne vollgepißte Unterhose gestiegen. Nech?«

Bevor er den Zündschlüssel drehte, meldete er sich auf Vetter Donalds iPhone an. Unter *Mein iPhone finden* gab er Eddas Benutzernamen und Passwort ein, und sodann erschien auf dem Display die grobe Karte eines Ortes, von dem Onno noch nie zuvor gehört hatte: Seenhag. Donalds iPhone war zu nur mehr 28 Prozent geladen, und da Onno das Ladekabel in der Hektik nicht hatte finden können, verzichtete er darauf, den Ort zu googeln. Statt dessen gab er ihn versuchshalber ins Navigationsgerät ein, und siehe da: Es kannte ihn. Und prognostizierte eine Ankunftszeit von 21:11 Uhr.

Diese Science-fiction-Geste mit Daumen und Zeigefinger, dieses Streichen über die Oberfläche hin, lässig und zärtlich und schnippisch zugleich – dieses umgekehrte Schnipsen, das Millionen von verhexten Zauberlehrlingen auf der Welt täglich unzählige Male vollführen –, bei Onno wird sie unbeholfen gewirkt haben. Nichtsdestoweniger hatte sie anscheinend funktioniert. Der grobe Maßstab der Straßenkarte auf dem Display des Smartphone schrumpfte. Nun waren in plakativen Farben nur mehr eine einzige Straße, der Grundriß eines grauen Gebäudes auf beigefarbenem Grund und direkt daran angrenzend blauer Grund zu erkennen. Und auf der Grenze der grüne Punkt, der den Aufenthaltsort von Eddas iPhone kennzeichnete.

Es war Freitagabend, und es nieselte aus einem grüngrauen Himmel. Er füllte die Lücken zwischen den Dachgeschossen der Häuserblocks, und die Besen einiger ratzekahler Bäume stanzten ihre Schattenrisse hinein. Die meisten zwar trugen noch ihr Blattkleid, doch die Buntheit wirkte fahl in den dreckigen, zerlaufenden roten und blassen Lichtern des Verkehrs. Kehrichthaufen feuchten, toten Laubs an den Straßenrändern. Er brauchte doch fast eine Stunde allein bis zum Horner Kreisel. Auf der Autobahn ging es zwar zäh, aber noch flüssig voran, und nachdem er in Trittau abgefahren war, gab es keinerlei Verkehrsbehinderungen mehr – nur die Dunkelheit.

Seenhags Infrastruktur besteht aus einer einzigen Haupt-
straße, und deshalb dürfte es Onno nicht schwergefallen
sein, das Restaurant Seenhager Seegarten aufzufinden. Man
sah die namensgebende Terrasse schon von der Zufahrtstraße
aus, die in einem Bogen um den Lottensee herumführte. Der
Gasthof lag auf der Spitze des Seenhager Werders, einer
Landzunge, die in das Gewässer hineinragte.

Onno parkte den Ka am Straßenrand. Aus dem Koffer-
raum holte er das starke Fernglas, ein Geschenk von Eddas
Vater. Er überquerte die gottverlassene Landstraße. Beküm-
merte sich nicht um die Nässe, die ihm durch Jacke, Hemd
und Hosenbeine drang, als er sich durch den Uferbewuchs
zu einem Platz vorkämpfte, von dem aus er freie Sicht über
den See bis zum Werder hatte. Mit bloßem Auge bereits vermochte er zu erahnen, daß die lauschig beleuchtete Terrasse
bewirtschaftet wurde. Vermutlich saßen die Gäste, in Woll-
decken gewickelt, unter Heizpilzen, wie es seit Jahren Sitte
geworden – um so mehr, seit Rauchen in Innenräumen zumeist verboten war.

Kater und frischer Alkohol in den Adern erhöhten Onnos
Blutdruck, und sein Herz paukte wie der Schlegel einer
Schlagzeugfußmaschine. Seine teerverklebten Bronchien
pfiffen. Außerdem schmerzte es die Nackenmuskeln, den
Feldstecher dauerhaft auszurichten. Onno unternahm weite-
re anstrengende, nasse Schritte, um sich an den Stamm einer
Weide anlehnen zu können. Dann endlich gelang es ihm, das
Doppelobjektiv so ruhig zu halten, daß er im Dunkel das
Helle fand und die Okulare ihm ein Bild vom Restaurantgar-
ten am jenseitigen Ufer lieferten.

Ein klares, erschreckend nahes Bild. Es schien Onno, als
vernehme er hinter der Naturstille am hiesigen Ufer das
Fauchen der Gasflammen unter dem Edelstahlhut der Heiz-
pilze am jenseitigen. Fransen von roten Baumwolldecken,
Eisenscheren unter den Sitz- und Tischflächen, hochstie-

lige Gläser mit tiefen Pegeln. Windlichter, Ärmel, Bügelfalten.

Lange beobachtete Onno. An dem Tisch, der am äußersten rechten Seitenrand stand, saß Edda. Zehn Minuten dauerte es, bis Onno erkannte, daß ihre Lider ein Hauch von Blau schattierte. Er erkannte es deshalb so genau, weil sie die Augen geschlossen hielt, als der Mann, der im rechten Winkel zu ihr saß, sie küßte. Sie merkten nicht, daß hinter ihnen der Kellner mit zwei tiefen Tellern wartete.

Nach wenigen weiteren Augenblicken setzte Onno ab. Dumpfer Krampf lähmte Nacken- und Schultermuskeln. Als gewärtigte sein sonnenverwöhnter Körper erst jetzt die kalte Nässe dieses Abends Ende Oktober, begann er um so unbändiger zu schlottern.

Schlotternd schaute Onno in die schwarzen Wolkenlachen auf dem graubraunen Himmel, schaute über den silbern schraffierten See; er hob das Fernglas erneut an die Augen, doch er zitterte zu sehr und ließ es schließlich vorm Bauch herabbaumeln.

Kurz darauf begannen ihn Seelenkoliken zu beuteln. Gekrümmt wandte er sich dem Stamm der Weide zu. Er hob das Fernglas über die rechte Schulter und ließ es auf dem Rücken liegen, obwohl der Riemen ihn ein wenig würgte; stützte sich mit beiden Händen an der feuchten Borke ab, ließ den Kopf zwischen den Schultern herabhängen und kotzte auf die Wurzel; und weil die Knie nachgaben, sackte er in die Hocke und kotzte aus der Hocke weiter auf die Weidenwurzel. So hockte er da, so lange, bis er leer war und seine Füße taub.

Um sie zu durchbluten, taumelte er auf der Straße herum. Obwohl er sich vollkommen ausgebrannt fühlte – ausgehöhlt, ausgeweidet –, fuhr Onno die Straße um das Gewässer herum ins anscheinend aus gerade mal einem Dutzend Häusern bestehende Seenhag. Der heutige Gast- war früher ein Gutshof gewesen, und man näherte sich ihm von hinten. Der Weg führte zunächst auf einen katzenkopfgepflasterten Parkplatz, der sich zwischen Herrenhaus und Gesindebarakken, Ställen und Scheunen erstreckte. Acht, neun Fahrzeuge mit unterschiedlichen Kennzeichen standen dort; eines davon begann mit dem magischen Doppel-H.

HH said the clown, dachte der andere Onno.

Onno stieg aus. Er orientierte sich nur flüchtig. Von hier hinten gelangte man nicht ins Restaurant, das sich zum See hinaus öffnete. Es mußte einen Seiteneingang geben. Doch er übersah ein entsprechendes Hinweisschild, wählte die falsche Flanke und geriet über einen mäandernden Gartenweg direkt auf die Terrasse. Direkt hinter den Tisch, an dem Edda saß mit dem Blick seewärts; den Teller, auf dem die Hälfte des Maränenfilets und der Beilagen kalt wurde, hatte sie schon zehn Minuten zuvor von sich geschoben – mit den Worten: »Ich mag nicht. Keinen Appetit. Tut mir leid.« Gerade sagte sie etwas, das Onno nicht verstehen konnte, zu dem Mann an ihrer Seite, und als sie an dessen Miene erkannte, daß er Onno erblickte, fuhr sie herum, und schlagartig wirkte ihr Rouge wie Blut auf Kalk.

Ohne zu zögern, aber auch ohne ein Wort zu sagen, setzte Onno sich hinzu – eigentlich sackte er entkräftet auf den dritten Stuhl. Atmete schwer. Bewegte nur die Kiefer.

»Onno«, wollte der Mann an Eddas Seite sagen. Doch seine Stimme versagte. Die Glottis brachte nur ein Fiepen zustande, und während Edda ihr Gesicht in den Händen barg, blieb ihm nichts, als starr vor Entsetzen in die geschwollenen Pupillen seines alten Sports- und Busenfreundes zu starren, nur um sein eigenes Spiegelbild zu entdecken.

Meines. O Gott, ja …: *meines*.

45

Natürlich weiß ich nicht mehr genau, wie jener zaubrische Abend verlaufen ist, jener Abend genau 30 Jahre davor. Ich weiß nur noch sehr genau, wie verknallt ich war. *Nicht unverschossen in ihre Schwellformen und Sommersprossen …?* So die offizielle Lesart der freundschaftlichen Geschichtsschreibung. In der Lesart meiner Seelenbiographie: *heillos* verschossen.

Von August 1978 bis Oktober 1983 hatte ich Edda so gut wie jedes Wochenende gesehen, oft sogar mitten in der Woche. Rechnen wir nur drei Wochenenden pro Monat. Rechnen wir abzüglich Ferien, Grippe, dringender Seminare etc. statt 63 nur 60 Monate à drei Wochenenden à zwei Tage. Macht 360 Tage. Ein Jahr netto unerlöste Liebe.

In meinen Augen war sie schon damals die perfekte Frau. Mit 21 Jahren schon eine reife, perfekte Frau. Edda das Original, alle anderen seelenloser Abklatsch.

Bis heute packen mich sentimentales Entzücken und abgrundtiefe Erschütterung vor der rohen Gewalt des Schicksals zugleich, sehe ich sie da vor meinem inneren Auge auf dem Barhocker hocken, in diesem Kleid (immer trug sie Kleider), ein Göttinnenknie über dem anderen. Bis heute spüre ich den kräftigen, *schnuckeligen* Händedruck. Bis heute kann ich meinen damaligen Schwindel aufgrund der gebündelten Strahlung ihrer Saphiraugen nachempfinden. Er machte mich taumeln, als ich mich Onno zuwandte, um auch ihm die Hand zu schütteln. »Vetter Stoffel«, sagte Vetter Donald, »Student der Jurisprudenz. Jurisprudenz, sage ich.« (Pflegte er wirklich damals schon diese enervierende Manier? Ich glaube, ja.) Ihre Freundlichkeit, ihre warme Neugier machten mich verlegen – zartbitterer Vorgeschmack auf künftige Sehnsucht, künftiges Begehren –, und gleichzeitig stach mich der Hafer; augenblicklich mußte ich den unwiderstehlichen Impuls bekämpfen, ein Rad zu schlagen oder mir auf die Brust zu trommeln oder hinter ihrem süßen, rührenden Ohr hervor ein Ei zu zaubern.

Reines Grausen die panzerglasklare Erkenntnis eines Tages vier, fünf Monate später, daß Edda und Onno unteilbar eins waren.

Saison für Saison schleppte ich eine neue Schnepfe an, um Edda, Onno und mir zu beweisen, daß ich nicht auf uns angewiesen war. Stillose Knutschdemonstrationen auf meinem Stammplatz in der äußersten Tresenecke, die in der offiziellen Freundschaftsgeschichtsschreibung unter *Stoffels ornithologische Phase* verbucht wurden. Ich wetteiferte geradezu mit Dem schönen Raimund, und zusammen lieferten wir Anekdotenstoff en gros, und wann immer in den nachfolgenden Jahrzehnten die Reminiszenzenleier geschlagen wurde, setzte ich die Miene des Vernunftmenschen auf, der über die Kapriolen seiner jungen Jahre nur mehr selbstironisch den Kopf schütteln kann.

Die wilde Nacht der Konkursfeier dann … Ich habe Abzüge von Fotos davon, die irgendwer gemacht hat – Hulli oder Lulli oder wie auch immer die Stammgäste damals noch mal gleich alle so hießen. Aber ich kann sie mir nicht anschauen, ohne in rettungsloser Melancholie zu ersaufen. Nach und nach füllte sich der Laden feuerpolizeilich katastrophal – und das an einem ganz gewöhnlichen Wochentag. Ein 50-Liter-Faß nach dem anderen wurde aus dem Keller unterm Tresen heraufgewuppt und an die Zapfanlage angeflanscht; aus den Boxen schallten unsere Helden der frühen 70er – Deep Purple und Black Sabbath, Led Zeppelin und Creedence Clearwater Revival und viele andere (sowie das Tape der von Stammgast Rudi dem Arsch frisch gegründeten

Heavy-Metal-Band Pet Cemetery) –, und da die gekippten Fenster nicht genug Belüftung schafften, sackte ab null Uhr alle halbe Stunde einer ohnmächtig zusammen.

Ebenso rappelvoll das Hinterzimmer, wo seit geschlagenen fünf Jahren Vetter Donalds Pimpf-Bilder hingen und, neben der Tür zu den Toiletten, die flache Bühnenrampe war. Am Nachmittag hatte er die offenen drei Kanten mit Plexiglaswänden eingehegt. Vorn mit Heftpflaster einen Zettel befestigt, vorsätzlich lieblos herausgerissen aus einem Oktavheft und vorsätzlich lieblos bekritzelt wie folgt:

> *Achtung, Performance!*
> *Hier trinkt Sabine Tannine*
> *zum 25sten Geburtstag*
> *25 Gläser Lambrusco.*
> *Bitte nicht stören!*
> *Hamburg, 25. Oktober 1983*

Ein beklemmender Anblick: Vetter Donald, ausnahmsweise frisch rasiert, doch geschminkt wie eine Beate-Uhse-Puppe; damals noch gelockt, dünn gelockt, aber immerhin gelockt, hatte er sich eine saure Dauerwelle legen lassen und trug BH und rosa Unterrock (darunter eine rosa eingefärbte Männerunterhose), geklaut von Tante Edith. Er lümmelte in einem verflohten Flohmarktsessel; auf einem Beistelltischchen standen gefüllte Rotweingläser in Formation, in der ersten Reihe sieben, sechs in der zweiten und so weiter bis runter auf drei.

Kein Mensch wußte, was der Unfug sollte (außer Ralph-Martin Douté – ja, *der* Ralph-Martin Douté –, der von »eindrucksvoller Allegorisierung der Vereinsamung in unseren Metropolen« o. ä. faselte). Fragte man den Künstler selbst, erntete man finsteres Schweigen. Ein bißchen sah er aus wie Roman Polanski in dessen Film *Der Mieter*, bevor er sich aus dem Fenster stürzt.

Der Andrang aus dem Eingangsbereich hatte sich bis hierher fortgepflanzt, so daß die Plexiglaswände Madame Tannines vom Stehvolk zum Anlehnen genutzt wurden. Klopfte der x-te Witzbold an die Scheibe, hob Vetter Donald den stumpfsinnigen Blick, fletschte die schon damals fürchterlichen Zähne und streckte die rotsponschwarze Zunge heraus wie Gene Simmons von Kiss.

»Fünfundzwanzig?«, sagte jeder x-te Schlaumeier. »À null-eins, oder was? Das sind, Moment, zweieinhalb Liter. Hm. Wenn er gut drauf ist, schafft er das.«

Dort war es, wo Edda mich küßte. Dort war es, daß sie mir ihre Droge injizierte. Mich endgültig gegen andere Frauen impfte. Mein künftiges Liebesleben programmierte.

Ich weiß nicht mehr, worüber genau wir sprachen; nur, daß es sich um Vetter Donald drehte. Obwohl – oder gerade weil – sie ihn nicht mochte, fand sie es schrecklich, wie er sich zum Affen machte, und hatte schon nachmittags beim Aufbau der Plexiglaswände auf ihn eingeteufelt, er möge den unwürdigen Unsinn doch in Gottes Namen unterlassen. Vergebens, natürlich.

Sie war aufs hinreißendste angeschickert. Sie kam grad von der Toilette, und ich wollte grad hin, und weil es so voll war, gerieten wir aneinander, und plötzlich umfaßten wir einander und küßten uns.

Ich weiß nicht. Ich hatte nach ihrer Taille gelangt – alle anderen Lagen und Laibungen waren zu brenzlig –, instinktiv mit beiden Händen. Sie trug ein enges, großgemustertes Kleid in der bronzenen Grundfarbe ihrer Haare, das weiß ich noch, und der Stoff fühlte sich an wie Engelshaut. Wie müßte sich dann erst ihre Haut anfühlen? Ihre blauen Augen leuchteten wie umflorte Lichter aus ihrem erhitzten, sommersprossigen Gesicht, und plötzlich, gegen den Lärm, rief sie mir ins Ohr so ungefähr: »Entschuldige, Stoffel, du bist so *süß* heute, ich muß dich *unbedingt* mal eben küssen, einverstanden?« Und ich werde irgendwas gelallt haben, und dann nahm sie meinen Kopf in ihre festen, heißen Hände und küßte mich, daß mir Hören und Sehen vergingen auf ewig.

Es hieß später, Onno – ebenfalls auf dem Weg zum Klo – habe es gesehen und nicht schlimm gefunden. Aus anderer Quelle hieß es, er habe es nicht gesehen, sondern Edda habe es ihm später mal erzählt und er habe nur abgewunken, gütig grienend, wie es seine Art war. Raimund schwor, letzteres sei die zutreffende Version.

Wie sich zeigen sollte, hatte ihm die Sache wohl doch mehr zugesetzt, als er je eingestehen mochte – selbst sich selbst gegenüber. Selbst wenn er sich weder das Datum seiner Konkursfeier gemerkt hatte noch das Datum von Vetter Donalds Geburtstag – was auf Vetter Donalds Geburtstag geschehen war, hatte er nicht vergessen.

Was er nicht wußte: Vetter Donald war Zeuge des Kusses gewesen. Wann immer wir uns für länger als zehn Minuten begegneten in den folgenden Jahren – stets mußte ich mir seinen diesbezüglichen blöden Spruch anhören, in dem Begriffe vorkamen wie »Kumpelschwein«, aber auch scheeläugige Bewunderung mitschwang. Und Arschgeige, die er war, entblödete er sich nicht, Onno diese seine obsessive Uralt-Anekdote weiterzutratschen – auf den Tag genau 30 Jahre später, auf einem Kreuzfahrtschiff im Hafen von Barcelona.

Wir haben nie über diesen unseren Kuß gesprochen, Edda und ich, all die Jahre nicht. (Geschweige Onno und ich.) Wir waren jung, der Geist von Love and Peace wehte noch am Horizont; es war eine spontane Regung, der wir, blutjung wie wir waren, einfach nachgaben. Sie mochte mich, ich liebte sie, wir waren betrunken, es lag ohnehin so viel Liebe in der dicken Luft des Plemplem, das war alles.

Wie der Abend endete, daran habe ich nur noch dunkle Erinnerungen. Die freundschaftlich-gemeinschaftliche Geschichtsschreibung besagt, daß die Veranstaltung nach nachbarschaftlichen Protesten wegen Lärmbelästigung um vier Uhr mittwochmorgens von der Polizei aufgelöst wurde.

Hatte Mademoiselle Tannine ihr Ziel erreicht? Vetter Donald behauptet, ja. Ich weiß es nicht mehr, und weniges ist mir gleichgültiger als das.

286 Nach den fünf feuchtfröhlichen Jahren im Plemplem rackerte Onno anderthalb Jahre lang hart – für seine Verhältnisse hart. Als Versicherungsvertreter war er gar nicht mal so untauglich. Er besuchte einfach seine potentiellen Kunden, hörte sich ihre Sorgen an, und zwei Stunden später unterschrieben sie einen Vertrag oder zwei. Onnos haselnußbraunen Augen sei Dank konnte sein Chef mit der Abschlußquote überaus zufrieden sein – nur war die Abwicklung derart chaotisch, daß die Bürohengste regelmäßig durchdrehten.

In der Abendschule holte Onno gleichzeitig sein Abitur nach. Silvester 1984 war er 30 geworden – der erste in unserem Klüngel –, und vorübergehend schien es, als habe er wie Raimund und ich ein bißchen Geschmack am Ernst des Lebens gefunden. Vorübergehend, denn zu unser aller Überraschung begann er im Sommersemester '85 ein Studium der Sozialpädagogik, das er schon bald wieder quittierte, um im Sommersemester '86 eines der Soziologie zu beginnen.

Seit er aus Rahlstedt zurückgekommen war, hatte er in einer Einzimmerbude im Walbein 111 in der Neustadt gehaust. Warum Edda und er, so unzertrennlich, wie sie waren, nicht schon viel früher zusammengezogen waren, verstehe ich bis heute nicht. Auf Nachfrage hatte man von beiden

Parteien stets nur lächelndes Achselzucken zur Antwort bekommen.

1990 aber bezogen sie dann ihre gemeinsame Wohnung in der Stellingstraße in Hoheluft-West. Im selben Jahr heirateten sie. Raimund war Onnos Trauzeuge, Eddas ich. Glücklich und zufrieden lebten sie ihr Leben. Ja, von 1995 bis 2003 dachten wir alle sogar, Onno hätte es endlich geschafft – mit seinem Kiosk am Weiher. *Onno's Chaosk*, auch er war Kult. Nun ja. Glücklich und zufrieden blieben sie, Edda und Onno. Bis ich ihm seinen ersten Auftrag als Privatdetektiv verschaffte.

Das war der Anfang vom Ende. Von dem Schlag hatte er sich nicht mehr vollständig erholt.

Und ich? All die Jahre … All meine Liebesversuche …

Rosalie (1979), Vivian, Rebekka (1980), Monika (1980–1981), Ramona, Elisabeth (1981), Sandra (1982), Brigitte, Saskia, Irene (1983), Petra (1983–1985), Christine (1985–1987) und Birgit (1986–1989), Maxi (1991–1997), Hanna-Maria (1999), Leonie (2000–2003), Meike (2005), Heike (2006) …

Selbst Der schöne Raimund war 1996 seßhaft geworden.

Schon nach der Maxi-Ära hatte ich aufgegeben, auch wenn in den Leonie-Jahren noch einmal Hoffnung aufkeimte.

Die Sache war die: Ich liebte ja schon jemanden. Nicht, daß der ein oder andere nicht fähig wäre, zwei oder mehr Menschen zu lieben – man kann ja schließlich auch zwei und mehr Geschwister lieben, plus Eltern etwa. Doch wehe, es tritt Unwucht auf … Wehe, A liebt C nicht wie B, obwohl C A liebt wie A B. Und dabei ist egal, ob es wirklich so ist. Es reicht, wenn C annimmt, es sei so.

Jede meiner Geliebten von Rosalie bis Heike hatte mit der Tiefe meiner wie auch immer gearteten Empfindungen Edda gegenüber ihre Schwierigkeiten. Eine fand sie suspekt und bedrohlich, die nächste äffisch und bedrohlich, die übernächste inzestuös und bedrohlich. Selbst die selbstbewußte Maxi wurde ein paradoxes Gefühl von Ungenügen und Überheblichkeit nicht los, wenn ich nach einem anderthalbstündigen Telefonat mit Edda ins Wohnzimmer zurückkehrte. Dieses Gefühl hatte sie nicht, wenn ich nach einem anderthalbstündigen Telefonat mit Onno oder mit Raimund ins Wohnzimmer zurückkehrte. Ich bestand aber drauf, daß es das gleiche wäre. Und ich war davon auch überzeugt. Spätestens, seit ich ihr Trauzeuge war, war ich geheilt – davon war ich überzeugt.

All die Jahre …

O ja, die 90er waren die Jahre der Desillusionierung. Wie sehr mich Momente schmerzten wie der, als ich den Vietsens auf dem Weg in die Kanzlei irgendwelche Dokumente vorbeigebracht hatte und Edda mich auf dem Flur beiseite nahm, um mir vorzuführen, wie Onno gegen die Bohrmaschine eines Poliers in der Wohnung unter uns anschnarchte! Momente von unsagbarer Intimität, tabuisierter Intimität – unmöglich auszuleben.

Und die nuller Jahre schufen die Fakten. '07 schließlich das Schicksalsjahr – für Tibor Tetropov, für Milan Zarnacher und etliche andere, aber eben auch für Onno, für Edda und für mich.

Schon als Onno in jenem Sommer bei seinen Schwiegereltern auf dem Lande untertauchte, um dem tobenden Tetropov auszuweichen, telefonierte ich wieder häufiger mit Edda – traf mich auch wieder häufiger mit ihr. Freundespflicht. Obwohl unsinnig, fühlte ich mich mitverantwortlich für den Schlamassel, in dem sie und Onno steckten – immerhin hatte ich ihm den Auftrag verschafft. Da unklar war, wie weit Tetropovs Nachforschungen reichen würden, heuerte ich zwei Sicherheitsprofis an, die Edda und ihre Wohnung im

Schichtdienst wochenlang rund um die Uhr bewachten. Kostete mich ein Vermögen.

Schon in jenem Sommer hatte die intensivierte Nähe zu ihr – allen krisenhaften Umständen zum Trotz – auch ein glimmendes Glück in mir geschürt. Und als Onno im Frühjahr '08 bei mir im Auto nach jenem untypischen, atemlosen Seufzer sagte: »Ich glaub, Edda geht fremd«, da dachte ich: *Oh Gott, bitte nicht auch das noch.*

Ja, das dachte ich. Es war seltsam, das zu denken. Was wollte ich mir damit sagen? Ich war sicher, daß Edda nicht fremdging. Ich war sicher, sie hätte es mir erzählt. Spätestens seit dem plötzlichen Tod ihrer besten Freundin Gisa bereits war ich ihr Intimus in allen Lebenslagen. Seither stand ich ihr einen Zentimeter näher, als ich Onno nahestand; Onno stand Raimund seit jeher einen Zentimeter näher als mir. Welches Gefühl, welche Vorstellung also lag dem Gedanken zugrunde: Oh Gott, bitte nicht auch das noch?

Heute weiß ich es. Es war eine süßlich-herbe Vision. Eine komplexe Vision. Eine Vision, in der Onno recht hatte mit seiner in Wahrheit pathologischen Wahrnehmung, Edda sei anders als sonst. Eine Vision, in der Edda deshalb anders war als sonst, weil sie meine Gefühle erwiderte. Eine Schreckensvision von Glück. Ich hatte Angst vor diesem Glück, vor diesem rücksichtslos alles niederreißenden Glück. Eine Lawine von Glück. Oh Gott, bitte nicht auch das noch: eine Geschichte, in der nicht der Haß der Feind ist, sondern die Liebe.

Doch so kam es.

Kurz nach unserem Gespräch im Auto war Onno zum zweiten Mal für längere Zeit zu den Schwiegereltern geflohen, um der PTBS-verschärfenden Stadt zu entkommen. Indessen er, schwer beschädigt von der Kollision mit Tetropov, sich gerade deswegen immer tiefer in die pseudookkulten Ereignisse des Jahres 2008 in Finkloch verstrickte (aber das ist, wie gesagt, eine ganz andere Geschichte), entfremdete er sich von Edda (oder sie sich von ihm; wer wollte das mit letzter Sicherheit bestimmen?). Da er sich nicht einmal mehr beschwerte, als sie die je anderthalbstündige Autofahrt hin und zurück nur mehr jedes *zweite* Wochenende auf sich nehmen wollte, war sie auf traurige Weise erleichtert.

Das war die Zeit, da wir uns zusätzlich zu den Telefonaten trafen – anfangs ganz offen; später, nachdem Onno aus Finkloch zurückgekehrt war, verschwieg sie es ihm zunächst oft bloß (denn er fragte oft kaum noch nach, wo sie gewesen war, wenn sie nach Haus kam), und später verheimlichte sie es ihm aktiv. (Ich natürlich auch.)

Das war die Zeit, da sie anfing, Pfund für Pfund abzunehmen. Ballast abzuwerfen. Die Zeit, in der sie sich »ein bißchen« in mich verliebte, wie sie mir zwei Jahre später gestand. *Tausendmal berührt, tausendmal ist nix passiert! Tausend und eine Nacht, und es hat zoom gemacht.* Wie oft hatte Onno den zünftigen alten Klaus-Lage-Schinken auf die Plattenpfanne gelegt, damals, im Plemplem? 24 Jahre später kaute Edda summend darauf herum, ohne daß es an ihr Bewußtsein drang, und errötete wie ein Backfisch, als ich sie darauf aufmerksam machte.

Ich scheue mich bis heute, Einzelheiten unserer Affäre zu schildern. Wo wir unsere Schäferstündchen abhielten. Oder wie Edda die Stunden ihrer Abwesenheit erklärte, *falls* Onno fragend schaute. Ja, es war eine Affäre: Unser Verhältnis war auch von geschlechtlicher Leidenschaft bestimmt. Und doch behielten wir – unausgesprochen – technisch ein Tabu bei, vielleicht – so schofel es klingt – aus beiderseitigem Respekt gegenüber Mann und Freund.

Es war nicht einfach mit uns. Niemals jemals hatte sie einen anderen Mann gehabt als Onno. (Wie Onno nie eine andere Frau gehabt hatte als Edda. Sieht man mal von Regina Lombach ab, der er, als er 14 war, einen Knutschfleck in die Armbeuge verpaßt hatte – zu Übungszwecken.) Ihre exklusive Verbundenheit war tief in ihre Genetik eingewachsen, und noch die Ausläufer von Eddas inneren Scharmützeln zwischen Treuebedürfnis und Sehnsucht nach vitalerer Liebe erschütterten mich.

Dieses keusche Schmusen zunächst. Dieses Vor- und Weitertasten bis zum stets grauenvollen Erschauern vor den drohenden Gewalten und Konsequenzen. Das angesichts unseres vorgerückten Alters Lächerliche daran, aber eben deswegen auch das Besondere, Rührende. Das vielleicht längste, peinlichste, aufreizendste Vorspiel der Menschheitsgeschichte.

Worauf warteten wir …? Es konnte ohnedies nicht gutgehen, und wir wußten es alle beide.

Früher, als ich Mitte 20 war, da war ich überzeugt, eines Tages wohlhabend genug zu sein, daß ich uns allen eine große Stadtvilla kaufen könnte, wo wir in freundschaftlicher Gemeinschaft leben würden – Onno und Edda, Raimund und ich und unsere Geliebten.

Es konnte nicht gutgehen. Es konnte nicht gut ausgehen, ganz und gar nicht gut ausgehen, und wir wußten es, wußten es von Anfang an.

46

Unsere seltsame, unzureichende und intensive Liebesaffäre dauerte bereits mehr als vier Jahre, als Mark Kornelsen mich von Milan Zarnachers Knastentlassung und Racheschwur in Kenntnis setzte. Damit drängte das sechs Jahre alte traumatische Ereignis vom Freitag, dem 13. August 2007, stärker denn je zurück in mein Aktualbewußtsein. Löste kraftvolle Gefühle in mir aus – Scham und Zorn, Wut und Haß –, und deren Wechselwirkungen wiederum trafen auf mein energisches Bedürfnis, meine Zuneigung zu Edda zu hüten. Als ich die dritte Nachricht über Milan Zarnacher erhielt, waren meine emotionale Verstrickung und Empfindlichkeit auf einem neuen Höhepunkt angelangt.

Von daher erklärte sich meine instabile Verfassung an jenem Abend des Samstags, dem 12. Oktober 2013, als ich im Kammertheater Tremolo Vetter Donald nach Jahren wiederbegegnete. Und von daher rührte auch meine Schnapsidee. Als ich hörte, wann und wie lange Vetter Donald in See stechen wollte, da ritt mich der Teufel – zugegebenermaßen, nicht ohne daß ich ihn gerufen hätte.

Parlicke, parlocke …

Denn natürlich hatte ich den Tag, an dem Edda mich zum ersten Mal küßte, niemals vergessen. Auch das Datum nicht. Nie. Ich habe ein Spartengedächtnis für Daten. Ich weiß bis heute die Geburtsdaten aller meiner Geliebten – auch derjenigen, die nicht mehr mit mir reden. Nicht einmal das Geburtsdatum eines der klebrigsten Vettern seit Menschengedenken kann ich vergessen, selbst wenn ich es wollte. Ist es doch mit einer so süß schröpfenden Erinnerung verbunden.

Hat nicht, wer ein Gedächtnis für Daten hat, oft auch eine Vorliebe für Jubiläen? Ich jedenfalls war geradezu besessen von der Idee, den 30jährigen Jahrestag unseres Kusses zu begehen – und zwar in angemessener, ja gebotener Intimität.

Und es ist nicht gerade Reklame für die *conditio humana*, daß mein Gehirn diesen meinen zutiefst egoistischen Wunsch innerhalb von Hundertstelsekunden mit dem Wappen des Altruismus bewimpelte.

Da jenes Datum für Edda bei weitem nicht die Bedeutung hatte wie für mich – wie sie mir einmal gestand, hatte sie über die Jahrzehnte, im angezwitscherten Zustand, auch drei, vier anderen Kerlen Küsse geraubt (ihr dialektischer Kniff, sich für die nur allzu früh gewählte Monogamie im umfassenderen Sinne zu wappnen) –, sträubte Edda sich. »Anscheinend hab ich ein Datum auf unserem Kalender eingekringelt«, sagte sie, »wie man nun mal so rumkritzelt beim Telefonieren. Und das nimmt er nun als Beweis für meine Untreue.«

»Was für ein Datum«, fragte ich.

»Egal. Fünfundzwanzigster Oktober«, sagte sie.

Ich schwieg. Und lauschte Eddas Atem. »Und jetzt ist er froh«, sagte ich dann, »endlich mal was in der Hand zu haben.«

»Ja.« Sie seufzte.

Und wenn Edda seufzte, dann seufzte der Kosmos. Acht Tage lang sträubte sie sich. Noch am Tag der Schnupperbegegnung von Onno und Donald im Café Altkanzler Schmidt sagte sie nein. (Ich rief sie bereits vom Auto aus an, als Onno und Donald noch am Schwadronieren waren.) Erst nachdem sie auf ihre Simse in den Mittelmeerraum kaum Antwort bekam, sagte sie: »Okay.« Nicht mehr, aber auch nicht weniger. »Okay.« Das war am Donnerstag vormittag.

Ich sagte ihr, wie sehr ich mich freute. »Ich bestelle ein Zimmer, einverstanden? Ich möchte«, fügte ich pseudotrotzig hinzu, »was trinken.«

Sie ging darauf nicht ein – und bot ebensowenig an, daß dann eben sie uns zurückchauffierte –, und das reichte mir als Einverständniserklärung hinsichtlich unserer ersten gemeinsamen Übernachtung.

Ein paar Stunden, bevor wir losfuhren, wurde sie noch einmal wankelmütig. Onno hatte ihr – um 13:48 Uhr, also 23

Minuten bevor er das Schiff verließ – eine SMS geschickt. Die zweite der gesamten Reise.

> Hallo frau. Barcelona super. Schade, daß die Reise morgen schon vorbei ist. Grüße, Onno

Umgehend hatte sie ihm geantwortet:

> Mein Uhu, wie schön – und wie schade, ja. Genieße den Rest. Küsse, 99

294

Wankelmütig wurde sie. Doch daß Onno nicht einen Ton darüber verlor, ob er sich auf ein Wiedersehen freute, kränkte sie. (Ließ sich der Text nicht gar als Beleidigung auffassen?)

Und so verzichtete sie ihrerseits auf entsprechende Äußerung; verkniff sich sogar zu fragen, um welche Uhrzeit Onno am darauffolgenden Tag in Fuhlsbüttel landen würde (wenn er abgeholt werden wollte, sollte er gefälligst dafür Sorge tragen); machte sich schön und setzte sich in meinen Mercedes.

Inzwischen war es ihr fast gleichgültig, sollte Onno vor ihr zurückkehren. Sie würde eine Ausrede finden, weshalb sie ihn nicht hatte abholen können.

Wie er später Raimund erzählte, hatte seinerseits Onno gehofft, sie würde irgend etwas antworten, was seinen Verdacht entkräftete – irgend etwas. (Ihm glaubte ich das. Niemand anderem hätte ich je abgekauft, daß er sie nicht bloß in Sicherheit wiegen wollte.) Irgend etwas, das seinen Verdacht entkräftete, sie träfe sich mit mir und feiere das 30jährige Jubiläum ihres Kusses. Ein Verdacht, der sich plötzlich wie von selbst aufdrängte, als Vetter Donald seinen Geburtstag bekanntgab und nebenbei erwähnte, daß die Aktion der Sabine Tannine exakt 30 Jahre her sei. Ein Verdacht, der bereits im Vorwege bestätigt worden war – durch die Tatsache, daß

Edda neulich, ganz in Gedanken, im Kalender den 25. Oktober eingekringelt hatte. Ein Verdacht, den der ruchlose Narziß aus Besenwisch durch seinen Hinweis auf unseren damaligen Kuß noch zementierte.

Die Möglichkeit einer solchen Kettenreaktion hatte ich nicht im entferntesten bedacht. Dafür war ich zu sehr verblendet von meinem Vorhaben.

47

Im Seenhager Seegarten residierte ich nicht zum ersten Mal und fühlte mich entsprechend sicher. Hanna-Maria wie auch Heike waren während der Zeit unseres Zusammenseins jeweils verheiratet, und so trafen wir uns weitab Hamburgs dort, im ehemaligen deutsch-deutschen Grenzgebiet. Um größtmögliche Diskretion zu wahren, erzählte ich nie jemandem von dem berückenden Schlupfwinkel. Auch Raimund und Onno nicht, die zwar freundschaftlich angemessen neugierig nach den Eckdaten der jeweiligen neuen Liebschaften fragten, doch nie nach den logistischen Feinheiten.

Als Onno dort auftauchte, war ich natürlich vollständig paralysiert – zumal ich nicht im Traum darauf gekommen wäre, auf welche Weise er uns aufgespürt hatte. Die Situation war ein derartiger Greuel (»*peinlich*«?! – das wäre ein vollkommen deplacierter Ausdruck, takt-, ja pietätlos), daß ich lange meinte, sie zu beschreiben nur unter Drogen aushalten zu können.

Da hockte ich, und je nachhaltiger meine Stimmwerkzeuge versagten (meine Zunge fühlte sich an wie zähes Stück Schweinefleisch), desto verkrampfter starrte ich Onno ins Gesicht, und zwischen uns hockte – eine rote Wolldecke über den dünn bestrumpften Knien – Edda, die ihre roten Lippen und schattierten Lider in den zitternden Handkörbchen barg. Onno sah besorgniserregend aus – leichenbleich, glasig verschwitzt, sein eigener, einsamer Vater –, und er roch wie ein verwahrloster Psychopath. Da hockte er, mir gegenüber, gekrümmt, doch mit fiebrigen Augen, und bewegte den Unterkiefer, und auch aus seiner Kehle drang nur ein Fiepen, als er versuchte, etwas zu sagen; er räusperte sich, mehrfach – er wollte unbedingt, unbedingt wollte er etwas sagen –, doch drei-, viermal nur dieses Fiepen. Dann winkte er ab, was die Lage absurd verniedlichte. Seine Finger waren schmutzig vom Grünspan der Weide.

»'ch …«

Er schwitzte und fror. Die Wärmeaura des Heizpilzes, der in meinem Rücken aufragte, reichte nicht bis zu ihm.

Es mögen vier, fünf weitere Tische auf der Terrasse gewesen sein, die an diesem Abend neben unserem bewirtschaftet wurden. Bevor Onno auftauchte, hatte ich nur Augen für Edda gehabt, und deshalb habe ich keine Ahnung, was für Leute dort gesessen haben. Vielleicht bilde ich es mir im nachhinein auch nur ein, daß die Tischgespräche erheblich herabgedämpft worden waren, seit Onno die Terrasse betreten hatte. Mit dem sechsten Sinn gewahrte ich, daß im Hintergrund Herr Sommer – unser Kellner (und mein Komplize seit 15 Jahren) – einzugreifen bereitstand.

Schließlich – ich weiß nicht, wie lang wir so dagehockt haben – bekam Onno doch noch heraus, was er sagen wollte. »Wie heißt das noch mal, nech?«, krächzte er, »wenn man irgendwo Aktien drin hat. Was ist man dann noch mal?«

Ich versuchte zu antworten. Perplex und gleichzeitig dankbar, daß wenigstens einer von uns zu einer menschlichen Äußerung fähig war, versuchte ich zu antworten. *Aktionär?* wollte ich sagen, doch wieder brachte ich nur eine Art Krähen hervor. Nun geriet ich in Panik, daß ich für immer verstummen könnte, und in einer Übersprungsreaktion begann ich, mich einem bockigen Hustenanfall hinzugeben.

Inzwischen schaute Edda denn doch Onno an. Schaute, die Hände an den Wangen (nie hatte sie einen Ehering getragen, ebensowenig Onno), mit ihren saphirblauen, schwimmenden Augen ihren Mann an.

Onno erhob sich, ohne seinerseits sie anzuschauen. Er schaute mich an. »Ich weiß wieder«, sagte er. »Nech? Anteilseigner, nech? Anteilseigner heißt das. Nech?« Und dann kramte er in der Hosentasche, fand ein zerknülltes Papiertaschentuch und steckte es gedankenverloren wieder ein. (Dabei fiel etwas heraus, das ich – Übersprungshandlung No. 3 – sofort aufhob: der Schnipsel der Boarding Card.) Und dann ging er denselben Weg zurück, den er gekommen war. Genauer gesagt: taumelte.

Was mich am schwersten erschütterte, war der Abgrund zwischen dem ganz und gar onnountypischen pathetischen, zynischen Zungenschlag, mit dem er den Begriff vorbrachte, und der Haargenauigkeit, mit der er traf. Wir brauchten eine Weile, Edda und ich – und ich kann mich beim besten Willen nicht erinnern, wie lang (20 Sekunden? fünf Minuten?) –, bis wir uns aus unserer Lähmung zu lösen vermochten. Ich zahlte bei Herrn Sommer, der sich erkundigte, ob er mir irgendwie helfen könne. Dann rannte ich die Treppe hoch in unser Zimmer, holte die Taschen und Eddas Mantel, und dann stiegen wir in meinen Wagen und preschten los. Meine Hoffnung war, Onnos Ford Ka auf der Strecke nach Hamburg einzuholen (… und was dann?); vergebens.

Edda weinte die ganze Zeit. Sie hatte schon des öfteren geweint, wenn wir zusammen waren, doch dies war ein Nervenzusammenbruch klinischen Ausmaßes.

Onno blieb tagelang verschwunden. Weder holte er seine Koffer noch auch nur überhaupt irgend etwas aus der Wohnung. Er blieb einfach tagelang verschwunden; dann meldete er sich bei Raimund, der ihn vorübergehend bei sich aufnahm, und zumindest unsere Besorgnis, ob er überhaupt noch am Leben sei, hatte ein Ende.

48

Als er Raimund – aber erst später, Monate später – von den Tagen auf der Flipper IV berichtete – bei mir meldete er sich nicht mehr, und ich versuchte es ebensowenig bei ihm –, sprach er von den »üppigen« Büfetts und »netten« Begegnungen, von dem »abwechslungsreichen« Bordprogramm und den »interessanten« Ausflügen.

»Ich hab …«, stotterte Raimund wiederum mir vor, als ich mit der Niederschrift begann, »ich hab … vorsichtshalber lächelnd hab ich zu ihm gesagt: ›Du klingst, als wärst du einer aus der FLIP-Reklame.‹ Und da … tja, ich weiß auch nicht …«

Die Grübelei setzte Raimund sichtlich zu, und ich hütete mich, ihn zu unterbrechen.

»Er machte nur«, fuhr er schließlich mit einem abgrundtiefen Seufzer fort, »so ein *Gesicht*, weißt du? Früher hätte er vielleicht eingelenkt und gütig gegrinst. Diesmal machte er so ein Gesicht, das … das mich ganz … rappelig machte. Regelrecht *erschrocken* war ich.« Kurzum: Raimund glaubte, in seines ältesten Freundes Miene etwas wie – Verachtung entdeckt zu haben. Oder gar – Abscheu.

»Damit warst gar nicht du persönlich gemeint«, sagte ich fest. »Ich glaub, er war es einfach schon seit langem satt, daß aber auch alles einen doppelten Boden hat.«

Ich war mir nicht ganz sicher, ob Raimund mich verstand – obwohl er schließlich Anzeigenverkäufer war. Ich war mir ja nicht mal sicher, ob ich selbst verstand, was ich damit sagen wollte. Geschweige, daß ich es in dem Moment besser hätte ausdrücken können.

Zwei Assoziationen dazu. Erstens jener Spruch, den Onno brachte, nachdem er sich meinen Mercedes ausgeliehen hatte (»vollgepißte Unterhose«). Zweitens, wie er einmal nach einer der üblichen Spötteleien Raimunds – seine Garderobe betreffend oder ähnliches – folgendes gesagt hatte: »Mensch, hör auf, du. Ich bin so pleite, nech? ... Nicht mal *Witze* auf meine Kosten kann ich noch wuppen.«

Er hatte gelächelt über sein eigenes Bonmot, das ja. Aber es war eben ein Lächeln, ein Lächeln wie ein oberflächlich reflektierender Sonnenstrahl – und nicht das allzeit gültige gütige Grienen aus der Tiefe seines jahrzehntelang unangekränkelten Charakters.

Er mochte natürlich nicht glauben, daß Eddas Affäre mit mir noch gar nicht begonnen, als er bereits eine geargwöhnt hatte.

Weihnachten 2013 wurden die schlimmsten, die Edda je erlebt hatte. Abgemagert wie seit ihren Mädchentagen nicht mehr saß sie im Kreise ihrer betagten ratlosen, beunruhigten Eltern und nächsten Anverwandten, stocherte im traditionellen Grünkohl herum und ließ die beredten Seufzer über sich ergehen.

Weder sie noch Raimund, noch ich wissen bis heute, wie und wo Onno jene Weihnachten verbrachte.

49

Mit Raimund sprach er – später dann – viel über die Reise (und überhaupt), und Raimunds Erzählungen von seinen Erzählungen bilden einen Teil der Grundlage, auf der ich diese Geschichte hier aufgeschrieben habe. All die Monate lang, in denen ich diese Geschichte hier aufgeschrieben habe – Abend für Abend, Wochenende für Wochenende, Kurzurlaub für Kurzurlaub –, klemmte Onnos Boarding Card *(Seat: 33C)* im Rahmen des Spiegels über meiner Dielenkommode. Vielleicht, damit ich mich nicht länger täuschte über *the man in the mirror.* Den Herrn, der mich da jeden Morgen nachäffte, bevor er hinaus auf die Straße trat und seinem Tagwerk nachging: Dr. Christopher Dannewitz, Rechtsanwalt und Notar. Größter Anteilseigner der Onno Viets Ich-AG (OVIAG).

Wenn ich an Onno auf jenem Platz *33C* denke … Kann ich mir wirklich vorstellen, wie er sich gefühlt hat? Eigentlich kann ich nur spekulieren. Vielleicht war er sogar froh gewesen, keinen Fensterplatz zu haben. Wiewohl der gütigste Mensch, den ich je kannte, dürfte es selbst Onno – selbst wenn es noch nicht dunkel gewesen wäre – schwerlich möglich gewesen sein, in dieser Geschichte eine läuternde Vogelperspektive einzunehmen.

Mir war es vollkommen unmöglich.

Es grenzte an Idiotie, daß ich auf eine *Stadtteilkarte* stierte, als ich begann, die Ereignisse schriftlich festzuhalten – und erst recht, wie ich schließlich, in einer Mischung aus Ratlosigkeit und Verzweiflung, Linien zog.

Linien zog! (Hoffte ich, am Ende würde eine Formel aufscheinen, die uns alle erlöste?) Eine Linie etwa von Hoheluft-West, wo Onno und Edda jahrzehntelang gelebt hatten, hin zum nordöstlich angrenzenden Eppendorf, in dem unsere Tischtennishalle stand.

Eine Linie von Poppenbüttel an der schleswig-holsteinischen Grenze, wo unser Freund und Sportsfreund Raimund Böttcher mit Frau und Kindern lebte, nach Wilhelmsburg südlich der Elb-Aorta, wo er zusammen mit Onno und Edda aufgewachsen war, ein halbes Jahrhundert zuvor.

Von Hammerbrook, dem kleineren Gegenstück am Nord-
ufer, wo unser Sportsfreund Uli ›Elefantenpeitsche‹ Vredemann lebte, nach Iserbrook im feinen Westen, wo ich lebte.

Von Iserbrook nach Ottensen, weitaus weniger weit west-
lich, in dem mein Vetter Donald Maria Jochemsen lebte (solang er noch lebte).

Und von St. Pauli, in dessen Hafenkrankenhaus der Koma-
patient Tibor Tetropov, ehemalige rechte Hand eines Kiezoligarchen, vor sich hinvegetierte – seit Jahren und Jahren,
seitdem er Onno an die Gurgel gegangen war (vergeblich,
Gott sei Dank) –, nach Aalkoog im elenden Osten, wo er
aufgewachsen war.

Und wo Milan Zarnacher aufwuchs, sein damaliger Laufbursche. Längst tot aufgefunden. Irgendwo im Osten Hamburgs war er – anscheinend unbemerkt – mit einem gestoh-
lenen Auto unter Drogeneinfluß in einen Wassergraben
gerast und ertrunken. (Wer auch immer der phosphoreszierende Flegel im Time Tunnel gewesen sein mochte, der Onno das Hämatom auf der linken Schulter verpaßt hatte –
Milan Zarnacher war es nicht.)

Linien. Verbindungslinien. Lächerlich. Am Ende verband
ich *jeden* Punkt mit jedem Punkt, und die aufscheinende
Formel war so komplex wie das Phänomen selbst.

50

Um die aufgeschriebene Geschichte zu kalfatern, stellte
ich – wie gesagt – eine höchstpersönliche Nachrecherche an.
Auf meiner Kreuzfahrt auf der Flipper IV im Oktober 2014
hatte ich übrigens mehr Glück als Vetter Donald und traf
Kristin Luise eines Nachts zufällig am Tresen der Ocean Bar.
Ganz altmodisch stellte ich mich vor, und dann richtete ich

ihr Grüße von einem gewissen Donald Maria Jochemsen aus Hamburg-Ottensen aus. Ihr Lächeln verblühte in extremem Zeitraffer, und ich mußte all meinen Weltmannscharme aufbieten, um sie an der sofortigen Flucht zu hindern. Wahrheitsgemäß versicherte ich ihr, daß auch ich meinen Vetter mitnichten besonders gut leiden mochte und vollkommenes Verständnis aufbrachte, wenn sie nichts mit ihm zu schaffen haben wollte.

Daraufhin lud ich sie zu irgendeiner Unsitte auf Wodka-Basis ein, und es dauerte keine halbe Stunde, da hatte sie mir mit jener erstaunlichen Freimütigkeit – ein Phänomen ihrer Generation, für das mir letzten Endes der internetinduzierte Strukturwandel im Verhältnis von Öffentlichkeit und Intimität verantwortlich zu sein scheint – die gesamte ›Liebesgeschichte‹ von *ihrer* Warte aus erzählt.

Im Juni 2013 war im Ottensener Café Altkanzler Schmidt eine Ausstellung mit Werken – Zeichnungen, Radierungen, Ölgemälden etc. – ihres damaligen Freundes (auch schon 42, übrigens) eröffnet worden. Es hatte bereits länger gekriselt zwischen ihnen, und insofern es ihr letzter gemeinsamer Abend war, bevor sie an Bord gehen mußte, hatte sie sich auf ebenjener Vernissage so stark von ihm vernachlässigt gefühlt, daß sie sich betrank und ein bißchen auf Enfant terrible machte.

Irgendwann zu vorgerückter Stunde betrachtete sie, den Tränen nah, zum x-ten Mal jenen verfremdeten Akt mit dem Titel *Aphrodite sühnt*, für den sie Modell gestanden hatte. Es klebte bereits ein roter Punkt auf dem Rahmen, was sie aus irgendeinem Grund erboste, und während sie noch darüber nachdachte, ob sie die Leinwand mit ihrem Fingernagel aufschlitzen sollte, vernahm sie ein Raunen neben sich. »Scheußlicher Schinken. Die arme Frau. Arme Frau, sage ich. Wer hat das gemalt. Ein Schimpanse.«

Betrunken wie sie war, fand sie den häßlichen Gesellen mit dem hübschen Barett und diesem Bock von Brille witzig, und es bereitete ihr einen Heidenspaß und tiefe Genugtuung, wie er für sie ein Exponat nach dem anderen verriß. Sie verbrachten anderthalb, zwei Stunden miteinander, tranken was, tauschten die Mail-Adressen aus und, nun ja, möglich, daß sie ihn zum Abschied küßte, »auch wenn … na ja, keine Ahnung: *die* Zähne …?! Mann, muß ich blau gewesen sein …«.

Wie auch immer, die ersten vier Wochen brachte ihr sogar die SMS- und E-Mail-Korrespondenz ein bißchen Spaß.

Anfangs war die Frequenz noch erträglich, und er machte ihr Komplimente, seltsame, doch ganz und gar sittliche Komplimente – (»Du bist ein guter, ein sehr, sehr guter und schöner Mensch!« etwa) –, und nichts konnte sie zur Ankurbelung einer Selbwert-Hausse besser gebrauchen als das. Aus einer Laune heraus schickte sie ihm ein Foto von sich – »nichts Dolles, das von meinem Facebook-Account halt« –, und er erzählte ihr irgendwelche Döntjes aus seinem Künstlerleben, aber nichts Anzügliches oder Anspruchiges oder ähnliches, erzählte ihr seine Odyssee der Schmerzen und die Hamburgensien eines Quiddjes, und so ganz allmählich begann sie die Kiste dann ein bißchen zu langweilen. Nach zwei, drei Monaten beantwortete sie seine nach wie vor ausschweifenden Journale, Referate, Besinnungsaufsätze, Haiku – all den Spacken-Spam – nur noch aus einer Art Pflichtgefühl. *Ihre* Nachrichten dosierte sie immer spärlicher und sporadischer, und es hätte sie fast aus dem Kostüm gehauen, als sie den Finsterling mit dem Boliden von Brille statt in Hamburg-Ottensen mitten auf dem Mittelmeer im Publikum der Märchenshow hocken sah.

Als Entertainment Managerin Maren Vigoleit ihr dann steckte, daß ein ausgesucht häßlicher Vogel – Zitat ders.:

»ein Freund aus Hamburg« – eine »Überraschung« für sie habe, wußte sie natürlich sofort, was es geschlagen hatte. Warum sie ihm überhaupt ein Date gewährte? Keine Ahnung. Schlechtes Gewissen. Er hatte ihr ja nichts getan. Na gut, sagte sie sich. Ein halbes Stündchen in der unverfänglichen Flipper Bar ... Doch als er nicht aufhörte, ihr nachzustellen, war es halt an der Zeit für ein deutliches Wort. Sie haßte so etwas, aber was sollte man machen, wenn ein solch ...

Mein Verständnis war grenzenlos.

Einen weiteren Teil der Grundlage, auf der ich diese Geschichte hier aufgeschrieben habe, bilden die Erzählungen ebendieses Vetters Donald. Viermal besuchte ich ihn in seiner Residenz, dem Café Altkanzler Schmidt. Beim ersten Mal überreichte ich ihm sein iPhone, das Onno Raimund gegeben hatte. (Jener erste Termin ging allerdings vollständig mit der Erzählung drauf, wie Vetter Donald so lange auf Kabine 7119 blieb, bis die Nachfolger ankamen, so daß Entertainment Managerin Maren Vigoleit ihn hinaus- und überhaupt vom Schiff herunterkomplimentieren mußte; wie er sodann in Palma herumirrte und seinen Rückflug verpaßte und noch zwei weitere Tage dort versackte, bis er endlich wieder in Hamburg landete. Onno machte er merkwürdigerweise keinerlei konkrete Vorwürfe – raunte nur Flüche –; ja er fragte mich nicht einmal, ob ich eine Theorie zu dessen plötzlicher Abreise hätte. Vermutlich hatte er nicht zum ersten Mal die Erfahrung gemacht, daß jemand Hals über Kopf aus seinem Dunstkreis floh.)

Insbesondere eine unserer vier Sitzungen wird mir unvergeßlich bleiben. Wir schauten uns die DVD von meiner Reise auf seinem Laptop an. Zu den oben bereits erwähnten Stilmitteln jener filmischen Hybride aus Merchandising- und Marketing-Produkt gehörte außerdem eine Galerie von einzelnen Fahrgästen und Fahrgastgruppen, die ganz offensichtlich vom Kameramann angehalten worden waren, ein paar Sekunden zu posieren. Cheese.

Einem verführerischen, diabolischen Impuls folgend, bat ich Vetter Donald um seine Impressionen von den beteiligten Protagonisten – womöglich könne ich sie für mein Buch verwenden. Erstaunlicherweise versuchte er nicht, mir ein Honorar dafür aus dem Kreuz zu leiern; für diesmal reichte ihm die leichthin gestreute Extraportion Eitelkeitsfutter. »Aber nur mit Quellenangabe« war die einzige Bedingung; ich stellte mein Diktiergerät an, und dann raunte er los: »Erstens. Mutter mit erdbeerrotem Schal, 53, Bürokauffrau, und Tochter, ärmelloses T-Shirt, Ringelmuster, Tasche mit grauenhaftem Muster, 27, Pferdewirtin. Pferdewirtin, sage ich. Zwotens. Er 48, geboren in Windheim im Weserland, lila Pullover, Spitzbauch, schwammiger Hals. Landwirt. Sie T-Shirt mit idiotischer Aufschrift, 38, braunes Haar, Hausfrau. Sohn 9, Baby ganz der Vater, freundlich, aber dösig. Drittens. Tochter mit Zahnlücken, große Ohren, sieht aus wie Elfe. Mutter 44, ist wieder zurück im Beruf, hat 'n eigenen Schmuckladen, läuft nicht gut, aber Mann hat Geld. Leben in Lübbecke. Viertens. Zwei Schwestern sage ich, eine dunkelhaarig, eine aufgehellt, kommen vom Dorf, ziselierte Brillen, eine 54, eine 49; Mann links mit kariertem Hemd, grauen Schläfen, Brille, Einzelhändler (Elektrofachhandel), der rechts Groß- und Außenhandelskaufmann (Sanitärfachhandel). Die rechte in der christlichen Gemeinde aktiv, wie ihr Halstuch verrät; die linke Verwaltungsfachangestellte. Fünftens. Der mit Hemd wie ein Geschirrtuch, 58, Realschullehrer für Geographie und Geschichte; sie auch 58, mehrfach stranguliert worden, leitet Blockflötenkreis in Knorzhorn an der Nuß, aber arbeitet nicht so richtig, Mädchen für alles. Sechstens. Streifenjackett und Hoodie, 38 Jahre, kurze gegelte Haare, IT-Kaufmann in Minden. Siebtens.

Polohemd, evangelischer Pfarrer, Trantorf bei Hannover, 48 oder 51. Achtens. Seltsame Frau, angeklatschte Haare mit Spange, Schal mit Mustermix, Basisfarbe Grün, Rezeptionistin beim Proktologen. Neuntens. Omi, 75, Ringel-T-Shirt, Kette mit Herzchenanhänger, Jungshaarschnitt. Neuntens. Er, Zerspanungstechniker ...«

Raunend phantasierte er sich in Trance, und es war faszinierend zu beobachten, wie das Dionysische von milder Verachtung, Vorurteil und schwelender Misanthropie in Wettstreit mit einer Art nüchternem Beckmesser-Ehrgeiz trat ...

Übrigens ist Vetter Donald kürzlich gestorben. Geplatzte Aorta. Allein zu Haus, ist er an seinem eigenen Blut erstickt.

Dabei war Uta kurz davor, zu ihm zurückzukehren. Unglaublich, aber so war es.

Ich habe darauf verzichtet, zu seiner Beerdigung zu gehen. Und nicht nur ich. Vier Menschen sollen dagewesen sein: sein Verleger, Uta, ihre betagte Mutter und ein bestellter Trauerredner.

Vielleicht hätte ich teilgenommen, wenn es sich um bloße Antipathie gehandelt hätte. Und für diese meine Antipathie gibt es nicht nur den unspektakulären, m. E. psychologisch vollkommen hinreichenden Grund, daß er nun mal eine hochtourige Nervensäge war. Sondern ferner kann ich beim besten Willen nicht vergessen, mit welcher geradezu stalinistischen Anmaßung er jahrzehntelang meine juristische Karriere abgeurteilt hat. Was ihn keineswegs davon zu entpflichten schien, sondern geradezu ermächtigte, mir ebenso nachhaltig Bettelbriefe zu schicken.

Bettelbriefe? Nein. Zahlungsaufforderungen. (Keine Ausnahme Formulierungen wie »Ich dachte, ich hätte mich klar ausgedrückt« oder »Allmählich bin ich mit meiner Geduld am Ende«.) Dabei sprach er mich durchaus nicht als potentiellen Mäzen an. Ich der von Staats wegen privilegierte Repräsentant der Judikative, er das verfemte künstlerische Gewissen der Gesellschaft – da ist doch wohl klar, wer gefälligst Reparationen leistet.

Und außerdem war Tante Edith eine Heilige und meine Mutter eine Hure. Und ähnlicher systemischer Familienquark.

Arme alte Kanaille ... Doch es ist nicht dies oder jenes, was mich gehindert hat, mir selbst den letzten Stoß zu geben, zur Beerdigung zu gehen. Es ist, so fürchte ich, eine ganz andere Art Engherzigkeit und Kleinheit. Letztlich so etwas wie mystizistische Rachsucht, gepaart mit dem Stinktier-Instinkt, ohne den ein beseelter Vertreter des Rechts kein erfolgreicher Vertreter des Rechts sein kann: Was ich Vetter Donald in einer tieferen, atavistischen Schicht meines Unterbewußtseins wirklich übelnehme – das ist mir nun, nachdem ich diese Geschichte rekonstruiert und notiert habe, klargeworden –, ist, daß er mich mit Onno und Edda bekannt gemacht hat.

Schreiend ungerecht. Widerwärtig. Absurd. Weiß ich selbst. Ein wurmhaftes und doch unabweisbar wesendes Gefühl. Und nicht etwa, daß ich Vetter Donald nicht gönne, diese große Freundschaft gestiftet zu haben. Viel schlimmer.

Irgendein irrer Zwerg in mir fragt mich nämlich: Hätte Vetter Donald dich nicht ins Plemplem eingeführt, wärst du dann nicht – wie dein Bruder oder Reimar Clausen (meine beiden Kompagnons) – der liberalkonservative, herrlich öde Ehemann einer liberalkonservativen, herrlich hübschen Ehefrau nebst zwei liberalkonservativen, herrlich wohlgeratenen Gören geworden? Und also in all deiner Beschränktheit, doch glasklaren Bestimmung zutiefst ..., nun: glücklich?

Edda ist in ihrer Wohnung in der Stellingstraße geblieben. Neben ihrem Dienst bei Liliput kellnert sie drei Abende die Woche in einer der letzten Raucherkneipen Eimsbüttels, und weil sie derzeit nur noch für sich allein zu sorgen braucht, kommt sie mit der wegen abstruser Wärmedämmungsmaßnahmen drastisch erhöhten Miete halbwegs zurande.

Meine Angebote, ihr weiterhin finanziell auszuhelfen, schlägt sie kategorisch aus. Desgleichen, mich mit ihr zu treffen. Nicht, daß sie den Kontakt zu mir abgebrochen hat. Sie entwertet ihn bloß systematisch – durch Banalisierung. Sie simst danke, bitte, schönen Gruß, guten Tag und guten Weg.

Nachdem sie schon kurz nach der Enthüllung aufgehört hatte, Simse an Onno abzusetzen – er hatte sein Stupidphone dem Vernehmen nach im Suff in die Alster geworfen –, hatte sie Raimund zufolge außerdem irgendwann aufgehört, ihm Briefe für Onno zu übergeben.

Weil er Raimund und seiner Familie nicht länger als nötig auf die Nerven gehen wollte, hatte Onno im Winter 2013/14 eine Weile unter verschiedenen Alsterbrücken gelebt. Seinen 59. Geburtstag soll er mit Tausenden von anderen Hamburgern gefeiert haben, irgendwo im Hafen, umschwirrt von Tausenden von Silvesterraketen.

Mark Kornelsen will ihn mindestens zweimal in der Nähe des Hafenkrankenhauses herumlungern gesehen haben. Auch durch die HafenCity soll er immer wieder gestromert sein – unweit des ein oder anderen Flipper-Dampfers.

Onnos Schwiegereltern in Finkloch zerriß es fast, daß Edda es ihnen überließ, ob sie ihm Unterkunft anboten. Am Ende unterblieb es – aber auch nur, weil sie nicht wußten, wie sie ihn erreichen sollten.

Er hätte es ohnehin nicht angenommen. Er war nicht eigentlich stur, aber das hätte er nicht angenommen. Onno als lebender Keil zwischen Edda und ihren Eltern? Allein den Anflug einer solchen Mißempfindung hätte er nicht ausgehalten.

Natürlich hatte ich direkt nach seinem Verschwinden eine ganze Reihe von hektischen Aktivitäten in Gang gesetzt – von zahllosen Gesprächen mit Raimund über die Anrufung des Sozialpsychiatrischen Dienstes und Bestellung eines amtlichen Betreuers bis zur Beauftragung eines Detektivs als eine Art von Schutzengel Onnos. Nichts als die letztlich nutzlosen Produkte eines finsteren Gewissens.

Weil er sich monatelang nicht beim Jobcenter gemeldet hatte, wurden ihm im Frühjahr 2014 die Sozialleistungen gestrichen. Nach der Krankschreibung sowie Intervention bei seinem Fallmanager, der trotz langer Erfahrung motiviert und Mensch geblieben war, wurde weitergezahlt.

Seit Juli 2014 haust Onno unweit von Raimunds Bungalow in einem alten Wohnwagen, der auf dem Reiterhof steht, wo Lieses Pferd weidet, und raucht vor sich hin. (Seit langem schon hat er nicht mehr den Eindruck gemacht, als ergötzte ihn das Rauchen noch wahrhaftig. Vielmehr, als täte es ihm weh. Zudem plagte ihn immer häufiger dieser Husten. Dieser Reizhusten, mitnichten der angenehme. Der angenehme Husten, der die Flöze reinigte wie ein Sandstrahlgebläse und nebst Durchblutungsschub tiefe Befriedigung hinterließ, dieser gute, gesunde, angenehme Husten gehört der Vergangenheit an.)

Außer zu rauchen und sich abends in den Schlaf zu trinken liest er Raimund zufolge alles, was man ihm hinhält. Inzwischen sogar Eddas Briefe, die Raimund aufgehoben hatte; ja, er soll kürzlich einen beantwortet haben (Stand: Anfang Dezember 2014). Genaueres mag Raimund aber nicht erzählen. Will ich ihn nicht in einen unangenehmen Loyalitätskonflikt stürzen, muß ich das respektieren – und tue es natürlich auch.

53

Von Raimund habe ich nie auch nur den Anhauch von Kritik an mir erfahren (geschweige an Edda). Ein großer Mann – und das, obwohl er, wie er mir anläßlich eines unserer Gespräche gestand, in den ersten Pubertätsjahren selbst in Edda verknallt gewesen war. Wundert mich nicht.

Sie aber dürfte die einzige in seinem Magnetfeld gewesen sein, die ihm je widerstand.

54

Wir hoffen, und wir beten (oder so ähnlich). Nicht nur, daß Onno seinen 60. Geburtstag *nicht* unter einer Brücke feiert, sondern mit Edda. Und daß er diese meine lange, inständige schriftliche Bitte um Vergebung nicht ausschlägt.

55

Bei unserem Treffen in der Bar Libelle hatte ich Vetter Donald erzählt, daß ich den alten Wirt des einstigen Plemplem, schon allein deswegen, weil ich mit ihm Tischtennis spielte, regelmäßig sähe.

»Tischtennis«, raunte Vetter Donald unter der Krempe seines albernen Zylinders hervor. »Tischtennis, sage ich. Tennis auf Tischen. Tischtennis verhält sich zu Tennis wie Minigolf zu Golf. Wie Taschenbillard zu Billard.«

»Ach, halt's Maul«, sagte ich.

Zugegeben, der Glamour-Faktor der üblichen Tischtennis-Klientel entspricht dem Glamour-Faktor der üblichen Tennis-Klientel wohl eher umgekehrt proportional. Na und? Das gleiche dürfte für den Arschloch-Faktor gelten. (Subjektiver Schätzwert.) Und abgesehen davon – ausgerechnet Vetter Donald. Vetter Donald mußte sich grad aus dem Fenster lehnen.

Ohnedies machte er sich, freudlos wie er war, schwerlich auch nur die geringsten Vorstellungen von den feinen Dosen reinster Wonne, die unsere Trainingsabende für unseren Serotoninhaushalt bereithielten. Allein diese rituellen akrobatischen Gesten zu Beginn einer Doppelpartie, mit denen EP das Celluloidbällchen vor dem Aufschlag unter seine mentale Kontrolle zwingt: langes Dribbeln auf dem Boden, kurzes auf dem Schläger, dann ein Vredonismus wie »Mok pä, muk paka«, dessen Infantilität durch einen Akt des vornehmsten, unschuldigsten Willens in tiefen Ernst verwandelt wird, und dann … Diagonal gegenüber lauere, mit abgesenkter Körpermitte, ich. Versuche, EPs Aufschlag zu lesen. Doch mein Rückschlag gerät notgedrungen hoch … nur allzu freundliche Einladung für Onno, einen seiner raren Schüsse abzugeben. Der wiederum Dem schönen Raimund Gelegenheit gibt, ein Exempel seiner meisterhaften Ballonverteidigung zu statuieren: Aus drei Metern hinter der Platte löffelt er den Ball zurück, und der stürzt aus solcher Höhe herab und springt aus so spitzem Winkel wieder ab und enthält einen solch infamen Drall, daß EP leider ein veritables Luftloch zu hauen sich verdutzt gezwungen sieht. Und so weiter, bis in alle Ewigkeit.

Das wäre schön.

Doch der BSV Hollerbeck Eppendorf e.V. ist aufgelöst. Nach elf Jahren Tischtennis dort haben EP, Raimund und ich uns einem anderen Altherrengrüppchen angeschlossen, das dienstags in einer Altonaer Halle spielt – und weiterspielen wird, bis einem nach dem andern die Kelle aus der schlappen Flosse rutscht.

Wir hoffen und beten (oder so ähnlich), daß Onno eines Tages an die Platte zurückkehrt – und uns schlägt, einen nach dem andern. Auch wenn wir sie all die Jahre möglichst ignorierten: Keine unserer alltäglichen Niederlagen war je bedeutungsvoller als die gegen diesen unseren Sports- und Busenfreund Onno Viets.

Sünd ji noch all dor? Dann Vorhang auf zum ...

Nachspiel

Kasper Spackennacken feiert Weihnachten

KASPER   Ooo duuu fröööhlichähä, ooo duuu
seee–

GRETEL   Mäch den Kopp zu, Späckennäcken! Sons'
hau' ich äb, dörr! Ääch'! Ich zieh' aus! Ich
häb' koin' Bogg meä!

KASPER   Möönsch, wir horrm Woinäch'n,
du äldeh Zeggeh! Das Fes' der
Liebeh!

GRETEL   Nee, äääch'! Seit Niegolaus dies Gesingeh!
Un' immä, wenn auf USF grorde wäs
Romändisches läuf'! Ich kännäs nich meä
höän! Du Fröhliche, du Seliche… äm
Orrsch, du Obfär!

KASPER   *beiseite* Wäs ›Romändisches‹? *laut* Ich geb'
dich gloich wäs Romändisches, dörr!
Un'ßworr rektorrl!

GRETEL   *stürmt die Bude und vertrimmt Kasper mit
einem Dildo aus Nudelholzholz*

KASPER   *jaulend ab*

Nachspiel (in politisch korrekter Hochsprache)

Kasper Spackennacken feiert Weihnachten

KASPER   Ooo duuu frööööhlichehe, ooo duuu
seee—

GRETEL   Schweig stille, Gemahl! Andernfalls gehe
ich! Ganz gewiß! Ich ziehe aus! Ich habe
nicht die geringste Lust mehr!

KASPER   Aber verehrtes Gespons! Wir feiern
Weihnachten, mein Engel! Das Fest der
Liebe!

GRETEL   Nein, tut mir leid! Seit dem Nikolaustag
Gesang, Gesang, Gesang! Und dann auch
noch ständig, wenn im <u>Unterschichten-</u>
<u>fernsehen</u> gerade was Romantisches läuft!
Ich mag nicht mehr!

KASPER   *beiseite* Was ›Romantisches‹? *laut* Was
›Romantisches‹ kannst du auch von mir
haben. Und zwar r…l!

GRETEL   *stürmt die Bude und vertrimmt Kasper mit*
einem D…o aus Nudelholzholz

KASPER   *jaulend ab*

In 'ne Kneipe.

KASPER … un' ich so: »Ich geb' dich gloich wäs Romändisches, dörr! Un'ßworr rektorrl!« Horrhorrhorr, dörr!

WACHTMEISTER
mit T-Shirt-Aufdruck:
SMILE if you're anally
bleeched!

Huch! Krokus, mach'st mir noch 'n Prosekto?

KROKODIL
mit T-Shirt-Aufdruck:
Piktogramm eines
durchgestrichenen
Schnorchels sowie
Aufschrift *Nichttaucher*

Zigarre rauchend
Prosäkko, du Schendääm!

KÖTER *hechelnd* Immens, immens. Wie die Nase des Mannes, so sein Mercedes. Immens, immens, immens.

TEUFEL Weißte, wat mia noch nie eena ma rischdisch erkleern konnte? Warum unser juter alter Inri eing'tlisch allet Möchliche konnte – über't Wasser jehn un' so –, aba zum Schluß sich eenfach kreuz'jen ließ.

KASPER Ich sorrch morr: ännersrum, dorr wä'är jorr äbgesoffm mit seine duichlöchert'n Füßeh.

TEUFEL *haut sich vor die Stirn. Das rechte Horn durchlöchert die Hand. Jault auf*

In der Schänke.

KASPER   … daraufhin sage ich zu meiner Gemahlin: »Was ›Romantisches‹ kannst du auch von mir haben. Und zwar r…l!« *lacht schmutzig*

WACHTMEISTER   Oh! Krokus, gibst du mir noch einen Prosekto?
mit T-Shirt-Aufdruck:
SMILE if you're anally
bleeched!

KROKODIL   *Zigarre rauchend*
mit T-Shirt-Aufdruck: Prosecco, du Gendarm!   317
Piktogramm eines
durchgestrichenen
Schnorchels sowie
Aufschrift *Nichttaucher*

KÖTER   *hechelnd* Immens, immens. Wie die Nase des Mannes, so sein Mercedes. Immens, immens, immens.

TEUFEL   Weißt du, was mir noch niemals jemand triftig erläutern konnte? Warum unser lieber Herr Jesus sich trotz all seiner Wunderkräfte (z. B. übers Wasser gehen) sich schlußendlich einfach kreuzigen ließ.

KASPER   Hätte er's umgekehrt gemacht, wäre er mit seinen durchlöcherten Füßen ja untergegangen.

TEUFEL   *schlägt sich vor die Stirn. Das rechte Horn durchlöchert die Hand. Jault auf*

KÖTER   *hechelnd* Immens, immens. Kleine Sünden
               bestraft der liebe Gott im Felgaufschwung.
               Immens, immens, immens.

KASPER   Sämmorr, der Ködär hät doch'n
               Dächschorrd'n. Wäs issäs eing'lich –
               Jorgschierterroär? Zu wen gehört der
               eing'lich.

WACHTMEISTER   Hallo? Hat mein Freund mir
               geschenkt, du Unmensch. Schon letztes
               Jahr zu Weihnachten. Nä, mein
               Schieter?

KASPER   Un' wäs hät er dorfüä gekrehcht?
               Schupp'nflechteh?

WACHTMEISTER   *geziert* Eine O-Pe. Was für
               eine, sag ich nicht. Na gut, na gut,
               weil ihr's seid. Ich hab' ihm die
               Entfernung der beiden untersten
               Rippen bezahlt. Wenn ich Nacht-
               schicht hab, kann er sich jetzt selbst
               oral befriedigen.

KASPER   Hätts' ihn män 'ne Dödelverlängerung
               spendiärt. Hädded ihr boide wät von
               gehäp'.

WACHTMEISTER   *haut sich vor die Stirn.*
               Die Schirmmütze fliegt weg

KÖTER   *hechelnd* Immens, immens. Kleine Sünden
                 bestraft der liebe Gott im Felgaufschwung.
                 Immens, immens, immens.

KASPER   Also, dieses Tier hat doch einen geistigen
                 Defekt. Um welche Rasse handelt es sich
                 wohl? Yorkshireterror? Wem gehört der
                 eigentlich?

WACHTMEISTER   Wie bitte? Hat mein Freund mir
                 geschenkt, du Unmensch. Schon letztes
                 Jahr zu Weihnachten. Nicht wahr, mein
                 Liebling?   319

KASPER   Und was hat er dafür bekommen?
                 Schuppenflechte?

WACHTMEISTER   *geziert* Eine plastische
                 Operation. Was für eine, verrate ich
                 nicht. Na gut, weil ihr es seid. Ich
                 habe ihm die Entfernung der beiden
                 untersten Rippen bezahlt. Wenn ich
                 Nachtschicht habe, kann er sich jetzt
                 selbst o…l b…n.

KASPER   Hättest du ihm nur eine P…s-V…g
                 geschenkt. Dann hättet ihr beide etwas
                 davon gehabt.

WACHTMEISTER   *haut sich vor die Stirn.*
                 Die Schirmmütze fliegt weg

TEUFEL *stopft das Loch in der Hand mit Kaugummi*
Ick hab' schon wieda 'ne Laune, da
kannste Molletoffcockteels mit bau'n,
det sar'ick dir.

KÖTER *hechelnd* Am Weihnachtsbaume, am
Weihnachtsbaume. Immens, immens,
immens.

WACHTMEISTER *hebt ihn zusammen mit der Mütze
vom Boden auf* Komm ma' her, mein
Einsteinchen. Hör mal, wir Behörden-
vertreter sagen nicht ›Baum‹. Wir sagen
›raumübergreifendes Großgrün‹. Sag mal?

KÖTER *hechelnd* Immens, immens, immens.
Immens, immens.

KASPER *haut sich vor die Stirn. Und vom Hocker*

Stunden später.

KASPER 'ch bin wieä dohorr! Kling, Glöckchen,
kling, dörr!

GRETEL Wäs soich bloß mäch'n. Bei ihn bleim odä
auszieh'n.

KNECHT RUPRECHT *aus'm Kleiderschrank*
Auszieh'n! Auszieh'n!

GRETEL *zieht sich geschmeichelt aus*

TEUFEL   *stopft das Loch in der Hand mit Kaugummi*
                Ich bin schon wieder in einer Stimmung,
                die den Rohstoff für Molotow-Cocktails
                bietet.

KÖTER   *hechelnd* Am Weihnachtsbaume, am
                Weihnachtsbaume. Immens, immens,
                immens.

WACHTMEISTER   *hebt ihn zusammen mit der Mütze
                vom Boden auf Komm mal zu mir, mein
                Einsteinchen. Hör mal, wir Behörden-
                vertreter sagen nicht ›Baum‹. Wir sagen   321
                ›raumübergreifendes Großgrün‹. Sag mal?

KÖTER   *hechelnd* Immens, immens, immens.
                Immens, immens.

KASPER   *haut sich vor die Stirn. Und vom Hocker*

                Stunden später.

KASPER   Ich bin wieder da! Kling, Glöckchen,
                klingelingeling, kling, Glöckchen, kling!

GRETEL   Was soll ich nur tun? Bei ihm bleiben oder
                ausziehen?

KNECHT RUPRECHT   *aus dem Kleiderschrank*
                Auszieh'n! Auszieh'n!

GRETEL   *zieht sich geschmeichelt aus*

Doch wahr, genug des Weinens! Der Morgen muß enttäuschen.
Ob Nacht-, ob Taggestirne, keins, das nicht bitter wär:
ich schwoll von herber Liebe, erstarrt in Liebesräuschen –
O du, mein Kiel, zersplittre! Und über mir sei, Meer!

Und gäb es in Europa ein Wasser, das mich lockte,
so wärs ein schwarzer Tümpel, kalt, in der Dämmernis,
an dem dann eins der Kinder, voll Traurigkeiten, hockte
und Boote, falterschwache, und Schiffchen segeln ließ'.

Arthur Rimbaud, *Das trunkene Schiff*
(übertragen von Paul Celan)

Dank

Die eingestreuten, kursiv gesetzten Zitate entstammen wie das Anfangs- und das Schlußmotto Paul Celans Übertragung von Arthur Rimbauds Das trunkene Schiff, © *Suhrkamp Verlag Frankfurt am Main 1983. Alle Rechte bei und vorbehalten durch Suhrkamp Verlag Berlin.*

Der Autor dankt vor allem dem Freund, Kollegen und Reiseprofi Jan Jepsen, der kraft Inspiration, Großzügigkeit und in typischer, unnachahmlicher Nonchalance gezeigter Einsatzfreude zur Grundlegung des Buches wesentlich beitrug – sowie, und zwar nicht zu knapp, mit 1:1-Vorlagen.

Frank Schulz bei rororo

Mehr Liebe

Onno Viets

Onno Viets und der Irre vom Kiez

Onno Viets und das Schiff der baumelnden Seelen

Hagener Trilogie

Kolks blonde Bräute

Morbus fonticuli oder Die Sehnsucht des Laien

Das Ouzo-Orakel

Rainer Schmidt
Legal High

Deutschland 2018. Die Kanzlerin versteht die Welt nicht mehr: Plötzlich wird sie von allen Seiten bedrängt, Cannabis endlich zu legalisieren. Die Krankenkassen wollen damit Kosten für Medikamente sparen, Bauern und Wirtschaft wittern ein Milliardengeschäft, selbst die Kirche fordert eine Freigabe. Als die Kanzlerin die Legalisierung fürs nächste Jahr andeutet, beginnt in der Republik ein grüner Goldrausch. Die Gier macht aus Drogengegnern enthusiastische Cannabis-Befürworter. Nur der Dude ist deprimiert. Er sitzt im Gefängnis, weil er einst das beste Gras der Republik hergestellt hat – leider illegal …

«Legal High» ist eine beißende Gesellschaftssatire über die Gier und Doppelmoral auf unseren Fluren der Macht – lustig, spannend und erschreckend realistisch.

320 Seiten

Ro 387/1

Weitere Informationen finden Sie unter www.rowohlt.de

Tom Liehr
Nachttankstelle

Uwe Fiedler ist 38, chronisch migränekrank und ein netter
Langweiler. Sein Leben ist eine einzige Übergangslösung,
die Karriere stagniert auf niedrigstdenkbarem Niveau: Er
schiebt Nachtschichten an einer Tankstelle. Aus praktischen
Gründen lebt Uwe noch mit seiner Exfreundin zusammen,
doch die will das nicht mehr. Und dann lernt Uwe zwei
Menschen kennen, die sein Leben von Grund auf ändern:
Jessy, die mysteriöse Tresenkraft einer Neuköllner Gardi-
nenkneipe, und Matuschek, ein Hedonist sondergleichen.
In Jessy verliebt er sich, Matuschek wird sein Mentor – und
leider auch ziemlich schnell sein Rivale.

Eine tragikomische Geschichte voller Sprachwitz, Eloquenz
und lässig-scharfer Beobachtungen.

384 Seiten

«Tom Liehr hat ein Händchen für Geschichten. Er erzählt
mit Hingabe, leidenschaftlich, mit Liebe zum Detail und
emotionalen Wendungen.»
Westdeutsche Allgemeine Zeitung

Ro 319/1

Weitere Informationen finden Sie unter www.rowohlt.de

Rachel Kushner
Flammenwerfer

1975: Die Hobby-Motorradrennfahrerin Reno (so ihr
Spitzname, nach ihrem Geburtsort) kommt nach einem
Rekordversuch auf den großen Salzseen nach Manhattan,
um in die kreativ explodierende Künstlerszene SoHos ein-
zutauchen. In einer Welt, in der die Grenzen zwischen Leben und Kunst verschwimmen, trifft sie auf eine Schar von
Träumern, Revoluzzern und Phantasten: unter ihnen auch
Sandro Valera, erfolgreicher Konzeptkünstler und exzentri-
scher Erbe einer italienischen Reifen- und Motorrad-Dynas-
tie, in den sie sich verliebt. Aber bei einem Besuch bei seiner Familie in deren Sommerresidenz am Comer See gerät
sie in den Strudel einer echten Revolte, die sich in Streiks,
Straßenkämpfen, Entführung und Mord Bahn bricht …

560 Seiten

«Epischer als alles, was die US-Literatur in letzter Zeit
zustande gebracht hat.»

The New York Times

Weitere Informationen finden Sie unter www.rowohlt.de

Ro 364/1

Das fehlende Puzzleteil
im Onno-Universum – der würdige Abschluss
einer grandiosen Trilogie

368 S., ca. Euro 19,99

Der eigenwilligste Privatdetektiv der Literatur-
geschichte zieht aufs Dorf. Doch die Idylle
trügt gewaltig. Der dritte *Onno* ist beileibe kein
Regionalkrimi, sondern ein Roman von Welt.

Ab 8. September 2016 im Handel erhältlich!